Le chien qui riait

Maud Tabachnik

Le chien qui riait

ROMAN

Albin Michel

COLLECTION « SPÉCIAL SUSPENSE »

À Freddy in memory

PREMIÈRE PARTIE

PLANQUÉ dans la ruelle, je regarde Jonas, dit Gros Con, sortir de chez MacDo avec un sandwich monumental duquel il arrache, dès la porte franchie, une énorme bouchée.

Son air satisfait me rend dingue. La visière de sa casquette positionnée sur le côté ressemble à une oreille de clébard. Il traverse entre les voitures et s'adosse à un arbre pour savourer son festin.

Ce mec me dégoûte. Sa graisse me fait gerber. Il s'empiffre de pizzas et de glaces comme un gros porc qu'il est. Il vit seul la plupart du temps parce que ses vieux ont un boulot qui les éloigne toute la semaine de chez eux.

Cette année, on est dans la même classe et je l'ai remarqué à cause de son attitude lèche-cul. Depuis un trimestre il s'est mis dans la tête d'entrer dans l'équipe de base-ball et gonfle tout le monde parce qu'il est incapable de courir.

Un dimanche, je l'ai chopé après l'entraînement dans un coin tranquille et lui ai foutu la trouille de sa vie. Je l'ai presque étranglé en appuyant ma batte contre sa gorge, et il en a pissé sur lui.

Il est tellement insignifiant que, deux mois avant, je ne savais même pas qu'il existait. C'est le genre à raser les murs et à vouloir plaire à tout le monde. Les autres se foutent de lui, mais il s'écrase. Des enfantillages. Moi, j'ai des projets. J'ai imaginé ce que je lui ferai et ça me kiffe grave.

Il a fini de bouffer, jette l'emballage dans une poubelle et se met en route. Je le suis.

Il traverse et prend par les jardins où se prélassent les vieux débris qui attendent leur mort au soleil. Des mères jouent avec leurs lardons, et à un moment, Gros Con récupère un ballon qu'il a reçu dans les jambes, et, fidèle à lui-même, le rend à la mère avec un sourire. La gerbe. Après, il enfile l'avenue Théodore-Cerdoz qui, tout au bout de la ville, mène vers le réservoir du barrage. Trop beau.

Ce barrage fait la fierté des ploucs de la région. Pourtant, d'après ce que j'en sais, quand le premier a craqué en noyant des milliers de couillons, personne ne voulait plus en entendre parler. Mais comme d'habitude ils se sont laissé rouler et on en a construit un autre encore plus gigantesque.

On est à la fin de la pause repas des employés, il y a beaucoup de monde sur les trottoirs et Gros Con ne peut pas me repérer. Comme un débile, il shoote dans les cailloux en marchant, et au bout d'un moment, l'un suivant l'autre, on finit par s'éloigner du centre. Il fait super-chaud et il s'essuie sans arrêt la figure. Son pantalon est coincé entre ses grosses cuisses et il se dandine en canard.

On quitte l'avenue et je garde mes distances parce qu'à présent il n'y a presque plus personne. Il emprunte le chemin de terre qui conduit au réservoir et quand il arrive près du club de voile, fermé à cette heure, je me planque derrière les arbres. En réalité, je n'ai aucune idée de ce que je vais faire. Pas de plan. Je me laisse guider par mes envies, et j'ai envie de faire des trucs à ce type. C'est tout.

Il va frapper à la porte de Romero, le gardien, aussi vieux et crade que le ponton. Ils bavardent ensemble, puis ils vont à la remise où est rangé le matériel, et le gros ressort avec une canne à pêche. Le vieux rentre dans son gourbi et Gros Con se dirige vers le réservoir.

J'ai si chaud que j'ai l'impression de trimbaler une enclume sur les épaules. On est seuls. Pas un bruit, à part les cris idiots d'un vol de martinets. De loin, le réservoir ressemble à une plaque de métal. Les pécores du coin adorent venir y pêcher, et il y en a plus d'un qui y est resté. Les lâchers d'eaux sont signalés la veille dans les journaux et des pancartes mettent en garde, mais il y a toujours des petits futés qui se prennent pour des super-champions, partent trop tard, et se font rattraper sur les berges par le flot gigantesque.

Malheureusement je n'ai jamais vu personne se faire choper.

Jonas se dirige droit sur lui et les hautes tiges des roseaux s'écartent comme devant un tank. Je lui file le train en prenant garde à ne pas faire de bruit.

Arrivé près du bord, il s'arrête, regarde autour de lui, et ouvre son siège de toile. Parole, ce mec pourrait avoir quatre-vingts ans ! Après y avoir fixé un hameçon, il plante sa canne dans le sol sablonneux et s'installe. Je m'accroupis dans les herbes. Je suis pas trop tranquille parce qu'on dit qu'il y a des serpents dans ce coin-là.

D'où je suis, j'entends son souffle d'obèse, et bientôt ce que j'espérais se produit. Sa tête s'incline sur le côté et il se met à ronfler.

J'attends un moment. Je suis super-énervé parce que je ne sais pas encore ce que je vais faire. Je suis en nage et j'ai le cœur qui cogne, grave. J'ai les jetons, faut bien que je le reconnaisse. Je me redresse et observe. Rien, pas un pékin. Les martinets se sont fait la valise, maintenant ce sont ces saloperies de mouettes qui crient comme des malades, mais ça ne réveille pas Gros Con.

Je m'approche et vois le bouchon tressauter. Jonas dort la bouche ouverte. Avec son gros corps relâché il ressemble à une baleine échouée. Dégueulasse.

J'examine les alentours, tout est désert. D'habitude il

y a des pêcheurs, mais aujourd'hui, pas un chat. Trop chaud, sûrement. C'est un signe du destin.

Je relève la ligne et m'empare d'un poisson brillant qui gigote désespérément.

Son corps ferme et glissant manque m'échapper, et j'arrache l'hameçon de sa gueule. Je serre brutalement sa tête, du sang suinte entre ses dents pointues et ses ouïes.

Je me retourne. Gros Con me fixe, les yeux écarquillés.

– Salut, Jonas.

– Sa... salut, Jo... je t'ai pas entendu... Co... comment tu vas ?

– Bien, très bien, Jonas. T'as vu ce que t'as pris ?

Il fixe le poisson tout flasque, et se redresse lentement.

– C'est cool ce coin, hein ?

– Oui... oui... y a longtemps que t'es là ? me demande-t-il d'une voix faible.

– On dit que manger du poisson cru rend intelligent, t'as pas dû en manger souvent, je ricane. Tu sais qu'il va y avoir un lâcher d'eau ?

Il hoche la tête et jette un coup d'œil apeuré vers le barrage.

– Oui... ils l'ont dit dans le canard. C'est pour demain.

– Espérons qu'ils se sont pas trompés de jour. T'imagines des tonnes et des tonnes d'eau qui te balayent et te réduisent en confettis ?

– Oh... là... là..., racle-t-il.

Il a le gosier aussi serré que son trou de balle.

Je me rapproche de lui, le poisson en main, et lèche le sang autour de sa gueule.

– J'aime le goût du sang, je lui dis. Je me demande si le sang humain a le même goût.

Je vois tressauter sa pomme d'Adam et retiens un fou rire. Il y croit ce crétin ! Il crève de trouille. J'adore. Il est maintenant aussi mou que le poisson.

Il se lève et plie son siège. Il a tellement les chocottes qu'il n'y arrive pas. Il louche sur sa canne que je tiens toujours.

– Bon... ben, je vais y aller...

Je hoche la tête et brandis la canne.

– Fibre de verre et tungstène. Tu te refuses rien !

– C'est papa qui me l'a offerte. Il avait peur que les autres cassent et que je me blesse...

Il se mord les lèvres.

– Pauvre chou.

– Bon, ben, tu restes ou tu viens ?

– Je ne sais pas. Mais si je reste, tu restes.

– Hein ?

– Allez, déplie ta chaise de vieillard et assieds-toi, mon gros, dis-je en lui appuyant sur la poitrine. Ma parole, t'as des nichons de fille !

– Il faut que je parte... je suis à la bourre pour l'interro de demain.

En même temps, il redéplie son siège.

– Allez, assis, on va causer.

– Bon, mais pas longtemps, alors.

Je regarde le barrage. Il est si gigantesque que, d'ici, on voit juste un bout de ciel au-dessus. Quand le lâcher d'eau est concomitant avec un orage, ce qui arrive, vu leur brusquerie, le flot gonflé par les pluies torrentielles monte jusqu'aux premiers arbres et les arrache comme des brins de paille en les entraînant dans le lac. Les fermiers alentour viennent alors les tirer de l'eau avec d'énormes grappins, attendent qu'ils sèchent et les tronçonnent. Mon père, un jour, m'y a emmené. Il assurait la ville et était venu constater les dégâts. J'avais adoré voir les troncs échoués sur les berges comme des cadavres calcinés.

Jonas mate les environs comme s'il espérait Zorro.

– Y a pas grand monde aujourd'hui, hein ? Qu'est-ce qui t'a pris de venir ?

– Je... il faisait chaud... je voulais respirer un peu.

Je ricane.

– C'est ta graisse qui t'empêche de respirer ?

Il ne répond pas. Je pose la canne au sol et me place derrière lui en appuyant mes mains sur ses épaules. Je le sens se raidir. Il va chier sur lui si ça continue.

Et à ce moment-là, je ne sais pas ce qui se passe. Est-ce l'odeur acide de sa peur, son corps mou et transpirant, la chaleur à crever, l'endroit qui m'a toujours filé la chair de poule avec les montagnes noires qui se reflètent dans le gris métallique du lac, la sensation d'être loin de tout, je me penche, ramasse un énorme galet et l'écrase sur sa tête.

Son cuir chevelu éclate et je recule pour ne pas être éclaboussé tandis qu'il tombe comme un sac.

Paniqué, je me redresse et regarde autour de moi. Mais c'est toujours le désert. Je perds un moment la tête. Pourquoi j'ai frappé ? Ça a été plus fort que moi. Je n'ai même pas senti mon bras bouger.

Le corps de Jonas est étalé par terre. Je crois qu'il est mort. Je ne peux pas le laisser là. Je ramasse des cailloux et les lui fourre dans les poches, puis je le traîne jusqu'au bord. Bon Dieu, j'y arrive à peine tellement il est lourd ! Il culbute dans la flotte qui se teinte aussitôt de rouge. Mais ce salaud n'est pas mort, il redresse la tête hors de l'eau, ouvre la bouche pour crier. Affolé, j'entre dans le lac et pèse sur lui de tout mon poids. Il se débat et j'ai du mal à le noyer. Enfin, je le sens qui se relâche et il disparaît.

Un brusque coup de vent glace la sueur sur moi. Je tremble à m'en casser les dents. Je me sens faible comme un nouveau-né. Rassemblant mes forces, je balance son matériel dans le lac. Ça tourbillonne, et plus rien.

Je tombe assis sur le sol. Tout tourne. Le barrage se rapproche à me dégringoler dessus. J'ai plus d'air. Je ne peux plus bouger.

Je l'ai fait. J'ai supprimé une vie. C'est rien, une vie. En une minute, c'est fini. Incroyable. Il n'y a pas une heure, il se régalait avec son hamburger plein de sauce.

Il se léchait les babines, et maintenant c'est les poissons qui le bouffent.

Je me relève en titubant. J'ai l'impression de me noyer. Le ciel a viré au gris orage. Les mouettes tournoient au-dessus de moi et hurlent comme si elles étaient effrayées de ce qu'elles avaient vu. Elles raconteront rien.

Je remonte sur la berge et fais un grand détour pour ne pas passer devant la cabane de Romero.

J'ai mal à la tête. Envie de dégueuler. Je viens de tuer un homme.

Je ne sais pas pourquoi.

LE PÈRE de Jonas revint chez lui le lendemain en fin de matinée, soulagé d'avoir terminé sa semaine. Il chercha son fils, ne le trouva pas, et en conclut qu'il était à l'école. Il passa le reste de la journée à rédiger ses bons de commande et à téléphoner aux fournisseurs.

La mère de Jonas, de retour dans la soirée, s'inquiéta de l'absence de son fils.

– Doit être à l'école, marmonna son mari. Je ne l'ai pas vu de la journée.

Elle regarda sa montre. Cinq heures.

– Le vendredi, il rentre à midi, remarqua-t-elle.

Elle alla dans sa chambre et trouva ses affaires de classe.

– Il n'est pas allé au collège, dit-elle à son mari d'un ton inquiet, son sac est là.

– Quel casse-pieds ! Va falloir sévir. C'est pas la première fois.

– Je voulais t'en parler, on ne peut pas continuer comme ça. Je vais travailler à mi-temps. J'ai déjà prévenu le patron.

– Et les crédits ? Ils vont se payer comment ?

– Et ton fils ? Il va devenir quoi ? rétorqua-t-elle.

– Et merde, fait chier !

Ils patientèrent encore une heure avant qu'elle ne commence à téléphoner à ses copains. L'un d'eux, avec hésitation, lui apprit que Jonas lui avait dit vouloir aller pêcher.

– En plein milieu de semaine !

– Heu... Il avait fini ses devoirs, je crois, plaida-t-il.

– Bon, mais il fait nuit. Il pêche aussi de nuit ?

Il n'osa pas lui dire qu'on ne l'avait pas vu de la journée.

– Je ne sais pas où est ton fils, dit-elle à son mari qui s'était replongé dans ses bordereaux.

– Bordel, il est pas allé aux filles, quand même !

Elle haussa les épaules.

– Je vais faire un tour en voiture dans le quartier, dit-elle, saisie d'angoisse.

– Je peux te dire qu'il va se faire arranger quand tu vas le ramener. Quand je pense que tu veux arrêter de travailler pour surveiller ce petit con !

Elle ne répondit pas. Elle revint deux heures plus tard, pâle et nerveuse.

– Tu as eu des nouvelles ? demanda-t-elle.

– Non, et toi ?

– Rien, je suis allée dans les hôpitaux.

– Hein ? Tu rigoles. Il fait même pas de vélo !

Ils dormirent très peu cette nuit-là. C'était la première fois que Jonas découchait, mais il faut bien une première fois, pensa son père qui préférait imaginer son fils dans les bras d'une fille.

Jonas ne réapparut pas le lendemain et ils allèrent à la police. Le flic qui les reçut commença par les rassurer et leur conseilla d'attendre le temps légal de disparition.

– Et si mon fils est blessé et gît quelque part, on va attendre aussi ?

– Dans les neuf dixièmes des cas, c'est une fugue et le gamin finit par rentrer penaud, expliqua le flic.

– Et le dixième restant ? demanda le père.

– On entame les recherches, répondit le flic.

ALICE arrêta sa voiture dans l'allée et en descendit les bras chargés de provisions. Comme toujours, elle dut lutter contre la serrure de la porte de la cuisine et, avec un soupir de fatigue, déposa ses paquets sur la table. La journée avait été si chaude qu'elle sentait sa robe la coller comme une seconde peau et ne rêvait que de se précipiter sous la douche.

Le silence de la maison la surprit. À cette heure, les enfants devaient être rentrés. Elle alla dans le salon et leva les yeux vers l'étage où se trouvaient les chambres.

– Annie, appela-t-elle. Joseph...

Mais aucun d'eux ne répondit.

Elle monta l'escalier, vaguement oppressée par le silence. Elle frappa à la chambre de sa fille et entra sans attendre de réponse.

– Annie ?

La fillette était recroquevillée sur son lit. Sur le bureau, l'ordinateur était en veille.

– Annie, qu'est-ce qui se passe ? demanda sa mère en s'approchant.

La fillette leva les yeux sur elle.

– Rien, répondit-elle en secouant la tête.

– Tu n'es pas bien ? s'inquiéta Alice en posant la main sur son front. Tu es fraîche, pourtant. Tu as fait tes devoirs ?

– Oui.
– Où est ton frère ?
La gamine haussa les épaules.
– Tu ne l'as pas vu ?
– Si.
– Et alors ?
– Il est ressorti.
– Bon, chérie, tu n'as besoin de rien ?
La fillette secoua la tête.
– Va prendre une douche, lui dit sa mère en souriant, ça te fera du bien. Il fait tellement lourd.

Elle ressortit et frappa à la chambre de son fils. Ne recevant aucune réponse elle entra. Pour un garçon, la chambre était bien rangée. Rien ne traînait. Elle regarda les affiches punaisées aux murs et ne put s'empêcher de grimacer. Bien des garçons, ça !

Des posters hideux de corps ensanglantés, martyrisés, mutilés ; des visages hurlant de terreur. Des vues de charniers et des images de guerre. Elle s'approcha de l'une d'elles et frissonna. En noir et blanc, légèrement floue, elles représentent un camp de déportés. Collés contre les barbelés, des squelettes aux faces creusées d'orbites noires où se lisait toute la détresse du monde face à un groupe de nazis qui les abattaient en riant.

Pourquoi Joseph avait-il affiché cette horreur ? Passe encore, ces photos de films de terreur dont les jeunes sont si friands, mais ça...

Mal à l'aise, elle alla vers la fenêtre voir si son fils ne traînait pas dans le jardin. Il aimait y être sans qu'elle ait jamais su ce qu'il y faisait. Joseph n'était pas un bavard. Il ressemblait à son père.

Ils avaient divorcé deux ans auparavant, après quinze ans d'une union qu'Alice avait trouvée presque immédiatement ennuyeuse. Mais lorsqu'elle avait rencontré Robert chez des amis elle avait cru que cet homme, sérieux et cordial, ferait un bon père pour les enfants qu'elle désirait et un époux attentif. Elle s'était trompée sur les deux points.

Robert Vanloo, courtier en assurances, ne s'intéressait qu'à ses contrats et aux vieilles voitures. Il faisait partie d'un club d'amateurs qui passaient leurs loisirs à parler carburateur, injections, arbre à cames.

Il participait à des rallyes où elle l'avait accompagné au début de leur mariage, mais avait pris ensuite le prétexte de la naissance de Joseph, puis celle d'Annie, pour rester chez elle.

Joseph s'était très vite montré un enfant difficile au point qu'elle avait dû abandonner son travail pour l'élever. L'arrivée d'Annie quatre ans plus tard n'avait rien arrangé. Joseph se renferma davantage et se montra plusieurs fois violent avec sa sœur. Quand il la mordit au bras jusqu'au sang, sa mère décida de l'emmener voir un pédopsychiatre.

– Votre enfant traverse une crise de jalousie préadolescente qui se résoudra à la puberté, jugea le spécialiste. L'arrivée de sa sœur lui a ravi la première place et il veut attirer votre attention.

– Mais Joseph était déjà indocile... et même violent avant la naissance de sa sœur, protesta sa mère. Il pique des colères si on lui refuse quelque chose, jusqu'à s'en étouffer. Simplement, depuis la naissance de notre fille, il reporte sur elle son... agressivité.

– Agressivité fréquente chez un garçon prépubère. J'ai fait passer à Joseph des tests comportementaux qui indiquent une nature introvertie au point de le couper de son entourage et lui faire croire à un environnement hostile. De là, ses accès de mauvaise humeur contre ses proches.

– Et ces accès d'hostilité... Vont-ils disparaître avec le temps ?

– Assurément. Nos enfants, comme nous-mêmes, vivent dans une société angoissante. Comme leurs émotions ne sont pas encore contrôlées ils réagissent à leur façon qui est moins policée que la nôtre. Je vais lui prescrire un traitement qui l'aidera à gérer son stress.

– Son stress ? À onze ans ?

– On peut être stressé très tôt. Vous devez, avec son père, vous montrer attentifs et ne pas trop faire de différence avec sa sœur.

– Nous n'en faisons aucune. Je me suis arrêtée de travailler pour rester près de lui quand il est né.

– Et ça vous a coûté ?

– Beaucoup. J'enseignais et j'aimais mon métier.

– Il l'aura senti et aura culpabilisé, vous le faisant payer à sa façon.

– Il le fait aussi payer à sa sœur ?

Le médecin avait haussé les épaules.

– Chère madame, il n'y a pas d'école pour élever les enfants. Nous faisons de notre mieux, mais parfois commettons des erreurs qui, par chance, peuvent être rattrapées. Faites-lui prendre ces cachets, trois par jour, un au milieu de chaque repas, et son irritabilité devrait diminuer.

La mère rapporta à son mari ce qu'avait conseillé le médecin.

– Je ne veux pas que Joseph prenne des antidépresseurs, avait protesté son père. Je suis sûr que la moitié des gosses de sa classe en avalent. Ça ne fait qu'enrichir les laboratoires !

– Le médecin l'a trouvé stressé, répondit Alice.

– Stressé ? C'est le mot à la mode ! Je vais te le détresser, moi.

Pendant trois week-ends successifs, il délaissa la clé de 12 et le chiffon à cambouis pour emmener son fils en randonnée, à la pêche, et à un match de basket.

Au quatrième, il abandonna.

Il y avait des choses que ni Robert ni le médecin ne savaient. Par exemple, que Joseph avait tué la chatte de la maison.

Un matin, Alice avait trouvé dans le jardin une boule de poils gris aux grands yeux bleus qui piaillait de colère.

– Mon Dieu, que fait ce petit chat ici ! s'était-elle

exclamée en le prenant contre elle. La pauvre bête est affamée.

Et quand la bestiole se fut emparée de son doigt pour téter, elle se sut vaincue. Comme personne n'était capable de dire si c'était un mâle ou une femelle, on l'appela Pussy.

Pussy, qui se révéla être une chatte, fut vite adoptée par la famille, sauf par Joseph qui l'ignora ostensiblement. Le matin, elle réveillait Alice, Robert et Annie, mais évitait le garçon.

Un jour qu'Alice était revenue plus tôt de son cours d'aérobic, elle trouva Joseph en train de dévorer un sandwich dans la cuisine.

– Tiens, tu es déjà là ? s'étonna-t-elle. Pourquoi si tôt ?

Le garçon continua de manger sans lui répondre ni la regarder.

Agacée, elle insista :

– Je t'ai demandé pourquoi tu étais déjà rentré ?

Avec un soupir, il répondit entre ses dents :

– Je me suis battu.

– Battu ? Pourquoi ? avec qui ?

À cet instant, le téléphone sonna.

– Oui ? répondit Alice en décrochant.

– Madame Vanloo ? Je suis Célia Metrovich, la directrice de l'école de votre fils Joseph. Est-il rentré chez vous ?

– Oui...

– Il vous a dit pourquoi il était rentré plus tôt ?

– Heu... Non...

– Nous l'avons renvoyé parce qu'il s'est battu avec un de ses camarades, il ne vous a rien dit ?

– Heu... Si. Il venait juste de m'en parler. Je... Vous l'avez renvoyé pour ça ?

Sans répondre à la question d'Alice, la directrice reprit :

– Pourrait-on se voir avec votre mari, madame Vanloo ?

– Comment, avec mon mari ? Mais pourquoi ?

– Nous en parlerons ensemble. Venez dès que vous le pourrez car votre fils a été exclu pour une semaine.

– Une semaine ! Madame la directrice... mon fils est en pleine période d'examens !

– Comme ses camarades, madame. Soyez aimable de prendre rendez-vous avec le secrétariat. Au revoir, madame.

Interloquée et furieuse du ton de la directrice, Alice se tourna vers son fils.

– Enfin, que s'est-il passé à l'école ? Tu as été exclu une semaine pour une bagarre ?

Sans répondre, Joseph sortit une bouteille de lait du réfrigérateur et but une longue rasade au goulot en fixant sa mère.

– Tu ne peux pas prendre un verre ! Et réponds-moi. Que s'est-il passé ?

Il détourna les yeux.

– Rien.

Puis il la fixa de nouveau, et ce fut elle qui détourna le regard, incapable de soutenir plus longtemps la vacuité de ces yeux sombres comme des fanaux éteints, étirés à l'asiatique, surmontés d'une épaisse barre de sourcils qui n'appartenait ni à son mari ni à elle.

Là-dessus, il quitta la cuisine et monta l'escalier qui menait à sa chambre.

– Joseph, je t'ai demandé de me répondre ! cria-t-elle en courant derrière lui.

Le garçon claqua sa porte.

Quand Robert revint le soir, elle lui exposa l'affaire. Comme elle s'en doutait, il s'en désintéressa.

– Des bagarres entre garçons, y a pas de quoi en faire une histoire. Vas-y seule, moi j'ai pas le temps.

Elle y alla, et apprit que Joseph avait tenté de crever l'œil d'un camarade avec un stylo-bille. L'enfant avait été hospitalisé pour blessure à la cornée. Alice eut beaucoup de mal à convaincre les parents de ne pas porter plainte. Elle s'engagea à punir sévèrement son fils et à prendre à sa charge les frais médicaux.

Durant cette semaine-là, Joseph s'enferma dans sa chambre, descendant se préparer à manger quand il était seul dans la maison. Un soir, lassée, sa mère l'obligea à les rejoindre, et pour une fois, Robert, énervé de son attitude, s'en mêla. Il lui interdit d'écouter de la musique et de jouer avec son ordinateur pendant un mois.

Rageur, Joseph quitta la table en repoussant brutalement Pussy qui s'était imprudemment rapprochée.

Le lendemain matin, en sortant sur le perron, Alice découvrit Pussy pendue à une branche du tilleul. La petite chatte, hérissée et raide, se balançait, langue pendante, yeux exorbités.

Elle faillit s'évanouir d'horreur et sut dès cet instant que son fils était le coupable.

Elle retourna dans la chambre d'Annie.

– Je ne sais pas où est ton frère. Tu veux une limonade ?

Toujours allongée, la fillette refusa de la tête. Mal à l'aise, Alice s'approcha d'elle.

– Tout va bien, chérie ?

– Oui, répondit la gamine dans un soupir. Je me repose.

– Bon, alors je vais te laisser, les jeunes filles ont parfois besoin d'être seules, dit-elle d'un ton faussement enjoué. Ton frère ne devrait pas tarder à revenir.

– Je descends, dit soudain Annie en se levant. J'ai soif.

– Ah, tu ne sais pas ce que tu veux, ma chérie ! plaisanta sa mère. Viens, je vais te faire une citronnade.

Comme c'est compliqué de communiquer avec ses enfants, pensait souvent Alice. Elle se sentait démunie face à eux. Au lycée, c'était différent, elle jouissait d'une sorte de prestige, inexistant chez elle. Elle craignait d'être maladroite et de ne pas savoir prononcer les mots qui les toucheraient.

Après avoir vu le médecin, elle s'était demandé si elle n'était pas responsable du comportement de Joseph. Si, effectivement, elle n'avait pas montré trop d'affection à sa fille, comme il l'avait laissé entendre.

Et puis il y avait eu la mort de Pussy et sa révolte devant cet acte odieux. Concomitamment, comme si cet événement tragique avait débloqué quelque chose en elle, elle avait compris que son couple était arrivé au bout de sa route.

Elle annonça son intention de divorcer à Robert un soir qu'il revenait avec un bouquet de fleurs, ce qui ne lui arrivait jamais. Il tomba des nues, tenta de la convaincre, évoqua sa préménopause, ne comprit rien.

Le quiproquo dura un mois pendant lequel les époux firent chambre à part, Alice ne supportant même plus son mari dans son lit. Au terme de ce mois s'ouvrit une période orageuse où les adultes se déchirèrent.

Il fallut un an, deux avocats, des cris, des pleurs, des reproches cinglants, pour qu'Alice Vanloo redevienne Alice Cage.

Robert obtint la garde alternée des enfants et une confortable compensation pécuniaire pour se reloger car la maison appartenait à Alice.

– Ça te dirait qu'on parte tous les trois en week-end ? demanda Alice à sa fille.

JE REDESCENDS du chêne et regarde vers la maison. Derrière moi, le jardin tout en longueur s'étend sur plus de cent mètres, à peine séparé du bois attenant, qui remonte, touffu, vers les collines, par une chênaie et des buissons que personne ne s'est jamais donné la peine d'arracher.

C'est mon domaine. Ma sœur n'y vient jamais. Elle craint les serpents et je ne sais pas quoi encore. Je remonte le long de la haie et me dissimule près de la baie ouverte du salon. J'entends ma mère et ma sœur parler de moi.

– Tu t'entends bien maintenant avec Joseph ? demande ma mère.

Ma sœur continue sans répondre à téter sa paille.

– Tu sais, les garçons sont parfois difficiles, mais ton frère t'aime beaucoup, j'en suis sûre.

Ma mère a toujours été une grande optimiste.

Je ne sais pas ce que répond ma frangine parce que le chien de la voisine se met alors à aboyer comme un dingue. Je le déteste, et lui aussi. C'est un cocker de cinq ans qui se déchaîne chaque fois que je longe le portail de sa patronne. Faut dire que je fais ce qu'il faut pour qu'il s'énerve. Sa maîtresse est une vieille qui souffre du cœur et qui aime tout le monde, en particulier son chien dont elle parle comme d'un enfant.

Je me baisse brusquement parce que ma mère apparaît sur la terrasse et, la main en visière pour se protéger des rayons du soleil, examine les environs.

Elle semble inquiète et j'aime assez ça. La semaine que je passe chez elle me gonfle. Elle n'arrête pas de me surveiller et de m'interroger pour savoir ce que je pense de l'école, de mes camarades dont je me fous, si je suis content d'être là, ce que je veux faire plus tard. Chez mon père, j'ai la paix. Il ne me parle pas et rapporte le soir des pizzas ou de la nourriture chinoise.

Ma frangine préfère être ici et j'en ai conclu que les filles devaient rester avec les filles et foutre la paix aux garçons. Je n'aime pas spécialement mon père mais il me laisse tranquille.

– Joseph ! appelle ma mère.

Le clébard reprend ses aboiements. Ma mère quitte le perron et descend dans le jardin. Je sais qu'elle va chez la vieille. Elle pousse la barrière et en passant caresse la tête du chien.

– Lucy ! appelle-t-elle.

La vieille apparaît.

– Oui, Alice...

Je déteste leur complicité parce que je la sais dirigée contre moi. Ma mère considère la vieille comme sa mère, qu'elle a perdue, jeune.

– Je cherche Joseph, dit ma mère en l'embrassant.

– Pas vu. Annie est là ?

– Oui.

Bien sûr, la geignarde est là. Pas de risque qu'elle se sauve. Un jour, la vieille taupe est intervenue parce que je lui donnais une bonne correction, je ne me rappelle plus pourquoi. Elle a rappliqué en me traitant d'imbécile et de brute, et j'ai bien failli lui faire la même chose.

Je les regarde bavasser. Est-ce que ma mère lui a raconté que je la volais ? Comme la caméra numérique qu'elle avait achetée pour filmer le dernier Noël en disant qu'elle ne ferait plus d'arbre parce que maintenant on était trop grands. Elle n'a rien filmé ; je la lui ai fauchée et l'ai revendue à un copain. Ou quand je lui pique l'argent qu'elle garde à la maison. Elle le change de place, mais je le trouve quand même. Y a pas longtemps, c'étaient des boucles d'oreilles qu'elle adorait et que j'ai balancées. C'est rare, en général mes coups me rapportent toujours quelque chose.

Ces bêtises-là, c'était avant que je tue Jonas. Je me réveille parfois la nuit avec une sensation d'angoisse qui m'étouffe et qui disparaît quand je me masturbe jusqu'à la douleur. J'ai rejoué la scène un nombre incalculable de fois. J'y retrouve un détail oublié, une sensation nouvelle comme lorsqu'on revoit un film à la télévision. J'ai beaucoup réfléchi à ma motivation mais n'en ai pas découvert. Un meurtre gratuit. Pour rien. Instinctif. Spontané. Sans mobile. Le crime parfait. La loi du plus fort. La règle des puissants.

J'ai transgressé le tabou absolu. En ai-je eu du plaisir ? Encore faudrait-il que je sache ce qu'est le plaisir. Ou alors, celui de supprimer un nuisible. Un inutile. Un moche. Par exemple, je n'ai pas joui en le tuant. Pourtant, c'est ça qu'évoquent souvent les tueurs. J'ai lu des flopées de livres sur les tueurs en série, vu des dizaines de reportages sur eux. Tous parlaient du plaisir éprouvé au moment de tuer. Ça viendra peut-être.

Les deux femmes se rapprochent et je n'entends plus ce qu'elles se disent. Ma mère doit se plaindre et la vieille en rajouter.

Le clébard, qui me sent derrière la haie, en remet une couche. Avec un bout de bois qui traîne j'essaye de lui crever un œil.

– Tom, appelle la vieille, qu'est-ce que tu fais, petit voyou ? Laisse les mulots tranquilles, les pauvres !

Enfin ma mère embrasse la vieille qui a préparé une tarte pour nous et lui dit d'envoyer Annie la chercher. Depuis que ma mère retravaille, elle s'est mis dans la tête de nous préparer des plats que je déteste pour la plupart.

Ma mère semble visiblement inquiète de mon absence. Je ne suis plus un bébé. Avant de rentrer, elle se retourne une dernière fois. Mais elle ne me voit pas et referme la porte.

LES ANCIENS LOCATAIRES s'étaient sûrement imaginé que ce jaune pisseux donnerait de la lumière à la cuisine. Peut-être bien les premiers temps mais, depuis, la graisse et la crasse s'étaient emparées de toutes les surfaces.

Pas grave. Il se foutait pas mal de la décoration de cette crèche où il venait d'échouer. La douche crachotait, les prises de courant pendouillaient, le papier peint de la chambre sentait le moisi et les locataires de l'immeuble ressemblaient à des boat people.

Mais il était dans le centre de la ville. Il étira sa jambe gauche en grimaçant de douleur. Son genou lui faisait un mal de chien. Il le regarda avec haine. Putain de rotule, grogna-t-il.

La balle de.44 tirée à moins de cinq mètres avait bousillé les ligaments, arraché un bout d'os pour ressortir entre les faisceaux du mollet.

– Vous avez eu de la chance, avait estimé le toubib qui avait recollé les morceaux. Vous auriez pu rester infirme. Vous allez dérouiller mais vous marcherez.

Il marchait, ouais, en boitant tellement que les gens dans le bus se levaient pour lui laisser la place. Au poil, pour un flic des homicides.

Il se leva, mit de l'eau à bouillir pour le café. Il alluma une cigarette et regarda, dégoûté, l'eau tambouriner contre l'imposte placée au-dessus de l'évier. Entre la chaleur à crever et la pluie qui tombait plusieurs fois par jour, on se serait cru en pleine mousson. La bouilloire siffla et il versa le café instantané dans la tasse.

Comment ferait-il pour cavaler après un malfrat avec sa patte folle ? On aurait dû lui confier le secteur des handicapés plutôt que celui des mineurs. Un ado, ça cavale sec. C'était bien les conneries de l'administration. Pour lui éviter les archives, après sa convalescence on l'avait muté à la délinquance juvénile.

Les pontes n'avaient sans doute pas remarqué que c'était dans ce secteur que, depuis quelques années, on trouvait les voyous les plus dangereux. Ceux qui tiraient avant de penser. Qui foutaient le feu à leur école pour fêter Noël tous les jours ou qui dégommaient leurs profs, histoire de frimer. Mais c'était ça ou la retraite. Alors entre se faire buter d'un coup ou mourir à petit feu, il n'y avait pas photo.

Il se passa la main sur la joue. Il n'y couperait pas, aujourd'hui, à se raser.

Il gagna le cabinet de toilette et resta un moment sous le jet capricieux. Puis il se rasa et enfila du linge propre encore humide. Rien ne séchait dans cette piaule. Au début, il avait tenté d'améliorer le décor en recollant et rebouchant le plus voyant, puis il avait laissé tomber.

Il avala son café debout et s'habilla rapidement. La pluie s'offrait une pause, mais le ciel restait sombre, bourrelé de nuages noirs comme une tête d'assassin.

Pendant qu'il cavalait après son bus en traînant la jambe, la pluie s'en repaya une tranche, et quand il monta dans le bus ses cheveux dégoulinaient comme des algues. À cause de la pluie, la circulation était encore pire, et le chauffeur, un Noir obèse, écrasait en jurant sa pédale de freins, précipitant les passagers les uns contre les autres.

En arrivant au commissariat, il répondit vaguement aux saluts mous des collègues.

– Putain de temps ! cracha Ho avec originalité.

Il enleva son imper et se laissa tomber sur la chaise devant son bureau. Il prit une cigarette mais, au moment de l'allumer, remarqua les regards des autres et la garda éteinte entre les lèvres.

Ça aussi, ça lui plaisait. Même les flics se protégeaient les poumons. Bientôt ils se pointeraient avec leurs pantoufles dans un sac en plastique pour se reposer les pieds.

Dans la corbeille des enquêtes en cours, trois homicides non résolus. Rien que ça. D'abord il s'était insurgé. Qu'est-ce qui prouvait que c'étaient des mômes les coupables ? Y avait plus de truands adultes ? Mais les indics, besogneux comme des fourmis, avaient parlé d'une bande de jeunes Colombiens mâtinés d'Haïtiens, spécialisés dans les attaques de commerçants.

Et c'étaient justement trois boutiquiers qui avaient morflé. Une pharmacienne, un vendeur de high tech et un Coréen spécialisé dans le matériel informatique. Assassinés et dévalisés. Il se les traînait depuis un bout de temps avec son partenaire Sanström qui, comme d'habitude, était en retard.

Proche de la retraite, Sanström avait eu le bon goût de ne pas trop faire la gueule quand le capitaine avait décidé d'en faire son adjoint. Il avait dû croire qu'avec sa patte folle il se calmerait. Et il avait eu raison.

Mais c'était pas le coup qu'il ne pouvait plus courir, c'était de s'être retrouvé seul dans cette impasse pourrie, face à ce cinglé de Nick La Rosa, un dingo d'entre les dingos. Un foutu Nègre avec un blaze de Rital parce que sa Jamaïcaine de mère avait entubé ce gros abruti de La Rosa qui bavait devant ses seins chaque fois qu'il allait lui acheter sa bibine.

La putain de trouille qui l'avait secoué quand ce débile avait pointé sur lui son pistolet gros comme un canon, l'avait visé entre les deux yeux pendant que lui se fouillait frénétiquement pour dégager son .38. Nick avait tiré en rigolant comme un malade et probablement en fermant les yeux parce que la balle qui aurait dû lui pulvériser la cervelle lui était passée au-dessus dans un fracas de char d'assaut, mais ce gros con de Nègre avait tiré une seconde fois et lui avait pété le genou.

Il s'était écroulé en hurlant comme un putois, enfin c'est ce que lui avait dit Varenza, son partenaire de l'époque, qui depuis avait pris ses quartiers ailleurs. Il avait débarqué ventre à terre, en retard comme la cavalerie, et voyant Nick La Rosa viser son partenaire avait eu le bon réflexe de décharger son arme sur lui.

Ce qui n'avait pas empêché le Négro-Rital, sûrement chargé comme une canonnière, de continuer de tirer avec son bazooka, arrosant les murs, faisant cavaler les rats qui s'étaient installés là pour suivre le spectacle, jusqu'à ce que, percé d'une douzaine de trous comme une barrique de bière le jour de la Saint-Patrick, il s'écroule presque sur lui, affalé dans la boue, couvert des immondices dégueulées par les poubelles culbutées, cependant que Varenza regardait comme un abruti le sang de La Rosa se mélanger à la boue et au sien, et restait planté, les deux mains incrustées autour de son arme, la mâchoire décrochée, sourd à ses beuglements qui le suppliaient d'appeler une ambulance.

C'était de repenser encore et encore à cette scène dionysiaque qui, plus que sa patte folle, l'avait calmé.

Parce que, jusque-là, il avait plutôt bonne réputation, même si on le trouvait un tantinet tcharbé. Son équipe encaissait les meilleurs résultats du district, et tant pis si sa façon de les obtenir n'était pas toujours casher. Il n'évaluait pas bien les risques, allait un chouïa trop loin quand il s'agissait de bousculer les tordus, et n'aurait pas obtenu le prix de la diplomatie. À présent, les tocards pouvaient se carapater en abandonnant derrière eux des monceaux de cadavres fumants, il ne faudrait plus compter sur le sergent-chef Stark pour leur cavaler derrière.

Sanström joua les hommes invisibles toute la matinée, mais quand Stark revint de déjeuner son téléphone sonna.

– Brigade des homicides, sergent Stark, répondit-il d'une voix lassée.

– Sanström. Je suis sur un homicide. Tu me rejoins ?

Et il lui donna l'adresse.

Le corps était recroquevillé sur le sol de la cuisine. Un petit corps ratatiné qui avait retrouvé dans la mort la position fœtale.

Sanström, penché dessus avec un air dégoûté, releva la tête en reconnaissant le pas du patron. Il lui désigna l'arrière du crâne qui ressemblait à une galette. Un magma de sang, d'os et de cheveux gris.

– T'as vu ça, souffla-t-il, elle devait pas avoir loin de quatre-vingts ans. T'as vu ce qu'ils lui ont fait ?

Stark secoua la tête. Pour l'impressionner sur la saloperie du monde après vingt-trois ans de carrière, fallait se lever tôt. Il demanda :

– Pourquoi on est là ? C'est une ado, cette dame ?

Sanström lui jeta un regard de travers.

– C'est pas vrai, t'as autant de cœur qu'un boulier chinois !

– Tout ce que je dis c'est qu'on est censés s'occuper des mômes et qu'ici ça me semble pas correspondre... On sait qui c'est ?

– Mara Stipol. Elle habitait l'immeuble depuis trente ans. Et si on est là, c'est que Chong et Farnell sont sur une autre affaire. On était les seuls de la brigade à être disponibles.

– Ah ouais ! Et les trois homicides en carafe, c'est Chong et Farnell qui vont se les farcir ?

– T'en parleras à Belley, cracha Sanström.

– Bon, bon. Qui c'est le jeune qui pleurniche dans le salon ?

– Son petit-fils. C'est lui qui l'a trouvée. Pauvre gosse ! Vous avez fini ? demanda-t-il aux techniciens qui s'affairaient comme des mouches.

– Ouais, crachota un loucheux qui répondait au nom de Minovich. Y a pas grand-chose.

– L'arme du crime ? demanda Stark qui rêvait de s'asseoir.

– Un objet contondant. On attend le légiste.

– Putain. Pourquoi pas prendre un canon pour tuer cette pauvre vieille ? s'exclama Sanström d'un ton rageur.

– Parce que c'est pas facile à se trimbaler dans la rue, répliqua Stark.

Sanström n'était pas un génie, plutôt un laborieux qui attendait placidement sa retraite. Il détestait prendre des initiatives et était marié à une femme qui souffrait de sclérose en plaques, ce qui l'obligeait à beaucoup s'en occuper. Il avait tendance à prendre du poids et, compte tenu de sa vie, n'était pas particulièrement gai. Ce qui convenait à Stark qui, depuis un bon moment, n'avait pas envie de rigoler non plus.

– Tu l'as interrogé ? lui demanda-t-il en désignant le petit-fils du pouce.

– Non. Faut quand même le laisser souffler !

– J'y vais.

Le légiste débarqua à cet instant, reniflant comme à son habitude. Perpétuellement enrhumé, il portait été comme hiver un cache-col en laine tricotée. Stark avait croisé plusieurs légistes au cours de sa carrière et, à son avis, celui-ci était presque le plus normal. Ce qui ne voulait pas dire grand-chose.

– C'est quoi ? demanda Chopper en toussant.

– Une vieille. Là, dans l'entrée, indiqua Stark.

Chopper releva les pans de son cache-col et se pencha sur le cadavre.

– Ils l'ont pas ratée..., murmura-t-il.
– Avec quoi on lui a fait ça ? demanda Stark.
– Quelque chose de lourd et dur, répondit le toubib en se pliant davantage. Le crâne a été enfoncé, et du coup il y a eu peu de projections, le sang est resté à l'intérieur.
– Elle s'est défendue ?
Le médecin regarda les doigts et les avant-bras de la morte.
– Semble pas. Faudra vérifier les ongles... Mais pas d'ecchymoses sur les bras.
– On a dû la frapper par-derrière.
– D'après vous... elle... elle n'a pas subi de sévices...
– Sexuels ? Le médecin haussa les épaules. Ça, mon vieux, faudra que j'examine. Mais à première vue, ça semble pas, vu la position du corps.
– L'heure de la mort ?
– Vous la saurez peut-être demain, répliqua Chopper en se relevant et en se mouchant en même temps. Vous avez fini avec les photos ? demanda-t-il aux techniciens.
– Ouais, répondit Minovich.
– Alors, hop, enlevez ! dit le toubib en s'emmitouflant dans son écharpe. Je me sauve, j'ai un autre client qui m'attend.
– Le faites pas attendre, sourit Stark.
Le toubib parti, il gagna le salon encombré mais méticuleusement propre où, au milieu de l'unique canapé, était assis le petit-fils.
– Bonjour, dit Stark en s'asseyant sur une chaise en face de lui et en étendant sa jambe. Je suis le sergent-chef Stark des homicides, vous êtes son petit-fils ?
Le garçon opina. Il devait avoir moins de vingt ans et son visage était piqueté d'acné. Il portait des lunettes rondes et trois poils au milieu du menton. Il contemplait ses mains qu'il tenait croisées comme s'il comptait ses doigts. Il ne releva pas les yeux sur Stark.
Stark sortit son carnet.

– Je peux vous poser quelques questions ? Ce ne sera pas long. C'est vous qui l'avez trouvée ?

– Oui...

– Vous viviez avec elle ?

Le jeune homme soupira et tourna la tête vers Stark.

– Non, j'étais venu déjeuner.

– Ah, elle vous attendait donc...

Le garçon soupira encore.

– Oui.

– Vous vous appelez comment et vous habitez où, s'il vous plaît ?

– Timothy Carlson, 221 rue S, dans le quartier nord.

– Bien, dit Stark en notant. Vous travaillez ?

– Je fais des études de cinéma et je bosse chez un épicier.

– Bien... Stark releva la tête. Quel épicier ?

– Pourquoi vous me demandez ça ? répondit le garçon d'un ton rogue.

– Routine, éluda Stark avec un sourire. Je note tout et ensuite on ne vous ennuie plus.

Sanström passa la tête dans l'encadrement de la porte.

– Ça se termine, dit-il à Stark en jetant un coup d'œil vers le jeune homme.

– Votre grand-mère vivait seule ? reprit Stark, alors que Sanström les rejoignait.

– Oui.

– Pensez-vous qu'on lui a volé quelque chose ?

– J'ai pas remarqué.

Stark jeta un coup d'œil à son adjoint. Le garçon avait un ton moins peiné qu'agressif.

– Avait-elle des bijoux ?

Timothy Carlson haussa les épaules.

– Son alliance et un petit brillant qui valait rien.

– On vérifiera si elle les a toujours, dit Stark. Il regarda le garçon qui s'était adossé au canapé. Vous avez vos parents ?

– Dans l'Est. Je suis venu ici à cause de l'école et parce que j'aimais bien ma grand-mère.

– Je suis désolé, dit Stark. On va retrouver celui qui a fait ça, je vous le promets.

Le garçon ne répondit pas.

– Je vais interroger le voisinage, reprit Stark en se levant. Pourriez-vous m'attendre un petit moment ?

Le jeune homme haussa les épaules.

– J'ai tout mon temps.

Il se leva et alla à la fenêtre. Dans la rue on entendait jouer une bande d'enfants. Stark sortit, suivi de Sanström.

– On a interrogé les voisins ? lui demanda-t-il.

– Thomas et John s'en occupent. D'après ce qu'ils ont dit, Mara Stipol était prudente et n'aurait sûrement pas ouvert à n'importe qui.

– Et le gardien ?

– Il m'a dit avoir vu passer le petit-fils aux alentours d'une heure et demie.

Stark fronça les sourcils et regarda sa montre.

– Ils ont reçu l'appel à quelle heure ?

– À quatorze heures trente.

– Drôlement long pour faire le 911.

– Ouais, mais les locataires ne sont pas persuadés de l'attention du gardien.

– C'est-à-dire ?

– Il picole, et comme c'est de la bière et que ses chiottes sont dans la cour...

– Tu veux dire qu'il quitte souvent sa loge pour aller pisser ?

– Ouais.

– Je remonte voir le gosse. Comment tu le trouves ?

Sanström haussa les épaules.

– Comme un môme de son âge qui vient de s'en prendre plein la tête.

– C'est tout ?

– Ben, oui... Qu'est-ce qu'on fait ? On garde l'affaire ou on la refile aux autres ?

– Belley décidera. T'es arrivé le premier sur les lieux,

normalement c'est pour nous. Et puis, c'est peut-être un jeune qui l'a tuée.

Quand Stark remonta à l'appartement, il trouva le garçon qui furetait dans la chambre de sa grand-mère.

– Qu'est-ce que vous faites là ?

Le garçon se retourna, l'air furieux.

– Mais je suis chez moi ! Je cherche des photos...

– Vous n'êtes pas chez vous. Ne touchez à rien. Suivez-moi dans le salon.

De mauvaise grâce, le jeune Carlson suivit Stark et se laissa tomber dans le canapé. Stark reprit sa chaise et se frotta le genou avec une grimace. Ou c'était la flotte, ou c'était la chaleur, mais qu'est-ce qu'il dérouillait aujourd'hui.

– Bon, dit-il en ressortant son carnet. Pourquoi avoir attendu si longtemps pour appeler la police ?

– Si longtemps ? Vous croyez que c'est facile de retrouver sa grand-mère dans cet état ?

– Une heure ?

– Quoi, une heure ? Je suis arrivé à deux heures dix !

– C'est pas ce que dit le gardien. Il dit vous avoir vu passer à une heure et demie.

– C'est un poivrot. Il fait pas la différence entre le jour et la nuit.

– Vous veniez toujours déjeuner si tard chez votre grand-mère ?

– Non. Aujourd'hui j'ai livré. Je vous ai dit que je travaillais pour payer mes études, et mon boulot c'est, entre autres, de livrer les commandes...

– Chez qui vous avez livré ?

– C'est quoi ces questions ? s'énerva le garçon. Ma grand-mère a eu le crâne défoncé et vous me demandez chez qui j'ai livré !

– Oui, c'est ce que je vous demande. N'y voyez pas à mal. Mais comme il y a une différence entre l'heure de votre arrivée indiquée par le gardien et vous, je suis obligé de m'y intéresser. Pure routine. C'est pour mon rapport, sourit Stark.

Le garçon resta muet. Stark s'étonna de son attitude. Il ne manifestait pas de chagrin, plutôt de la colère. Enfin, chacun réagit à un coup dur selon sa nature.

– Votre grand-mère conservait de l'argent ou des valeurs chez elle ? demanda-t-il

Le jeune homme haussa les épaules.

– J'crois pas, pour le courant...

– Avez-vous remarqué s'il manquait quelque chose ?

– Qu'est-ce qui pourrait manquer ? Sa télé avait dix ans, son magnéto autant, d'ailleurs ils sont là...

Stark pensa à l'objet qui avait tué la vieille dame. Il regarda autour de lui.

– On pense que votre grand-mère a pu être tuée avec un objet lourd, pouvez-vous me dire s'il manque quelque chose, style gros cendrier, lampe...

– Elle fumait pas. Et les lampes... j'en sais rien.

– Comment, vous n'en savez rien ? Vous venez tous les jours ici et vous n'avez pas remarqué s'il y a des lampes. Tenez, sur cette console, il n'y en avait pas ?

Carlson regarda ce que montrait Stark. Une petite table en marbre sur laquelle était posé un cadre avec la photo de la vieille dame et de son petit-fils.

– Elle a été prise où ? demanda Stark, suivant son regard.

– La photo ?

Le jeune homme haussa les épaules et se pencha pour mieux la voir. Sa myopie paraissait importante.

– M'en rappelle plus... Chez mes parents... Et j'ai jamais remarqué s'il y avait une lampe. Et en plus, je venais ici deux fois par semaine.

Stark se leva et alla examiner le guéridon.

– Il n'y a pas de marque de poussière mais on a pu l'essuyer.

– Vous pensez que celui qui est entré pour tuer ma pauvre grand-mère l'a fait avec une lampe. Il devait avoir ce qu'il fallait, l'ordure !

– C'est aussi mon avis. Mais il semblerait que votre

grand-mère était suffisamment méfiante pour ne pas ouvrir à un inconnu.

Le jeune homme fixa Stark.

– Faut croire que non, grinça-t-il.

– Vous aviez ses clés ?

Le garçon acquiesça.

– Donc, vous entrez, et vous la trouvez dans l'entrée ?

– Oui...

– Qu'est-ce que vous avez fait ?

Le jeune Carlson lui jeta un regard éberlué.

– Ce que j'ai fait ! J'ai regardé si elle était morte... (Il eut une espèce de sanglot. Stark tiqua. En général, les gens déclaraient regarder si la victime vivait encore.) Et j'ai appelé la police.

– Hum... C'est là où je suis embêté, soupira Stark. À cause du temps qu'il vous a fallu...

Timothy Carlson se releva brusquement, l'air furieux.

– Mais qu'est-ce que vous voulez, à la fin ? Vous m'interrogez sur mon emploi du temps alors que ma grand-mère vient d'être assassinée, et au lieu de rechercher le salaud qui a fait ça vous m'emmerdez depuis une heure ! Je suis arrivé à plus de deux heures et pas à une heure et demie comme le dit ce connard de gardien. Vous n'avez qu'à vérifier auprès de la cliente. On dirait que c'est moi qui ai tué ma grand-mère, à vous entendre !

Stark leva les mains dans un geste d'apaisement.

– Rien de tout ça, monsieur Carlson. Je commence mon enquête, c'est tout. Et vous êtes le seul témoin dont je dispose.

– Bon, je peux m'en aller ? demanda brusquement le jeune homme.

– Bien sûr, acquiesça Stark. Nous allons mettre les scellés sur l'appartement, alors assurez-vous que vous n'avez rien oublié pendant qu'on est là.

– Elle s'occupait de mon linge. J'ai vu mon sac dans la salle de bains.

– Alors allez le prendre.

Timothy revint avec le sac et regarda autour de lui.

– Je pourrai l'avoir quand ?
– Quoi donc ?
– L'appartement. Ma grand-mère l'avait laissé pour moi.
Stark resta un instant silencieux. Manquait pas de sang-froid, le gamin.
– C'est votre grand-mère qui payait vos études ? renvoya-t-il brusquement.
– Quoi ? Oui... mes parents n'étaient pas d'accord pour le cinéma. Mais je travaillais, aussi.
– Ça coûte cher ce genre d'école... Elle avait de l'argent ?
– Hein ? Ce que je sais. Faut voir son avoué.
– Qui est-ce ? demanda Stark en ressortant son carnet.
– Gerson et Novotny, sur la 11e.
– Bien. Pour les obsèques ?
Le garçon haussa les épaules.
– Elle les avait prévues.
– Bon... Vous vous entendiez bien avec votre grand-mère, bien sûr...
Carlson lui lança un regard méprisant.
– Non, elle m'aidait, elle s'occupait de moi, mais je la détestais ! Correct ?
Stark soupira.
– Je sais, toutes ces questions... Mais nous sommes au début de l'enquête...
– Et je suis votre seul témoin. Évidemment, si c'était moi le coupable, ça vous éviterait de chercher. J'ai remarqué que vous boitiez...
Stark releva la tête. Ce petit con était un nocif. Pas sympa pour un sou. Égoïste à en crever.
– Maintenant qu'elle n'est plus là pour vous aider, comment vous allez faire ?
– Je travaille, vous avez oublié ?
– À ce propos je voudrais que vous me donniez le nom et l'adresse de la personne chez qui vous avez livré.
Timothy Carslon serra les poings.

– Vous n'allez pas aller l'emmerder, non ? C'est pas facile de trouver du travail.

– Bien sûr que non. Stark nota les renseignements que le gosse lui donna à contrecœur. Je vous demanderai de ne pas quitter la ville, monsieur Carlson.

– Je dois voir mes parents.

– Bien sûr. Laissez leur adresse à l'inspecteur Sanström en descendant. Vous n'avez plus rien à prendre, on peut y aller ?

– C'est vous qui aviez des choses à me demander.

– Oui, c'est vrai.

– Alors, l'appartement, je pourrai le récupérer quand ?

– À la fin de l'enquête.

– Et ça peut durer longtemps ?

– Des années.

– MADAME CAGE ?

Alice releva la tête du cahier qu'elle finissait d'annoter et rencontra un regard si chaleureux qu'elle sourit spontanément.

– Oui ?

– Excusez-moi, je suis Peter Petrovic, le papa d'Edwards.

– Oui, Edwards... Comment allez-vous ? répondit-elle en lui tendant la main.

– Très bien. Mon fils m'a dit que vous désiriez me voir...

Peter Petrovic, outre son regard, possédait le plus irrésistible des sourires.

– Oui... effectivement. Elle se leva et caressa la tête du gamin debout à côté de son père. Voulez-vous que nous fassions quelques pas ?

Ils sortirent dans le parc qui entourait le lycée, et Alice se demanda ce qui lui arrivait. Depuis sa séparation avec Robert, elle n'avait rien ressenti de semblable pour un homme. Était-ce ce qu'on appelait le coup de foudre auquel elle n'avait jamais cru ?

– Voyez-vous, commença-t-elle alors que le silence menaçait de s'éterniser, Edwards est dyslexique, ce léger handicap n'est rien s'il est corrigé à temps.

Peter Petrovic grimaça.

– Je crains qu'il ne tienne ça de moi, mais je m'en suis guéri, je vais m'en occuper. Je vous suis reconnaissant de me l'avoir signalé.

– C'est normal...

Ils continuèrent de cheminer et Alice se surprit à chercher un sujet de conversation pour les retenir.

– ... D'autant, reprit Peter Petrovic, que vous ne devez pas manquer d'occupations avec tous ces enfants...

Ils échangèrent un sourire, et Alice rougit de la niaiserie du sien.

– J'aurais eu plaisir à bavarder plus longtemps avec vous, continua Peter, mais je vous sais très occupée...

– Effectivement... Mais il est important...

Elle se tut, cherchant ce qui était important.

– Pourrais-je revenir vous parler des progrès éventuels de mon fils ? demanda Petrovic. Voyez-vous, je l'élève seul et j'avoue être parfois dépassé.

– Je suis à votre disposition... Je veux dire que nous sommes là pour aider...

Ils étaient arrivés à la sortie et Peter lui tendit la main.

– Au revoir, madame, et encore merci...

La paume de sa main était chaude et sèche. Juste ferme comme elle aimait.

Ils s'éloignèrent, et Alice, en saluant la mère d'un des élèves, remarqua que les grappes de fleurs roses des marronniers étaient arrivées à ce point de maturation où elles semblent prêtes à éclater. Elles encorbellaient l'avenue de guirlandes qui paraissaient trempées dans le sucre. Le soleil, qui se glissait entre elles, avait cette teinte vieil-or des après-midi radieux, et elle respira avec bonheur l'odeur de l'herbe fraîchement coupée.

Un coup d'œil à sa montre lui indiqua que sa journée était terminée, et elle eut le réflexe de se dépêcher de rentrer pour ses enfants. Quand elle se souvint que c'était la semaine de leur père, elle ne se reprocha pas son imperceptible soupir de soulagement.

L'AMBULANCE, sirène hurlante, déboucha dans l'avenue et dépassa Alice qui, le cœur soudain serré d'angoisse, se mit à courir en la voyant s'arrêter devant chez Lucy.

Une voiture de police était garée en travers du trottoir et deux policiers interdisaient l'entrée de la maison. Elle arriva devant chez son amie au moment où deux brancardiers en ressortaient avec une civière.

Elle se précipita, bousculant les policiers qui formaient barrage et, avant qu'ils aient pu l'en empêcher, souleva le drap qui recouvrait le corps allongé.

– Oh, mon Dieu ! hoqueta-t-elle.

Un policier la tira sèchement en arrière.

– Qui êtes-vous, madame ?

– Je suis... je suis...

Elle aperçut alors Adèle Ruffol, la meilleure amie de Lucy, effondrée en sanglots contre la barrière. Elle se précipita vers elle.

– Adèle, qu'est-il arrivé ?

La vieille dame la regarda à travers ses larmes en secouant la tête.

– Nous l'avons perdue..., murmura-t-elle.

– Mais que s'est-il passé ?

Un homme sortit de la maison et Alice reconnut le Dr Stanley, le médecin de la plupart des riverains, en particulier celui de Lucy qu'il soignait pour un grave disfonctionnement cardiaque. Il se dirigea vers les deux femmes pendant que les brancardiers hissaient leur charge dans l'ambulance. Autour, muets, les voisins semblaient atterrés par le drame.

– Alice, dit le médecin en lui posant une main amicale sur l'épaule, notre amie hélas nous a quittés. Elle n'a pas souffert.

– Mais que lui est-il arrivé ? s'écria-t-elle.

– Ce qui lui est arrivé ? cria soudain Adèle Ruffol en levant vers eux son regard brouillé de larmes. Vous voulez savoir ce qui est arrivé ? Alors allez regarder dans la poubelle !

Le médecin et Alice échangèrent un regard d'incompréhension.

– Dans la poubelle ! répéta rageusement la vieille dame.

Troublés, ils allèrent vers le conteneur placé sur le trottoir dont le médecin souleva le couvercle. Il recula avec un geste d'horreur, tandis qu'Alice, dans un hoquet, vomissait un long jet de bile.

Tom, le cocker chéri de Lucy, gisait décapité au milieu des sacs plastique, sa tête sanglante posée sur son flanc.

– Qui a fait ça, croyez-vous ? se mit à hurler Adèle Ruffol. Qui a pu commettre une telle horreur ? C'est quand elle a vu Tom dans la poubelle que Lucy est tombée morte. C'est un crime ! un crime !

STARK claqua son verre de whisky sur le comptoir. Une seule de ses fesses reposait sur le tabouret, de façon à soulager sa jambe.

– Tu vas te bousiller les vertèbres à t'asseoir de traviole, dit Pitt.

Les pales du ventilateur s'escrimaient à brasser un air si épais et moite qu'elles s'arrêtaient régulièrement pour repartir dans un grincement rouillé de vieille poussette.

– Mon ventilo est aussi crevé que moi, dit Pitt en le regardant avec une sorte d'affection.

– À part que lui tu peux le changer, lui renvoya Stark.

– C'est ça. T'es d'accord pour payer ta bibine plus cher ?

Stark haussa les épaules. Depuis qu'il le connaissait, Pitt se plaignait de ne pas gagner d'argent, alors que certains de ses plus vieux clients soutenaient qu'il était assis sur un tas d'or. Peut-être que c'était par peur de se faire attaquer.

– De quoi tu t'occupes en ce moment ? lui demanda l'Irlandais qui adorait les histoires de flics.

Ceux-ci avaient beau constituer l'essentiel de sa clientèle, il ne s'en lassait jamais.

– De meurtres, de quoi tu veux que je m'occupe...

Pitt avait vu Stark se transformer après avoir été blessé.

C'était pourtant la troisième fois qu'il se faisait tirer dessus. Mais comme disaient les anciens, il y en a toujours une de trop.

– Ouais, mais intéressant ? Et pour l'encourager il lui resservit un verre. De la part du patron.

Stark était fatigué. Il se demandait pourquoi il était encore accroché à ce rade à écouter toujours les mêmes histoires, au lieu de roupiller dans son lit après avoir pris deux Démerol pour calmer ses douleurs.

Il savait qu'il en prenait trop. Un, avait dit le toubib, quand vraiment vous avez trop mal. À quel moment ça faisait trop mal ? Qu'est-ce qu'il y connaissait à la douleur, le toubib ? Il avait ses genoux en parfaite santé. Peut-être un peu usés à cause des parties de tennis qu'il devait disputer au club Fleury où se retrouvaient les types comme lui.

– Trois en panne et un nouveau.

– C'est quoi le nouveau ?

– Une pauvre vieille à qui on a fracassé le crâne.

– Ah, les salauds. Dans la rue ?

– Chez elle.

– J'croyais que tu t'occupais plus que des mômes.

– Moi aussi. Mais mon équipe est la voiture-balai, faut croire.

– T'as une piste ? On l'a pas violée, au moins ?

Stark fit non de la tête. Il ne comprenait rien à cette affaire. Il s'était pointé chez l'avoué de Mara Stipol où on lui avait confirmé que la vieille dame avait effectivement prévu ses obsèques. Il avait appris par la même occasion qu'elle laissait à son petit-fils une très confortable assurance vie.

– Beau motif de meurtre, avait-il dit à Sanström en ressortant.

Mais celui-ci s'était insurgé :

– T'es dingue. Tu vois ce gosse tuer sa grand-mère pour toucher une assurance vie qui de toute façon était pour lui ?

– Il en avait peut-être marre d'attendre.

Mais Sanström avait sans doute raison. Ça devait faire trop d'années qu'il se farcissait des tordus, ça le rendait amer.

– Alors si on l'a pas volée ni violée, s'entêta Pitt, pourquoi on l'a tuée ?

Stark ne se posait plus ce genre de question. Tuer était chez l'homme une pulsion qui n'avait pas toujours besoin de raison. Elle était aussi ancienne que l'humanité. Certains tuaient pour un mot de travers ou pas de mot du tout. Pour se rendre intéressant à leurs propres yeux ou à ceux des autres. Parce qu'ils avaient un coup dans le nez ou que leur femme les avait quittés. Ou parce que tuer une vieille femme inoffensive était amusant et facile.

– Bon, je me casse, dit-il en descendant de son tabouret. Mets-moi ça sur ma note, Pitt.

– T'as pas l'air en forme, Stark, tu bois trop. Si tu crèves avant l'âge, moi je perds un client, tu y as pensé ? Ça t'arrive de manger ?

Stark, sans se retourner ni lui répondre, agita la main et se fraya un chemin jusqu'à la sortie. Une partie de fléchettes se déroulait entre quatre joueurs d'aussi mauvaise foi les uns que les autres, et leur boucan rajoutait des degrés de chaleur. Pitt avait laissé la porte ouverte pour donner un semblant d'air.

– Eh, Stark, lança-t-il de loin alors que le flic allumait une cigarette, tu sais que bientôt on pourra plus fumer dans mon rade ? C'est tes copains de l'hygiène qu'arrêtent pas de me faire chier ! Tu peux faire quelque chose ?

Stark sortit sur le trottoir. La flotte des dernières heures avait lavé la ville et la cité pourrie semblait presque propre. Mais la vapeur moite qui s'élevait portait avec elle des odeurs délétères qu'aucune pluie, si forte et obstinée soit-elle, ne pouvait changer.

Odeurs de misère et de chair pas lavée. De déchets roulant dans les ruisseaux. De nourriture avariée fourrée dans les poubelles que se disputaient en permanence les rats et les chats errants. Odeurs d'une ville dont la nature s'était détournée. Odeurs de mort et de souffrance.

STARK releva la tête du rapport qu'il tapait. Il regarda la vieille dame bien mise qui se tenait devant son bureau et dont les doigts gantés de filoselle tambourinaient nerveusement son sac.

– Vous êtes policier ? demanda-t-elle.

Sa voix avait la fragilité du cristal.

– Sergent-chef Stark, madame. Que puis-je pour vous ?

– Je m'appelle Adèle Ruffol et je viens déclarer un meurtre.

Il la fixa. Les yeux bleus délavés ne cillèrent pas.

– Je vous en prie, asseyez-vous. Un meurtre auquel vous auriez assisté ? Qu'on vous a signalé ?

– Ni l'un ni l'autre, monsieur le policier, et peut-être allez-vous me prendre pour une vieille folle. Pourtant c'est bien d'un meurtre qu'il s'agit.

Stark croisa les mains et se prépara à écouter ce qui arrivait pas loin d'une demi-douzaine de fois par mois, à savoir le récit d'une femme âgée, pétrifiée d'ennui et de solitude qui voyait le mal partout.

– Racontez-moi, soupira-t-il, résigné, en allongeant sa jambe sous le bureau.

– Mon amie, Lucy Laygues, une femme merveilleuse, est morte la semaine dernière d'une crise cardiaque provoquée par quelqu'un.

– Provoquée ? Comment ça, en lui donnant un médicament ?

– En tuant son chien.

Il grimaça. Voilà que ça recommençait. Les histoires des gens avec leurs animaux tournaient parfois au délire. Ou c'était un voisin qui devenait fou furieux à cause des aboiements d'un cabot et menaçait de tuer le chien et ses maîtres, ou c'étaient des gens qui portaient plainte parce que leurs chiens ou leurs chats étaient menacés par un autre fou furieux qui avait décidé que seuls les humains avaient le droit de vivre ; cette fois, c'était une femme morte parce qu'on avait tué son chien.

– Qu'est-ce qui vous fait croire que votre amie est morte pour cette raison ?

– Parce qu'elle était cardiaque, que son voisinage le savait et qu'elle a découvert son chien qu'elle adorait décapité dans sa poubelle ! J'étais là, elle est tombée raide !

– Décapité ? C'était quoi comme chien ?

– Un cocker. Adorable. C'était comme son enfant. Des enfants, elle en avait, mais elle ne les voyait jamais. Tandis que Tom, c'était son nom, ne vivait que pour elle !

Stark se renversa en arrière en sifflant entre ses dents. Quelle espèce de barjot était capable de décapiter un chien et de jeter son cadavre dans la poubelle de sa maîtresse ?

– Vous avez une idée de qui aurait pu faire ça ?

Elle le fixa sans répondre et il sentit qu'elle voulait lui faire passer un message.

– Une idée ne suffit pas, n'est-ce pas, inspecteur ? Je regarde la télé et je sais que la police ne fait rien sans preuves. Elle se pencha vers lui avec un air entendu. Des preuves, je n'en ai pas. Mais comme on dit dans les téléfilms, j'ai une intime conviction.

– Hélas, nous ne sommes ni à la télé ni dans un tribunal, et dans ce cas une intime conviction ne sert à rien. Si vous aviez assisté à ce forfait nous aurions puni le coupable pour cruauté envers les animaux. Mais il aurait été de toute façon très difficile de relier cette action, que, comme vous, je trouve odieuse, à la mort de votre amie.

– Alors on ne peut rien faire ?

Les yeux de la vieille dame se remplirent de larmes.

Stark secoua la tête.

– Si ce que vous dites est vrai, chère madame, et je n'ai aucune raison d'en douter, nous sommes devant un crime parfait.

– Un individu capable de faire ça, croyez-vous, inspecteur, qu'il ne soit pas capable du pire ?

Stark resta muet. Inutile de rajouter à l'angoisse et au chagrin de cette pauvre femme.

– Monsieur le policier, serait-ce trop vous demander de vous montrer dans notre quartier ? J'ai peur.

– Laissez-moi votre adresse, madame, je vous promets d'aller y faire un tour dès que j'aurai un peu de temps.

– Merci, inspecteur. J'ai toujours pensé que si on pouvait faire du mal à une bête, on pouvait en faire à un être humain. Excusez-moi de vous avoir pris de votre temps. Elle lui tendit un papier. J'avais préparé l'adresse.

– Merci, madame.

Elle se leva et fit demi-tour d'un air digne, indifférente à ce qui se passait autour d'elle, silhouette fragile au milieu des flics et des truands qui remplissaient le poste. Fragile, peut-être, mais forte, sûrement.

SANSTRÖM entra d'un pas rapide dans la salle des inspecteurs et se planta devant le bureau de Stark qui releva la tête du journal qu'il lisait. Les deux hommes restèrent un instant à se fixer.

– Oui ? demanda Stark d'un ton plat.

– Je viens de me faire engueuler par Belley.

– Pour ?

– Pour l'affaire Stipol.

– À cause ?

– À cause qu'une semaine après on n'a pas avancé d'un pouce.

Stark posa son journal et soupira. Ça devait arriver. Mais dans cette affaire on n'avait relevé aucun indice, et ce couillon de Belley le savait. La seule certitude concernait l'heure de la mort située entre douze heures trente et quatorze heures, et le fait que la vieille dame n'avait pas subi de sévices. La plupart des empreintes trouvées dans l'appartement correspondaient aux siennes, à celles de son petit-fils et du gardien. Les autres pouvaient appartenir à n'importe qui et, en tout cas, n'étaient pas répertoriées. Le gardien n'avait vu entrer personne à part Timothy. Mais on avait appris depuis que non seulement il avait un problème de prostate mais qu'il allait souvent miser chez le book d'en face.

D'après le petit-fils, on n'avait rien volé chez la vieille

dame parce qu'il n'y avait rien à voler. Alors pourquoi la tuer ? Mme Stipol, qui était méfiante, avait néanmoins ouvert à son assassin. Par conséquent, ou elle le connaissait, ou il venait de la part de quelqu'un qu'elle connaissait, puisqu'on s'était assuré qu'aucun employé d'une quelconque entreprise n'était venu livrer ou réparer quoi que ce soit.

Stark et les autres avaient retourné le problème dans tous les sens. Meurtre gratuit ? Pas dans un immeuble avec gardien. Possible dans la rue, un mec givré au crack ou à une autre gâterie pointera en rigolant le premier loquedu qu'il croisera et dont la tête ne lui reviendra pas. Pas le cas. Pas d'ennemis non plus. Mme Stipol n'avait rien à voir avec Ma Dalton. Et à part son assurance vie et son appartement, elle ne possédait rien.

C'était là-dessus que Stark avait tiqué. La seule personne que la mort de la vieille dame arrangeait était le petit-fils bénéficiaire de l'assurance vie. Mais Stark reconnaissait que ce mobile ne tenait pas debout puisque, de toute façon, elle lui serait revenue. Oui, mais quand ? Arrivé à ce stade de raisonnement, Stark savait qu'il débloquait et que c'était l'antipathie irraisonnée et immédiate que lui avait inspirée le jeune homme qui le faisait délirer. Dans le temps, il aurait appelé ça une intuition, un sixième sens, le nez. Plus maintenant. Il savait que tout ça avait été emporté par la balle du .357 de Nick La Rosa.

– Alors, qu'est-ce qu'on fait ? demanda Sanström qui détestait le silence.

– On a interrogé le voisinage ? l'épicier chez qui travaille le gosse ? Son alibi tient le coup ?

L'adjoint secoua affirmativement la tête trois fois.

– Bon, alors qu'est-ce qu'on peut faire ? réfléchit Stark à haute voix. On a que dalle ! Tout ce qu'on peut espérer, c'est que le ou les coupables s'en vantent. Et c'est pas impossible, vu que ce qu'ils se mettent dans les trous de nez les rend bavards. Faut passer le mot à vos indics.

– Ça peut durer des mois ! s'insurgea Sanström.

– T'as une autre idée ? Je te rappelle qu'on a sur les bras trois homicides aussi merdiques. Ou on relie le tout, et je ne vois pas comment... Il fixa son adjoint sans le voir. Une pharmacienne abattue dans son officine... des médocs qui disparaissent. Un Coréen qui vend du matos informatique, descendu... et bien sûr, matériel volé. Un vendeur de hi-fi dévalisé et battu à mort... Et maintenant cette vieille..., marmonna-t-il. Aucun rapport. À part le quartier.

– Aucun, répéta Sanström en haussant les épaules. Dans cette ville, des voyous t'en as autant que de pavés sur le trottoir.

– Continuez de fouiller avec John et Thomas. T'as cherché si le Timothy avait déjà fait parler de lui ?

– Y a rien. Pourquoi tu t'acharnes sur ce gosse ?

– Je m'acharne pas, je cherche. Bon, lâche-moi, j'ai besoin de réfléchir.

– De roupiller, oui ! cracha Sanström en s'éloignant.

Il avait drôlement changé, le Stark.

PETER PETROVIC avait revu Alice plusieurs fois. La première, sous prétexte de lui parler des progrès du jeune Edwards, mais la deuxième fois et les suivantes, il l'invita simplement au restaurant, puis au cinéma.

Alice lui avait parlé de ses propres enfants, de son divorce. Peter était veuf, et cette circonstance lui avait évidemment valu la sympathie d'Alice, même si elle n'avait pas besoin de ça pour le trouver craquant.

Au bout de deux semaines, ils renoncèrent à la séance de cinéma prévue après le dîner, et ils allèrent chez lui. Edwards dormait ce soir-là chez un copain.

Alice arriva au collège le lendemain matin sur un petit nuage. À la fin de la journée, elle retrouva Peter venu l'attendre. Voir son sourire, alors qu'il la regardait du trottoir d'en face, lui fit croire de nouveau au bonheur.

Ils allèrent prendre un café.

– Chérie, lui dit-il en jouant avec ses doigts sur la table. Je t'aime. Puis, une seconde plus tard : Je veux t'épouser. Puis, dix secondes après : Nous devons présenter nos enfants.

Alice ouvrit grand les yeux.

– Peter, on se connaît à peine !

– Peut-être, mais tu es celle que j'attendais depuis toujours. Si tu m'aimes la moitié que je t'aime, tu es folle de moi !

Elle éclata de rire parce que c'était l'effet qu'il lui faisait. Il était si différent de son ex-époux qu'elle se demandait si tous les deux venaient de la même planète. Elle n'avait jamais été aussi heureuse.

– Chéri, nous pouvons encore réfléchir. Ça ne nous empêchera pas de nous voir. J'ai... j'ai deux enfants...

– Et moi, un. J'ai toujours désiré une grande famille.

Elle pensa à Joseph. Comment allait-il prendre la présence d'un beau-père ? Il était si imprévisible. Depuis la mort de Lucy, Alice se sentait très seule, bien qu'Annie se soit encore rapprochée d'elle.

Robert avait assisté à l'enterrement de la vieille dame, enfin, y avait fait une apparition, prétextant du travail. Tout le quartier était là. Des dizaines et des dizaines de personnes, jeunes et vieux, des montagnes de fleurs. Tous, sauf Joseph.

Furieuse, elle l'avait cherché si longtemps que le cortège s'était déjà mis en route lorsqu'elle était arrivée. Adèle et leurs amies lui firent de la place au premier rang, mais elle ne comprit pas le regard que lui lança la vieille dame. Chargé de reproche, presque de colère. Elle mit ça sur le compte du chagrin.

Son fils ne réapparut que tard le soir, et Alice entra dans une rage noire en le voyant arriver, nonchalant. À un moment, alors qu'elle lui criait dessus, presque prête à le frapper, il l'avait saisie par les bras avec une telle force, une telle brutalité, qu'elle s'était tue d'un coup, suffoquée autant par son geste que par son regard. Un regard vide où brillaient deux billes de verre noir dépourvues de tout sentiment.

– Lâche-moi, avait-elle craché, les dents serrées, lâche-moi, espèce de petit imbécile !

Mais il ne l'avait pas lâchée, son visage n'exprimant rien d'autre qu'une immense indifférence. Alice, du coin de l'œil, vit sa fille se pencher apeurée par-dessus la rambarde, et se cacher le visage derrière ses mains.

– Tu fais peur à ta sœur, pauvre crétin, lâche-moi ou ça va mal se terminer !

Elle haïssait soudain ce fils devenu un étranger, ce fils qui lui faisait peur. Elle lui mordit les poignets pour lui faire lâcher prise, mais il ne desserra ses doigts qu'à regret, comme s'il ne sentait pas la douleur. Libérée, elle le gifla.

– C'est toi qui as tué le chien de Lucy, n'est-ce pas, espèce de malade !

Il fixa sa mère avec une ironie méchante.

– Va dans ta chambre, je ne veux plus te voir ! cria-t-elle.

Il se détourna négligemment, rafla un morceau de pain qui traînait et gagna sa chambre.

– COMMENT TU VAS, Stark ? demanda le capitaine Belley en désignant le fauteuil qu'affectionnait Stark.

Celui-ci s'y laissa tomber avec un soupir et allongea sa jambe.

Belley et Stark travaillaient ensemble depuis que Belley avait pris la direction du commissariat une dizaine d'années plus tôt. Ils s'appréciaient, même si Belley estimait parfois que Stark poussait le bouchon un peu loin.

N'empêche, quand la commission de discipline avait rétrogradé Stark de son grade de lieutenant à celui de sergent-chef, ne lui laissant d'autre choix que sa démission suite à ce qu'ils appelaient une bavure, que Stark nommait légitime défense, Belley l'avait soutenu.

Le voyou que Stark avait dégommé lui avait infligé la deuxième blessure de sa carrière, commencée quinze ans plus tôt. Un coup de lame qui lui avait déchiré la plèvre au moment où il passait les menottes à un dealer qui vendait sa saloperie à la porte d'un collège.

Le tort de Stark avait été de décharger quatre fois son pistolet. Au moins deux fois de trop, avait estimé la commission après le rapport du médecin légiste qui avait déclaré que le truand, un Hispanique bien connu de la brigade des stups, et aussi – c'était là où le bât blessait – leur indic, avait été tué par la dernière balle.

Les Stups, fous de rage, avaient exigé le renvoi de Stark qui n'avait dû son salut qu'à son dossier exceptionnel et à l'intervention personnelle de Belley. Mais Stark s'était ensuite tapé six mois de psychothérapie obligatoire.

– Ça va doucement, Belley, doucement... On s'emmerde sur des dossiers.

Belley regarda Stark frictionner machinalement son genou blessé. Il s'étira dans son fauteuil, faisant bomber sous la chemise une bedaine appréciable.

– Quatre, compléta le capitaine. J'ai vu ça sur le tableau. Vous faites quoi, tes gars et toi ? Piscine, musées, cinoches ?

Stark secoua la tête.

– Dis-leur ça, ils vont apprécier. Déjà qu'on leur sucre leurs heures sup, qu'ils se farcissent quand même, tu vas te rendre populaire !

– Tu sais que je brigue pas le prix de bonne camaraderie, Stark, pas davantage que celui de la brigade la plus naze. Je voudrais juste qu'on soit dans la moyenne, tu vois ? Pas tellement ambitieux.

Stark cessa de se masser.

– Belley, dit-il en se penchant vers son capitaine, t'as lu nos rapports sur les trois assassinats de commerçants, t'as vu où ils se sont produits ? Dans le quartier le plus merdique de notre charmante cité, là où les habitants, à la place des yeux, des oreilles et de la langue, ont du béton. Où les gangs se nourrissent sur la population et sont comme des poissons dans l'eau, comme disait Mao du temps du Grand Bond en avant. Pourquoi tu crois que le commissariat dont dépend ce quartier pourri nous a laissés arriver les premiers sur les lieux ? Pour nous faire une fleur ? Parce que leur standard était en panne ?

– Tu veux dire quoi, Stark ? Que nos petits copains nous font une embrouille ou que t'es plus capable de faire parler tes indics ? Ou tout simplement que t'en as plein le cul de ce boulot ? Remarque, je pourrais le comprendre. Je sais que tu dérouilles avec ton genou en petits bouts.

Stark se leva brusquement.

– Tu sais où je pourrais te le mettre, mon genou ? Tu veux quoi, Belley, une sardine de plus sur tes épaulettes ? Si tu trouves que je fais pas mon boulot, mets-moi aux archives, mais me fais pas chier à me dire ce que je dois faire. Moi j'ai pas de sardines, mais trois cicatrices, et ça, à mon sens, c'est plus parlant.

Belley retomba sur ses coudes et resta la tête baissée, le menton appuyé sur ses deux poings.

– Stark, dit-il d'une voix sourde, n'abuse pas de la situation, je veux des résultats même si ça doit me coûter ton amitié. Des gars dégourés, j'en ai vu, des mecs qui avaient justement morflé une balle de trop. Tu serais pas le premier. Si c'est ça, je compte sur ce qui reste de notre amitié et de ta probité pour que tu me le dises. Tu peux prendre ta pension quand tu veux. Je serai toujours là. Il releva la tête et planta ses yeux pâles dans ceux de Stark. T'as été pendant des années le meilleur flic de la ville. Faut le rester dans l'esprit des bleus pour qui t'es une légende. Fais-moi plaisir, remue-toi le cul.

STARK tourna la tête et ralentit. Il lut le nom de l'avenue et regarda distraitement les maisons avec jardin qui s'alignaient de chaque côté. Il s'était perdu.

Huppé, le coin. L'adresse lui rappela quelque chose et il fouilla dans la boîte à gants. C'était celle qu'Adèle Ruffol lui avait laissée. Drôle de coïncidence. Il avait complètement oublié cette histoire et voilà qu'il se retrouvait par hasard dans la rue qu'habitait la vieille dame.

Il chercha son numéro et s'arrêta devant une maison pimpante et vieillotte. Il descendit de voiture, agita la clochette à laquelle ne répondit aucun écho. Adèle devait taper le carton ailleurs avec ses copines.

Il examina les autres maisons séparées par de confortables jardins bordés d'épaisses haies. Il n'aurait jamais soupçonné que, si près de la ville, existait un quartier aussi champêtre. D'autant que, pas très loin, il y avait des coins où il ne faisait pas bon se promener.

Il chercha à se souvenir si, dans sa jeunesse, on pouvait passer d'un monde à un autre simplement en traversant un carrefour. Il crut se rappeler qu'il y avait les bons quartiers et les malfamés, comme on disait alors, et que chacun restait chez soi. À présent, les genres se télescopaient. Quelques années suffisaient à transformer un quartier tranquille ou chic en repaire de dealers, ou le contraire.

Il descendit du trottoir pour prendre de la distance, et marcha quelques pas pour s'arrêter devant la villa où s'était déroulé le drame du chien décapité, qui avait, selon Adèle, entraîné la mort de son amie.

Une Ford break arriva à ce moment, emprunta l'allée de la maison voisine, s'arrêta. Une femme en descendit. Embarrassée de paquets, elle se dirigeait vers la maison. Stark s'avança.

Alors qu'elle s'apprêtait à ouvrir sa porte, il l'interpella :

– Madame, s'il vous plaît ?

La femme se retourna, et Stark lui trouva un physique agréable. Il fit quelques pas dans l'allée.

– Excusez-moi, madame, puis-je vous parler ?

Soupçonneuse, elle ne répondit pas et considéra Stark d'un œil méfiant. Il sortit sa plaque.

– Sergent-chef Stark de la brigade des homicides de la ville.

– Oui ? dit-elle à contrecœur.

– Je viens... Difficile d'expliquer pourquoi il venait. Il décida de jouer la carte Adèle. Une des résidentes de votre rue est venue me trouver. Mme Adèle Ruffol, vous la connaissez certainement.

La femme acquiesça.

– Elle est venue suite à un accident qui serait arrivé à une de vos voisines, madame... Il chercha le nom dans son carnet. Ah, voilà. Lucy Laygues. Vous êtes au courant ?

– Bien sûr, répondit la femme. Lucy, Mme Laygues, était non seulement ma voisine mais aussi ma meilleure amie. Que vous a dit Adèle ?

– Est-ce que nous pouvons entrer ? demanda Stark.

– Bien sûr.

Elle se battit un instant avec la serrure récalcitrante de la porte et l'invita du geste à la suivre. Il entra dans une cuisine claire et spacieuse et haussa un sourcil en pensant à la sienne.

– Permettez que je me débarrasse, dit-elle en déposant ses paquets. Si vous voulez venir par ici...

Elle le précéda dans un salon-salle à manger où chaque meuble et chaque objet semblaient avoir été choisis avec un soin qui conférait à l'ensemble une harmonie que, pour sa part, il n'avait jamais connue. Un intérieur où il devait faire bon vivre avec ce genre de femme, se dit Stark.

– Je vous en prie, asseyez-vous, l'invita-t-elle en lui proposant un fauteuil bleu nuit assorti aux canapés.

– Merci.

– Que puis-je vous offrir ?

– Rien, merci.

Elle le regarda d'un air intrigué.

– Heu... Mme Ruffol, comme je vous le disais, se lança-t-il, est venue me voir au commissariat et m'a raconté ce qui était arrivé à votre amie. Elle paraissait bouleversée et m'a demandé de bien vouloir passer. J'avoue que je ne vois pas bien ce que je pourrais faire, mais comme j'étais dans le coin j'ai pensé que ça lui ferait plaisir et que je pourrais peut-être parler à quelqu'un...

– Lucy est morte d'une crise cardiaque, qui, d'après Adèle, a été provoquée par la mort de son chien qu'elle a trouvé...

– ...décapité dans une poubelle, compléta Stark.

– Oui.

La jeune femme lui parut très affectée par l'histoire.

– Et Mme Ruffol imaginait que cet acte barbare avait été perpétré par quelqu'un qui habiterait par ici. Qu'en pensez-vous, madame...

– ...Cage. Alice Cage.

Stark attendit. Alice Cage s'assit avec lassitude et grâce sur le canapé face au sien.

– Il est certain que..., commença-t-elle, mais on ignore qui a pu faire ça.

– Mme Laygues avait-elle des ennemis ?

– C'était la meilleure des femmes. Ç'a été une perte immense pour chacune des personnes qui la connaissaient. Je la considérais comme ma mère.

– Alors ? demanda Stark au bout d'un moment.

Elle se frotta nerveusement les mains, et Stark se dit que son attitude évoquait autre chose que le chagrin lié à cette mort.

– Je ne sais pas, répondit-elle d'une voix sourde, la tête baissée.

À ce moment, la porte de la maison qui donnait dans le salon s'ouvrit, et un adolescent entra. Il s'arrêta net en apercevant le policier. Alice se dressa.

– Oh, voilà mon fils. Joseph, présenta-t-elle. Sergent-chef Stark.

– Bonjour, Joseph.

Le garçon ne répondit pas, et fixa sur le policier un regard glacial.

– Le sergent Stark est venu suite à... l'accident de Lucy, continua Alice.

– Tu connaissais Lucy Laygues, Joseph ? demanda Stark, histoire d'alléger l'ambiance. La dame qui avait un petit chien...

Le garçon, toujours muet, entra plus avant dans la pièce. Il s'adressa à sa mère :

– Pourquoi un policier ? Elle est morte du cœur. Il se tourna vers Stark. Les flics enquêtent maintenant sur les crises cardiaques ?

Stark ressentit un fort élancement dans le genou.

– Non... Seulement quand les crises cardiaques sont provoquées par un acte odieux contre une pauvre bête sans défense.

Le garçon se tourna vers sa mère, et Stark remarqua qu'il bougeait d'une seule pièce, comme s'il avait les articulations bloquées.

– Je monte, mais je repars chez un copain. J'ai du travail, j'aimerais bien qu'on me dérange pas.

Sans rien ajouter, il grimpa l'escalier, suivi des yeux par Stark et sa mère.

– Âge difficile, lâcha Stark quand il entendit claquer la porte de la chambre du garçon.

Alice Cage hocha la tête.

– Vous avez des enfants ? demanda-t-elle.

– Noon... Pas de femme, non plus. Le désert.

– Ce n'est pas le plus mauvais endroit de la Terre, parfois, dit-elle.

– Votre mari... ?

– Nous sommes divorcés. Nous avons la garde partagée de notre fils et de notre petite Annie. Elle est plus jeune et plus facile, sourit-elle.

– Joseph a quel âge ?

– Seize ans passés. En plein dans l'âge ingrat. Encore quelques années et ça ira.

– Sûrement, dit Stark en se levant. Eh bien, merci de m'avoir si gentiment reçu, madame Cage. Si vous avez des informations... Vous pourrez me joindre à ce numéro. Mme Ruffol voulait que je vienne pour que celui qui a tué le chien sache qu'on ne peut pas se conduire ainsi impunément. Voilà. Je crains que ma visite n'ait pas servi à grand-chose. Mais si vous pouviez en faire part à Mme Ruffol, je pense que ça lui ferait plaisir.

– Je n'y manquerai pas, sergent. Merci de vous être déplacé. J'imagine que vous avez autre chose à faire que de vous occuper de la mort d'un chien et d'une vieille dame qui, de toute façon, serait un jour ou l'autre morte du cœur.

Stark sourit. Il trouvait cette femme vraiment agréable, et se dit que son crétin de fils ne lui ressemblait pas. Au moment de franchir le seuil, il se retourna.

– Excusez-moi de vous demander ça. Joseph, il aimait votre voisine ?

– Ils ne se parlaient pas beaucoup, répondit-elle après un instant.

Ils se regardèrent, se serrèrent la main, et Stark

compris qu'Alice ne lui disait pas tout. Ce garçon pouvait-il avoir tué ce chien ? Et sa mère le soupçonnait-elle ? Peut-être, se dit-il en descendant l'allée. Mais jamais aucune mère n'admettrait d'avoir un fils barjot.

LA RENCONTRE entre Edwards, son père, Joseph et Annie fut exactement telle que l'avait craint Alice.

Peter et Alice avaient décidé pour l'occasion de les emmener au restaurant, après que lui et son fils seraient passés prendre un verre et goûter des petits fours qu'Annie avait aidé sa mère à préparer.

Edwards était sur son trente et un. Timide, bien coiffé, poli. Son père avait dû sérieusement le briefer. Annie, coquette et curieuse, avait lâché ses jeans habituels pour une robe verte qu'elle ne mettait qu'exceptionnellement. Joseph s'était habillé en Jo : jean, tee-shirt et baskets aux lacets défaits. Il avait sa tête des mauvais jours.

Alice leur avait annoncé la semaine précédente sa rencontre avec Peter qu'elle leur avait présenté comme un homme très gai, lui-même papa, qui élevait seul son fils parce que la maman d'Edwards était morte de maladie deux ans plus tôt. Elle avait précisé que, dans la mesure où cette relation se poursuivrait, en aucun cas Peter n'interviendrait dans leur vie à tous les trois, que leur père était toujours Robert et que ça ne changerait jamais.

Annie n'avait rien dit. Et quand sa mère la rejoignit un peu plus tard dans sa chambre, elle lui expliqua tous les avantages qu'il y aurait à avoir un nouveau copain pour jouer, et un homme pour s'occuper de tout ce qui l'embêtait, elle, Alice.

Annie ne fit aucun commentaire, mais sa mère comprit que, dans la mesure où ça ne changerait rien à leur petite tribu, l'éventualité d'avoir deux personnes en plus dans leur vie ne dérangeait pas sa fille. Alice pensa même qu'Annie, qui se méfiait de son frère, préférait qu'il y eût un autre garçon à la maison.

Avec Joseph, ce fut différent. Quand sa mère le prit à part pour lui expliquer qu'elle aimait Peter et qu'elle espérait qu'il le comprendrait à présent qu'il était presque adulte, son fils lui opposa son habituel visage de marbre.

– J'ai aimé ton père, dit Alice, et nous avons vécu ensemble de très bons moments, surtout quand vous êtes nés, Annie et toi. Je me souviens de notre joie quand la sage-femme t'a posé sur mon ventre après l'accouchement. Tu étais si mignon. Déjà plein de cheveux et d'adorables petits doigts de pieds ! Ton père était fou, et moi aussi. Mais les années passent, et parfois tu ne ressens plus les sentiments que tu connaissais au début. Tu sais ça, Joseph. Peut-être as-tu déjà été amoureux. Pour les adultes aussi, hélas, ça peut se produire. Bref, ton père et moi avons décidé un jour de nous séparer sans que jamais vous en souffriez parce que vous êtes ce que nous aimons le plus au monde. Je ne pensais jamais connaître un autre homme, et puis Peter est arrivé et m'a beaucoup fait rire. Et tu sais que quand on fait rire une femme..., avait-elle ajouté en tentant de prendre son fils dans ses bras.

Mais il s'était dégagé, l'avait regardée de cette façon froide et méprisante qu'elle détestait, et avait déclaré :

– T'es adulte, tu fais comme tu veux. Juste, je veux pas qu'il s'occupe de moi.

Et il était rentré dans sa chambre en claquant la porte et en faisant hurler son tuner.

Le restaurant choisi par Peter était réputé pour ses grillades et son décor style ranch, fusils anciens aux murs, têtes de buffles et photos des pionniers de l'Ouest, avec en prime des images des films relatant la Conquête, scènes de batailles contre les Indiens, shérifs posant complaisamment devant l'objectif, bref, ce qui pouvait plaire aux jeunes, avait-il pensé.

Ils s'installèrent à une table d'angle que Peter avait réservée. Le choix des hors-d'œuvre, puis des viandes occupa d'abord la conversation, mais Alice remarqua immédiatement l'attitude hostile de son fils qui lui fit craindre le pire.

Annie et Joseph n'avaient jamais vu Peter auparavant, pour la bonne raison que tout s'était déroulé trop vite : moins de quatre mois entre le moment où Alice et Peter s'étaient rencontrés.

C'est ce qu'avait objecté Alice à Peter, mais la mort de Lucy qui l'avait laissée tellement désemparée avait précipité les choses en lui faisant sentir sa solitude affective que ne remplaçait pas la présence sporadique des enfants. Et puis, elle était tombée amoureuse.

– Qu'est-ce que tu choisis Joseph ? demanda Peter, un brin trop enjoué devant la mine crispée du jeune homme.

– Une côte de bœuf.

– Un hors-d'œuvre ?

– Non.

Et il ne desserra plus les dents du repas, malgré les efforts de sa mère et de Peter. Annie et Edwards, sensiblement du même âge, furent davantage prolixes, mais avec une certaine retenue due sans doute à l'ambiance.

Alice, très mal à l'aise, n'arrivait pas à avaler sa grillade. Peter commanda une deuxième bouteille de vin. Alice trouva que Peter parlait trop fort, riait bruyamment à ses propres blagues, plaisantait avec les serveurs, qui, ayant compris qu'ils étaient tombés sur le bon client, ne cessaient de remplir son verre.

Arrivé au dessert, il prit la main d'Alice et la porta à ses lèvres en lui lançant un regard appuyé. Gênée, elle la retira un peu brusquement, et Joseph eut un ricanement, sa première manifestation de la soirée.

Peter demanda l'addition sans beaucoup de discrétion, fit des commentaires sur la note, vérifia, et enfin paya d'un chèque qu'il agita au bout du bras pour appeler le maître d'hôtel.

Alice était pétrifiée. Annie et Edwards somnolaient à moitié. Seul Joseph, la bouche crispée dans un rictus, contemplait d'un air satisfait l'ivresse de celui qu'il détestait déjà.

– Vous êtes saoul, cracha-t-il alors que Peter se levait laborieusement de sa chaise.

– Quoi ?

– Je savais pas que ma mère aimait les ivrognes. Au moins, mon père ne buvait pas. C'est peut-être pour ça qu'elle s'ennuyait avec lui.

Il parlait entre ses dents, et nul autour ne l'entendit, aussi les gens furent-ils surpris quand Alice lui expédia une gifle sonore. En retour, son fils leva instinctivement la main sur elle, et l'espace d'un instant toute la salle fut suspendue à ce geste.

Alice se leva brusquement, attrapa sa fille et sortit du restaurant en laissant les trois mâles sur place.

Peter, revenu de son ivresse, se précipita à sa suite et la rejoignit alors qu'elle arrêtait un taxi.

– Alice, Alice, cria-t-il en lui attrapant le bras, qu'est-ce que tu fais ?

– Laisse-moi !

– Alice, je ne sais pas ce qui m'a pris. Je t'en prie, pardonne-moi !

– Laisse-moi, je rentre, dit-elle en ouvrant la porte du taxi.

Il la retint au moment où elle refermait la portière.

– Tu ne peux pas partir comme ça, supplia-t-il. Puis comme elle ne répondait pas et donnait son adresse au chauffeur : C'est à cause de ton abruti de fils ! Tu as vu la tête qu'il faisait ? Qu'est-ce que je lui ai fait ? Qu'est-ce qu'il a, ce gosse ? On ne va pas se disputer à cause de lui !

– Démarrez, dit-elle au chauffeur.

Se retournant, elle vit Peter et Edwards sur le bord du trottoir. De Joseph, nulle trace. Elle comprit bien avant d'arriver à destination que son fils serait le boulet de sa vie.

– JE NE PEUX PAS faire grand-chose, à part essayer de vous soulager, dit le médecin à Stark.

Celui-ci le regarda de travers. Il croyait qu'il venait pour quoi ? Prendre le thé ?

– ... Votre opération était délicate et on ne s'en est pas mal sorti, continua le toubib en palpant le genou déformé de son patient.

– Peut-être, mais je dérouille, grogna Stark.

– J'imagine, fit, pensif, le toubib. Vous voulez un arrêt de travail ?

– Non, je veux avoir moins mal.

– Vous arrivez à marcher ?

Il imaginait quoi, ce con, qu'il était venu en volant ?

– Je marche, mais j'ai mal. Je marche pas, et j'ai mal.

Le médecin hocha la tête.

– Je vais essayer de vous faire une infiltration...

– C'est quoi ?

– Une injection d'un nouveau produit assez efficace.

– Dans mon genou ?

– Ben, oui.

– Putain, ça doit faire un mal de chien !

– Moins que de recevoir une balle.

Stark respira avec difficulté. Une piqûre dans le genou. Dans cette boule d'os. Elle allait entrer comment, l'aiguille ?

– Entre les plateaux du tibia et du fémur, répondit le toubib, à la hauteur de la rotule. Vous n'avez presque plus de rotule, vos ligaments se sont fait la paire et votre plateau tibial ressemble à un champ de mines. Va falloir percer.

Stark écarquilla les yeux. Percer ? Le médecin se pencha sur son plan de travail et remplit une seringue, de cheval, pensa Stark, d'un liquide jaunâtre.

– Ça va me soulager ?

– J'espère, répondit le médecin en haussant les épaules. On va le faire doucement, le liquide est épais. Vous allez respirer profondément. Vous y êtes ? demanda-t-il en approchant la seringue du genou étendu. Il souleva la jambe par le mollet pour plier l'articulation et la tâta du doigt. Ouais... ben, on va tâcher de pas louper son coup.

– Sinon ? haleta Stark.

– Je casse l'aiguille dedans, répondit calmement le toubib, après faudra aller la récupérer.

Stark espéra que ce connard se foutait de lui.

– Bon, allez-y, dit-il en respirant un grand coup.

Il faillit gueuler de tous ses poumons quand l'aiguille s'enfonça, et se retint in extremis. L'autre pomme aurait trop rigolé. Il fourrageait dans son genou en tournant, appuyant là, piquant ailleurs, tandis que le liquide épais comme de la boue lui paralysait l'articulation.

– Voilà, on a bientôt fini...

Il réenfonça, un coup, lâcha le reste du liquide.

Stark attrapa sa jambe à deux mains. Son genou était plus douloureux que jamais.

– Ça fait un peu mal, hein ? dit le toubib en contemplant son travail d'un air satisfait. Remuez-vous pour dissoudre le produit. Levez-vous.

– Je ne peux pas !

– Levez-vous, allez, réitéra le médecin d'un ton distrait en regagnant son bureau.

Stark lui lança un regard meurtrier. Et tenta de

déplier doucement sa jambe, s'attendant presque à voir jaillir le liquide comme une boule de feu.

– Bon, rhabillez-vous. Si vous avez trop mal, deux Démérol par jour sans excéder trois jours.

Stark se retint de lui dire que c'était sa dose journalière habituelle.

– C'est pas mal, vous savez, dit le toubib en rédigeant son ordonnance. C'était un sacré bordel votre genou. C'était pas facile comme opération.

Stark se demanda pendant combien de temps ce jean-foutre allait s'autocongratuler. Il se traînait comme un vieillard, souffrait quasi en permanence, mais l'autre était content.

– Ça va me soulager dans combien de temps ? demanda-t-il en remontant son pantalon.

– Un jour ou deux. Forcez pas. Bougez doucement le genou. Téléphonez-moi pour me dire, dit-il en lui tendant la main.

– C'est ça, grogna Stark, ça vous fera sûrement plaisir de m'entendre.

TOTALEMENT PLONGÉ dans le délire de Marilyn Manson, je n'entends pas Petrovic se pointer, et je sursaute quand il me touche. Furieux, je lui jette un sale regard.

– Excuse-moi, je ne voulais pas te faire peur, dit-il dans un sourire.

Me faire peur ! Pour qui il se prend ce grand con qui se farcit ma mère ? Et qu'est-ce qu'il est venu foutre ici ? C'est pas tout à fait son genre, cette boutique.

Il y a un grand comptoir au milieu de la salle, et quand ça les prend, ou que les tôliers ont dégotté un nouveau groupe qui arrache, il y a toujours deux ou trois filles à moitié à poil qui grimpent sur la table pour faire leur numéro. Les gars se mettent autour et ça déménage grave. C'est pour ça que je ne comprends pas ce que Monsieur Propre fait là.

Il me fait signe d'ôter mes écouteurs.

– Ouais ?

– Joseph, excuse-moi de te déranger, je t'ai aperçu en passant devant la vitrine et j'ai eu envie de te dire bonjour. On va prendre un verre ?

– J'ai pas soif.

– Faisons quelques pas, si tu préfères...

Je sens qu'il ne va pas me lâcher, alors autant m'en débarrasser.

– O. K., mais pas longtemps.

On sort et j'ai déjà envie de me tirer.

– On s'assoit là ? me propose-t-il en désignant un banc dans le square qui jouxte la boutique.

Je hausse les épaules d'un air aussi excédé que possible et l'on entre dans le square. On s'installe et j'attends ce qu'il a à me dire. Pas difficile à deviner.

– Écoute, commence-t-il avec un sourire forcé, je sais que tu es à l'âge où l'on a plein d'ennuis, où l'on n'a qu'une envie, entrer dans l'âge adulte pour s'affronter à la vraie vie. J'ai eu ton âge, tu sais, ricane-t-il en posant sa main sur mon bras, dont je me débarrasse aussitôt d'un geste brusque. Il fait mine de ne pas le remarquer. Et... et je m'en suis sorti. J'ai vieilli. Mon père était officier de sécurité dans une banque et il s'est fait tuer lors d'un braquage. J'ai eu beaucoup de chagrin. Ma mère a travaillé dur pour nous élever mon frère et moi...

Je bâille d'ennui. C'est quoi le film ? Les lacets de mes baskets traînent dans le sable et je me penche pour les nouer.

– Ce que je veux te dire... (Ah, c'est pas fini !) À vrai dire je ne sais pas ce que je veux te dire. Peut-être tout simplement que tu aimes ton père et que tu n'as pas envie qu'un blaireau prenne sa place dans votre famille. Je peux t'affirmer que ça n'arrivera pas. C'est vrai... j'aurais voulu que ta maman et vous, moi et Edwards, on reconstitue une vraie famille. Tu sais, on parle beaucoup des familles recomposées. Mais j'ai compris que tu n'étais pas prêt, alors, comme ta mère compte beaucoup pour moi, et que toi tu comptes beaucoup pour ta mère...

Où il veut en venir, à la fin ? Trois Blacks passent devant nous en se dandinant et en nous jetant un coup d'œil appuyé. Est-ce que ces trois taches pensent que je me fais draguer par un vieux ? Je me tourne vers lui, j'ai assez perdu de temps.

– Vous fatiguez pas, si vous voulez sauter ma mère, je m'en tape. Ce que je veux, c'est qu'on me foute la paix.

Il se dresse comme un putain de ressort, et à sa mine je vois que je n'ai pas perdu mon temps.

– T'as pas honte de parler comme ça de ta mère, petite ordure !

Si les gens de l'autre côté de la rue ne l'ont pas entendu, c'est qu'ils sont sourds.

– Allez vous faire mettre, je lui dis en m'éloignant.

Ce salopard m'attrape par le bras et me tourne vers lui. Il est total ouf et prêt à me cogner. J'hésite pas et lui enfonce mon genou dans l'entrejambe. Le souffle coupé, il me lâche en se pliant en deux.

Je jette un coup d'œil autour de nous. Personne n'a rien remarqué. Je me casse, tranquille.

– SERGENT...

– Ouais...

– Tu connais ce coin ? demanda Ho en lui tendant un papier.

– Heu... oui... J'y suis déjà allé, pourquoi ?

– Les flics du quartier nous ont transmis un dossier sur un môme qu'aurait disparu. Le collègue qui s'en occupait, tu vas rire, s'est fait renverser par une voiture, il est à l'hôpital dans le coma. Y avait que lui à la brigade des mineurs.

– Et alors ?

– Ses potes ont cherché ses notes et n'ont rien trouvé. Alors ils te refilent le bébé.

– Ah ouais ?

– Depuis, pas de nouvelles, et ils veulent qu'on continue les recherches.

– O.K. T'as besoin de ticket de bus ?

– Je pensais que tu pourrais peut-être venir avec moi interroger le voisinage, tu les as déjà rencontrés, non ? J'ai entendu une bonne femme qui te demandait d'y passer pour je sais pas quoi.

– Écoute, ce coin, c'est un quartier, tu vois, des centaines et des centaines de gens y habitent... Et moi je dois aller revoir le petit-fils de la vieille qui s'est fait massacrer en centre-ville. C'est moins loin. Alors tu t'en occupes.

– Si ça se trouve, c'est qu'une fugue, et moi j'ai déjà plein de dossiers. D'après les photos qu'ils m'ont montrées, le gamin, qui s'appelle Jonas, c'est pas un hasard, ressemble davantage à une baleine qu'à un gardon. À mon sens, ses copains se sont foutus de lui et il est allé se mettre un peu au vert histoire de se calmer.

– Tu sais quoi, Ho, tu devrais tâter de la psychanalyse, tu m'as l'air top.

– Écoute, Stark, dit l'autre en se penchant, t'as remarqué mon tour de taille...

– Et pourtant on t'a pas appelé Jonas..., répondit son chef en le regardant de côté avec un rictus.

Ho, d'origine japonaise, ressemblait davantage à un sumo qu'à une figurine d'ivoire.

– ... Très drôle. Non, mais n'empêche que gamin, j'ai dérouillé. Y a pas plus tordu qu'un gosse. Les rouquins, les gros, les efféminés, les surdoués, même panier ! On leur tire dessus à vue.

– Bon. Eh ben, va voir. On saura si t'as raison. Prends quelqu'un avec toi, ça ira plus vite.

Ho, visiblement déçu, s'éloigna.

– Eh, Ho ! le héla Stark, si c'est vraiment une disparition, préviens-moi. Ça fait combien de temps ?

Ho se contenta de hausser les épaules.

Stark se mit à rire. Il savait pourquoi Ho faisait la gueule. Les mômes qui se tirent, c'était galère. Le pire, c'était les parents. À les entendre, leurs mioches étaient tous des petits saints incapables de souffler sur une mouche, et encore moins de se tirer parce que leurs géniteurs les pompaient.

À se demander comment, plus tard, on retrouvait tellement de tordus et de détraqués. Les bonnes consciences disaient que c'était la faute de la société. Mais Stark n'y croyait pas parce que les détraqués et les pervers se repéraient très tôt, seulement les parents ne voulaient pas admettre que leur fils ne serait jamais un prix Nobel ou leur fille la Reine des abeilles. Ça commençait avec la cruauté sur les animaux, et ça se terminait par la cruauté tout court.

Et ce n'était pas toujours des gosses avec des enfances difficiles. Il existait des tocards de naissance. Des mauvais qui ne deviendraient jamais bons.

Les scientifiques admettaient à présent que nos tendances à l'alcoolisme, à l'agressivité, à l'angoisse, dépendaient à cinquante pour cent de notre patrimoine génétique. À dix-sept mois, le poids des gènes pesait pour quatre-vingts pour cent dans les comportements agressifs, mais à l'âge adulte il ne représentait que trente pour cent parce que la vie en société inculquait des solutions alternatives à la violence pour résoudre les problèmes. Un chercheur de l'université de Montréal avait même réussi en modifiant sur des souris l'ARN du gène en question, à activer ou désactiver leur comportement agressif. Le futur des docteurs Folamour était assuré. Mais tant qu'ils ne s'occuperaient que des souris, les brutes et les tortionnaires avaient de beaux jours devant eux...

L'adresse dont lui avait parlé Ho le fit repenser à ce môme qui habitait le même district, et dont la mère, il en était sûr, se méfiait. Un chien décapité, fallait quand même être grave. Mais pour l'instant, il devait rendre visite à un autre chérubin.

– BONJOUR, monsieur, je voudrais parler à Timothy Carlson.

Stark, en même temps, montra sa carte de détective.

– À quel sujet ? demanda le gars installé derrière son bureau.

– Au sujet de la mort de sa grand-mère.

– Ah, vous avez trouvé le coupable ?

Stark soupira en secouant la tête. Il adorait quand les gens répondaient à ses questions par une autre question. Et celui-là avait l'air très fort sur ce coup.

C'était le directeur adjoint de l'École de cinéma où Timothy traînait ses fonds de culotte. Un établissement pour parents qui ne savent pas quoi faire de leurs gosses, pensa Stark.

– Je voudrais juste lui parler.

Le gars pinça les lèvres, visiblement vexé que ce flic sur le retour l'envoie balader.

– Il est en cours.

– J'en ai pas pour longtemps.

Le type hésita encore, histoire de marquer son territoire, et décrocha son téléphone.

– Allô, Mary, savez-vous où se trouve Timothy Carlson en ce moment ? Vous voulez bien me l'envoyer ? Merci. Il va descendre, dit-il en raccrochant. Vous pouvez l'attendre dans la salle des profs à côté. Elle est vide pour l'instant.

– Merci.

Timothy déboula cinq minutes plus tard et la secrétaire l'envoya rejoindre Stark qui remarqua que le garçon faisait déjà la gueule en poussant la porte.

– Bonjour, lui dit Stark.

Carlson répondit par un hochement de tête.

– Vous allez bien ? Pas mal, cette école. Vous voulez devenir technicien, réalisateur, quelque chose comme ça ?

Carlson, lèvres pincées, hocha la tête et enfonça profondément les mains dans les poches de son pantalon en toisant Stark d'un air hautain.

Les murs de la salle étaient ornés d'affiches de films et de portraits de metteurs en scène célèbres. Des photos des studios mythiques des majors. Les parents devaient s'imaginer que leurs gosses deviendraient des Hathaway ou des Cassavetes.

– Je suis venu vous voir parce qu'on ne trouve rien, continua Stark en écartant les mains dans un geste d'impuisssance. Rien de rien. Pas normal. Carlson leva les yeux au ciel en silence. Vous devez vous dire qu'on est mauvais, nous les flics, et qu'on ne trouverait pas notre derrière avec nos deux mains. Hein, c'est ce qu'on pense à votre âge de la police ?

Carlson fit quelques pas en regardant Stark par en dessous.

– Vous ne devez pas chercher où il faut.

– Ben, c'est ce que je me suis dit, figurez-vous. On cherche un cambrioleur à qui votre grand-mère aurait ouvert, elle si méfiante, un voleur qui n'aurait rien volé et l'aurait quand même tuée. Voyez, ça ne colle pas. En revanche, si c'est quelqu'un qu'elle attendait, ou qui venait de la part de quelqu'un qu'elle connaissait, ça devient plus clair.

– Elle n'attendait que moi.

Stark le fixa sans répondre en grimaçant. Carlson comprit et se troubla.

– Vous êtes cinglé, souffla-t-il, vous croyez que c'est moi qui ai tué ma grand-mère ? Vous êtes malade !

– J'ai pas dit ça. J'ai dit que votre grand-mère devait avoir ouvert à quelqu'un qu'elle attendait, ou qui venait de la part de quelqu'un qu'elle connaissait.

– Ma grand-mère fréquentait le club de vieux de son quartier, il faut peut-être chercher par là, dit Carlson avec une ironie appuyée. Je vois bien un des pépés ou une des mémés l'assommer avec une batte de base-ball, juste pour le plaisir. C'est vrai qu'ils sont pervers, ces vieux.

– Elle n'a pas été tuée avec une batte de base-ball.

– Ah oui, avec une lampe... Mais vous n'avez pas retrouvé la lampe, n'est-ce pas ?

– Ça pourrait aussi être un presse-papier. En tout cas un objet en métal parce que, dans la plaie, le légiste a relevé d'infimes particules métalliques.

– Ou une casserole.

– Vous ne m'aidez pas beaucoup, Timothy.

– Faudrait que je vous aide ? C'est déjà nous qui payons vos salaires, et en plus vous m'accusez. Vous manquez pas d'air !

– Je ne vous accuse pas, je pense. Et je pense de plus en plus que votre grand-mère a ouvert sa porte en confiance à quelqu'un qu'elle connaissait.

– Peut-être, mais lui ne la connaissait pas, parce qu'il aurait su que ce jour-là je venais déjeuner, et qu'il risquait de tomber sur moi.

– Ce qui n'a pas été le cas puisque vous étiez en train de livrer. À ce propos, on a demandé à votre cliente, Mme Schwartz, à quelle heure vous étiez venu, elle ne s'en souvenait pas parce que ce jour-là sa télé était en panne et que sa vie est rythmée par les feuilletons.

– Alors elle avait pas d'heure.

– Non, et ça fout votre alibi en l'air. Remarquez, vous n'en avez pas besoin puisque votre grand-mère a été tuée entre midi et demi et deux heures moins le quart, approximativement, et que vous avez déclaré être arrivé à deux heures vingt. Ce qui semble logique puisque vous nous avez appelés une demi-heure plus tard.

– Je ne sais pas où vous voulez en venir avec vos histoires de feuilletons et d'horaires. Et puis, c'est très délicat de votre part de venir me relancer à mon école. Ça pouvait pas attendre ce soir, chez moi ?

– Je suis passé hier, vous n'étiez pas là. Et je suis comme tout le monde, le soir, j'aime bien rentrer chez moi.

– Bon, alors, qu'est-ce qu'on fait ? Comme il y a une enquête l'assurance fait des histoires pour payer la prime du contrat vie. Ils laissent traîner, ils doivent penser comme vous, peut-être.

– Je ne sais pas, je ne les connais pas. Mais si jamais, Timothy, vous aviez de nouvelles informations, prévenez-moi. Parce que, voyez-vous, je ne vais pas laisser tomber cette histoire avant de l'avoir résolue. Je déteste que l'on s'attaque à des vieux. C'est peut-être parce que je m'en rapproche, qu'en pensez-vous, Timothy ?

– Monsieur Carlson, s'il vous plaît. Et que vous vous en rapprochiez, j'en sais rien. En tout cas, je serai content quand vous aurez retrouvé le salaud qui a fait ça. Paraît que ma mère va très mal, depuis...

– Je comprends ça. Vous n'êtes pas retourné chez eux après ?

– Inspecteur...

– Sergent-chef.

– Sergent-chef, occupez-vous de votre enquête et foutez-moi la paix, c'est possible ? Sinon j'irai me plaindre à vos supérieurs pour harcèlement.

– Vous auriez tort. On s'est vus quoi ? Deux fois, trois fois ? C'est rien. Vous verrez.

– Ça vous amuse de m'emmerder ?

– Pas poli, Timothy. Vous estimez qu'enquêter sur la mort de votre grand-mère, c'est vous emmerder ?

– Oui, quand je vous vois perdre du temps et vous obstiner dans votre erreur. Ma grand-mère était très connue dans le quartier et les gens savaient qu'elle vivait seule. Mais si elle était connue, elle connaissait aussi tout le monde, et je ne vois pas ce qui l'aurait empêchée d'ouvrir sa porte à quelqu'un. Ce coin a changé au fil des années et pas mal de gens ont été attaqués chez eux et osent à peine sortir. Même si ma grand-mère était prudente, elle avait confiance dans les gens. Elle ne voyait pas le mal. Elle ignorait que le quartier était devenu un repaire de drogués et que, dans les mômes qu'elle avait connus, certains étaient des dealers.

– Vous pensez à quelqu'un en particulier ?

– Non. Je vous dis seulement ce qui est le plus probable. Un type en manque qui croyait qu'elle avait de l'argent ou des valeurs. Ma grand-mère était très coquette et on aurait pu la croire riche. Je veux que le coupable soit puni. J'adorais ma grand-mère, je m'en veux suffisamment d'être arrivé en retard ce jour-là.

– Je comprends, dit Stark en se penchant pour frotter son genou. Mais si c'était un drogué, comme vous le suggérez, pourquoi il a rien volé ?

– Je vous ai dit que je ne savais pas combien d'argent elle gardait chez elle. J'étais pas son confident. Peut-être qu'il l'avait vue aller à la banque.

– On a vérifié, elle n'a rien retiré de son compte ce jour-là.

– Je sais que ma grand-mère prenait de l'argent en une fois au début du mois. Elle établissait ainsi son budget.

– Oui. Deux mille, en général.

– Et vous avez retrouvé quoi ?

– Rien. Cinq dollars.

– Vous voyez. Le 15, il aurait dû lui en rester.

– Ouais.

– Toujours mal à la jambe, sergent-chef ? demanda Carlson d'un ton moqueur. C'est vrai que si vous cavalez partout comme ça pour rien... Vous auriez pu me téléphoner.

– J'aime bien voir la réaction des gens quand je leur parle.

– En particulier quand vous les accusez.

– Aussi, oui. Bien, je m'en vais, Ti... monsieur Carlson, je vous demanderai de ne pas quitter la ville ou de nous prévenir si vous le faisiez.

– Vous me l'avez déjà dit.

– Ah, quelquefois, vaut mieux répéter, ça évite les malentendus. Au plaisir de vous revoir.

STARK retrouva Ho en grande discussion avec Sanström. Au travers de la vitre du bureau de Belley il vit celui-ci en conversation avec le préfet.

Sur un mur de la salle des inspecteurs, le tableau où figuraient inscrits au feutre rouge dans la colonne de Stark les homicides non résolus brillait comme un feu de Bengale. Quatre. Deux hommes, deux femmes.

Peut-être que Belley tentait d'expliquer au galonné que le sergent-chef faisait de son mieux mais que, malheureusement, il avait bien baissé. Ou alors le préfet était venu l'inviter au dîner annuel du très sélect Club de la police. Ou alors...

Les flics, quand une huile était là, tentaient de se faire oublier. On ne savait jamais pourquoi un haut gradé se dérangeait. Ce n'était pas, en général, pour distribuer des compliments.

Le bureau du préfet était dans un bâtiment voisin du commissariat, et cette proximité mettait les flics directement en première ligne, ce qui n'était pas du goût de Belley.

Ho se tourna vers son chef quand il s'assit à son bureau.

– T'as vu qui est là ?

– Je ne suis pas miro, répliqua Stark qui se sentait de mauvaise humeur.

Ce petit con de Carlson se foutait de lui et les quatre noms semblaient le narguer. Et il en avait marre que sa brigade serve de dépotoir.

– Je reviens de chez les parents du gosse qui a disparu, annonça Ho. Rupin, le coin. On se croirait dans une de ces résidences campagnardes avec des maisons à un million de dollars.

– Faut pas exagérer, grogna Stark. C'est pas parce que les pelouses sont tondues qu'ils concurrencent Bill Gates.

– Enfin, bref, enchaîna le costaud, Sanström et moi on a interrogé pas mal de monde, enfin ceux qui étaient là, et personne n'a revu le môme. C'était un gentil gars, d'après eux. Ça fait du bruit dans le coin. Le FBI n'a envoyé qu'un seul agent parce que ça n'a pas l'air d'un kidnapping. La dernière personne à l'avoir aperçu, c'est le gardien du club de voile où le gamin est passé prendre sa canne à pêche pour aller au réservoir. Le truc, c'est que le lendemain il y a eu un lâcher d'eau, pas très important, mais qui a suffi à effacer toutes traces.

– Le gosse était seul ?

– Affirmatif. C'était l'après-midi vers trois heures, le môme est parti avec sa canne et personne ne l'a revu.

– Faut faire drainer le lac.

– Les équipes de plongeurs y barbotent depuis un bon moment. Mais à cause du lâcher d'eau et de la flotte qui tombe sans arrêt, le corps, s'il est dedans, peut être n'importe où. Et tu connais la taille du lac.

– Les voisins n'ont pas d'autres idées ?

– Semble pas.

– Qu'est-ce t'as fait avec Carlson ? intervint Sanström.

– Je lui ai dit ce que je pensais. Il m'a envoyé promener.

– Parce que tu penses que c'est lui qui aurait tué sa grand-mère ? Normal.

– J'ai pas dit ça. Et t'as jamais vu de parricide ?

– Si. Mais là, j'sais pas. Il a un alibi.

– Qui tient pas. Je suis retourné voir la femme qu'il a

livrée, elle n'a aucune idée de l'heure à laquelle il est passé.

– Bon, mais quel serait son mobile ?

Stark ne répondit pas parce que, à ce moment-là, le préfet sortit du bureau de Belley qui le raccompagna jusqu'à l'entrée avec force amabilités.

– Il va plus avoir de salive, Belley, s'il continue à lécher comme ça, remarqua Sanström qui ne se sentait pas très à l'aise, lui non plus, avec les noms en rouge sur le tableau. En tant qu'adjoint de Stark, ils étaient tous les deux dans le coup.

– C'est quoi, les parents de ce gosse ? demanda Stark, revenant à la disparition de Jonas.

– Représentants de commerce. Le môme est seul la moitié du temps.

– Mauvaises fréquentations ?

– Pas que l'on sache. Des gosses normaux.

– C'est-à-dire, ricana Ho, fourbes et fainéants.

Sanström hocha la tête. Il était catholique et, pour lui, la famille était sacrée. Il supportait mal de voir ce que devenaient les familles : les éclatées, les recomposées, les monos, où la femme élevait sa nichée sans l'aide de personne. Il estimait que c'était le devoir des parents et de l'école d'éduquer et de protéger. Les enfants n'avaient pas demandé à naître, il fallait s'occuper d'eux. Ce gosse, disparu, qui restait seul chez lui n'avait pas une vie d'enfant puisqu'il devait s'assumer comme un adulte...

– Bon, je me rentre, dit Stark, il va pleuvoir.

– Comment tu sais ça ? s'étonna Sanström. Y a pas un nuage.

– Ma grenouille.

– Ton genou ?

– Ouais, c'est ça, mon genou. Demain matin à neuf heures, je veux un topo complet sur les quatre affaires. Prévenez John et Thomas.

– On aura peut-être du nouveau sur le gosse, dit Ho. S'il est dans le lac, ils finiront bien par le repêcher.

– Sauf s'il est coincé dans le fond. C'est fou ce qu'on peut retrouver dans ces réservoirs, objecta Sanström. Des vieilles bagnoles, des machines à laver.

– Sauf s'il a été enlevé, dit Stark. Ça nous fera un cinquième nom en rouge. Bon, à demain, les gars.

« Les gars » regardèrent leur chef tirer la jambe en s'éloignant. Il aurait dû prendre sa pension quand on la lui avait proposée. Le boulot était suffisamment dur et chiant quand on était ingambe, mais quand il fallait se traîner avec une patte folle...

– Bon, je tape mon rapport et je me rentre, dit Ho.

– Je dois passer chez le pharmacien prendre des médicaments pour ma femme, dit Sanström en enfilant sa veste. Si Stark a raison, autant que je rentre avant qu'il pleuve.

– ON A RETROUVÉ le corps du gosse, dit Ho à Stark qui débarqua avec vingt minutes de retard sur l'horaire qu'il avait indiqué la veille à son groupe.

Il avait mal dormi, pas à cause de son genou, mais en raison d'une effrayante sensation d'étouffement et de peur comme lorsqu'on vous coiffe d'un sac en plastique. Celle qui noie l'esprit dans un tourbillon d'impuissance, avec le corps qui panique et le cerveau qui saute d'une terreur à une autre comme un rat de laboratoire qui ne trouverait plus ses repères. Les yeux grands ouverts dans le noir, la gorge sèche et le cœur qui bascule.

Pour Stark, ces quatre crimes clignotaient à la manière d'un néon multicolore qui aurait pointé son incapacité à les résoudre. Inefficacité qu'il refusait d'attribuer à sa lassitude ou à une démobilisation de son esprit, qui plomberait son intuition ou désarmerait sa pugnacité.

Couronné meilleur flic des années durant, exemple pour les « bleus », comme avait dit Belley, devenait-il, l'âge aidant, le flic le plus ringard ? Ou la répétition des crimes de plus en plus odieux avait-elle usé ses espoirs d'améliorer tant soit peu ce monde si brutal ?

Il avait vu l'aube grasse et laiteuse se lever et avait eu envie de la fuir. Il aurait voulu s'anéantir au fond de son lit et ignorer cette nouvelle journée qu'il pressentait ne devoir lui apporter que déboires et vexations.

Que se passerait-il si, ce matin, il restait chez lui ? Rien. Ça ne ferait sûrement pas frémir cette fameuse aile de papillon censée être ressentie à l'autre bout du monde. Il n'était plus un rouage de la justice, un protecteur de la société. Nick La Rosa avec son magnum 357 avait définitivement mis fin à ce rôle.

– Où ? demanda-t-il en se laissant tomber sur sa chaise face à ses hommes groupés devant son bureau.

– Le réservoir. Ils l'ont repêché ce matin.

– C'est sûr que c'est lui ?

– Les parents l'ont reconnu.

Il secoua la tête en grimaçant.

– Bon. Espérons qu'il se sera noyé. Il regarda les quatre hommes assis en rond qui paraissaient attendre ses paroles comme un oracle. C'est toi qui as relevé les témoignages pour la pharmacienne, Thomas ?

– Oui, dit Thomas Henley.

Le benjamin de l'équipe. Sorti trente-septième sur cent de la dernière promotion. Une des meilleures de ces dix dernières années. Des grosses têtes formées aux méthodes de la police scientifique, avec en outre, pour lui, une licence de droit. Vingt-sept ans, beau garçon, propre sur lui. Ferait un excellent agent spécial du FBI. Mais pour l'instant, il attendait les suggestions de Stark.

– Donc, c'est pas un kidnapping, dit John qui pensait au petit noyé. Tant mieux.

John Sipovich. Grand, maigre, chauve. Ancien patrouilleur de rues formé sur le tas. Tout le contraire de son acolyte Thomas. Vingt ans les séparaient, qui le faisaient se considérer comme le mentor et le protecteur de son partenaire, plus diplômé mais moins aguerri. Père d'une fille de vingt ans qui préparait l'École de police. Époux d'une Irlandaise qui le menait à la baguette. Inconditionnel de Stark.

– O. K. Stark se releva en soufflant et alla se planter devant le tableau. Belley m'a engueulé, et il a raison. De tout le poste, on est les plus à la traîne. Qu'est-ce que vous proposez ?

– J'ai peut-être une piste, commença timidement Thomas. On m'a parlé d'un gang des rues qui attaque les petits commerces. Ils ont entre douze et seize ans, des Colombiens. Avant d'entrer, ils balancent des boules puantes qui font fuir les clients, et attirent les commerçants dehors, loin de l'arme qu'ils cachent généralement sous leur caisse. À ce moment-là, ils l'entourent, le poussent dans sa boutique et le descendent. Ensuite ils n'ont plus qu'à se servir. Ils choisissent des commerces isolés ou des heures creuses.

– T'as eu ça comment ? demanda Stark.

– Un indic qui est de la bande rivale. Ils se font appeler les Noirs dorés. Je ne sais pas pourquoi. Leur chef s'appelle Vasquez. Un vrai tocard. À peine dix-sept ans.

– Je le connais. Un choléra. Mets-toi dessus avec John et Ho. Sanström et moi on garde Stipol et... Quel est le nom de famille du gosse noyé ?

– Spasky, dit Ho. Le légiste découpe ce matin. On va vite savoir si c'est un accident ou un meurtre.

– Bon, espérons qu'il aura seulement glissé, dit Stark.

La journée fut occupée par deux cambriolages d'appartements dans le même immeuble, dont le gardien avait été rossé. Sanström se rendit sur place pour faire les constatations et eut la surprise d'entendre le gardien lui donner les noms et adresses des voleurs.

– Vous êtes sûr ? s'effara-t-il alors que les infirmiers emmenaient à l'hôpital le gardien sérieusement amoché.

– Certain, bredouilla l'autre qui recrachait encore des bouts de dents. Ce sont les frères Petro, des tordus. J'ai bien vu leurs sales gueules. Ils habitent avec toute leur foutue famille à deux blocs d'ici. Une racaille, vous pouvez pas croire !

– Mais... ils ont opéré à visage découvert ?

– Vous allez pas croire, ils portaient des loups noirs, comme dans les films ! Seulement l'un des deux a une cicatrice en travers sur les lèvres, vachement reconnaissable, et son frangin a un cheveu sur la langue et c'est lui qui m'a obligé à ouvrir la porte !

Sanström eut du mal à croire à une telle connerie, mais il dut se rendre à l'évidence quand, avec la brigade d'intervention, il se rendit chez la famille en question où il tomba sur les deux cambrioleurs attablés avec le reste de leur fratrie, c'est-à-dire huit frères et sœurs.

Dans la chambre, ils retrouvèrent ce qui avait été volé le matin et qui n'avait pas encore changé de main.

Sanström revint triomphant au commissariat.

– Où est le sergent-chef Stark ? demanda-t-il à un stagiaire.

– Avec le Dr Chopper.

Stark arriva à ce moment et Sanström voulut lui raconter, mais son chef l'arrêta d'un geste.

– Le gosse ne s'est pas noyé. Il a été assommé et maintenu la tête sous l'eau.

– Ah, merde !

– On file voir les parents. Tu me raconteras tes exploits en chemin, j'ai besoin qu'on me remonte le moral.

La maison à façade blanche, cernée d'une véranda fleurie où était installé un salon de jardin avec une balancelle à l'auvent rayé, son bassin couvert de nénuphars et sa fontaine en béton vieilli d'où coulait un mince filet d'eau, aurait pu figurer dans un catalogue publicitaire exaltant le bonheur d'une vie familiale que rien ne pourrait assombrir.

Dans le salon en L, les meubles se répondaient sans charme mais en ordre. Dans le coin bibliothèque, des objets rapportés sans doute de voyages remplaçaient les livres.

Dans l'entrée, deux flics municipaux étaient plantés avec l'air de ne pas savoir quoi faire d'eux. Stark leur fit signe de se tirer.

Il s'installa avec Sanström sur le canapé face aux parents du jeune Spasky qui, pressés l'un contre l'autre, fixaient le vide.

– Tout d'abord, je voudrais vous présenter nos condoléances, commença Stark. Nous ne pouvons que nous douter de ce que vous éprouvez, mais croyez que nous ferons tout pour retrouver l'agresseur de votre fils. Aucun des parents ne réagit. Il semblerait que Jonas ait été victime d'une agression pendant qu'il pêchait, continua-t-il.

Il omit de préciser que l'eau retrouvée dans les poumons du garçon indiquait que celui-ci avait été noyé alors qu'il vivait encore.

Sur la commode, un portrait du garçon exhibant triomphalement un gros poisson montrait qu'il était un pêcheur aguerri. La photo avait été prise sur le pont d'un bateau et on apercevait derrière lui le visage hilare de son père. Sur cette photo, Jonas paraissait moins gros. Il avait un joli sourire et un nez piqué de taches de rousseur.

– Est-ce que vous savez si votre fils a eu des problèmes avec quelqu'un récemment ?

Le père releva douloureusement la tête.

– Non, souffla-t-il.

– Ce coin de pêche, poursuivit Stark, était réservé aux membres du club, et le gardien n'a vu personne à part votre fils. Aucun rôdeur n'a été aperçu depuis dans le quartier.

Les parents restèrent muets.

Stark jeta un coup d'œil à Sanström qui regardait entre ses pieds. Interroger des parents sur le meurtre de leur enfant était une des pires corvées que devaient se farcir les flics. Il se leva et fit quelques pas dans la pièce. Il se planta derrière le canapé.

– Parfois les enfants ont des problèmes qu'ils hésitent à confier à leur famille. Harcèlement par leurs copains d'école ou par des voyous.

En disant cela, Stark pensait à l'embonpoint du garçon qui, comme l'avait suggéré Ho, en faisait une cible privilégiée. Se pouvait-il qu'une plaisanterie ait été poussée trop loin ?

– Jonas n'avait que des amis, murmura soudain Mme Spasky. Il était gentil et pas bagarreur. Il aidait volontiers ses camarades pour leurs devoirs et était toujours partant pour rendre service.

Stark se demanda si Mme Spasky voulait indiquer que son fils faisait de son mieux pour être accepté, ou se convaincre qu'il n'avait pas eu besoin d'être protégé. Il avait souvent noté que, dans ce genre de drames, les mères qui avaient choisi de travailler traînaient une culpabilité sans fin.

– Je n'en doute pas, madame, mais les enfants sont... parfois cruels entre eux. Vous a-t-il parlé d'un de ses camarades qui aurait été... disons... plus exigeant, ou aurait voulu s'assurer une réputation de leader ou de dur à ses dépens ?

Stark pensa qu'il s'emberlificotait dans ses explications. Mais comment dire à une mère que son fils obèse pouvait susciter des moqueries ou l'agressivité de ses camarades ?

Elle se tourna vers son mari.

– Notre fils était très gentil, répéta-t-elle.

Celui-ci la pressa contre lui. Depuis la disparition de leur fils, ils n'avaient pas dû dormir beaucoup. Leurs visages semblaient avoir eux aussi séjourné dans l'eau tant ils étaient fripés.

– Il y avait bien..., commença le mari en serrant davantage sa femme.

Il s'arrêta, comme incapable de continuer.

– Oui ? encouragea Stark.

– Jonas... était revenu un dimanche, il n'y a pas très longtemps. Après un match de base-ball... (Il semblait avoir du mal à rassembler ses idées, ou ce qu'il disait le ramenait-il à ses propres responsabilités ?) Il était revenu en sueur... et pouvait à peine parler. Sa gorge... (Il s'arrêta encore une fois et eut un sanglot. Sa femme lui caressa la joue d'une main malhabile.) Il avait le cou... comme si on avait appuyé quelque chose dessus, fortement. On lui a demandé ce qui s'était passé parce qu'il avait l'air...

– Quel air avait-il, monsieur Spasky ? insista Stark.

– Terrorisé ! cracha Mme Spasky en se levant brusquement. Et nous... nous on n'a pas voulu insister quand il a refusé de nous dire ! Avez-vous des enfants, monsieur ? demanda-t-elle presque agressivement à Stark.

– Non, madame.

– Alors vous ne pouvez pas savoir comme c'est difficile de leur parler quand ils ont cet âge-là. On a toujours peur de leur faire du mal ! Et mon Dieu, c'est en se taisant qu'on leur en fait !

Elle retomba sur le canapé en sanglotant, mais resta à distance de son mari.

– Avez-vous une idée, demanda Stark quand les pleurs de la mère furent un peu calmés, de qui pouvait le terroriser ainsi ?

Le père se leva à son tour. Il marcha dans la pièce en se frottant nerveusement les mains et en regardant autour de lui comme si ce qu'il y voyait était nouveau.

– Ils doivent le savoir à l'école, lâcha-t-il. Et pourquoi, demanda-t-il brusquement en fixant Stark, l'enquêteur a-t-il changé depuis le début de l'enquête ? Où il est, l'autre inspecteur ? C'est pas que je le regrette, il foutait rien ! Quand même, on a le droit de savoir !

– On ne vous a pas prévenus ? Il a été victime d'un accident de voiture. Il est dans le coma à l'hôpital.

M. Spasky regarda sa femme d'un air gêné.

– On ignorait. Mais vous savez, ajouta-t-il sur un ton d'excuse, on a vraiment l'impression depuis le début que tout le monde s'en fout. On a perdu beaucoup de temps parce que vos collègues pensaient à une fugue. Nous on disait non. Jonas, notre petit garçon, c'était pas le genre. Il aimait être chez lui.

Stark hocha la tête d'un air compréhensif.

– Il y a beaucoup d'enfants qui disparaissent. Par chance, neuf fois sur dix il s'agit d'une fugue. Je vous demandais... À l'école, aurait-il eu des problèmes avec un camarade ?

Les parents ne répondirent pas. S'ils savaient que leur fils était le souffre-douleur d'un des élèves et qu'ils ne soient pas intervenus, peut-être se sentaient-ils responsables de sa mort. Stupide, bien sûr. Les enfants détestent que leurs parents se mêlent de leurs affaires. Ils considèrent le monde des adultes comme éloigné du leur et incapable de les comprendre. Et quel adolescent supporterait qu'un de ses parents joue les nounous ? Stark le savait, il avait payé pour ça.

– Aucun nom ne vous revient...

– Vous voulez qu'on accuse un camarade de Jonas au hasard ? s'insurgea M. Spasky. Il ne nous disait rien. C'était un gosse sans histoire !

– Très bien, monsieur, je vous comprends, dit Stark en faisant signe à Sanström de se lever. Nous allons poursuivre notre enquête. Encore une fois, je suis désolé de ce qui vous arrive.

Il leur tendit la main qu'ils prirent mollement. La mère de Jonas le fixa.

– Je plains les parents de celui qui a fait ça, dit-elle. Oh oui, je les plains !

– Ce n'est qu'une hypothèse, madame, je souhaite autant que vous que ce ne soit pas la bonne. Ça peut être un déséquilibré. Je vous tiendrai au courant. Téléphonez-nous s'il vous revenait quelque chose.

– Quand pourrons-nous... quand pourrons-nous enterrer notre fils ? demanda M. Spasky en réprimant un sanglot.

– Bientôt. Voilà le numéro de l'Institut légal, demandez le Dr Chopper. Si vous avez besoin de quoi que ce soit, je suis à votre disposition, acheva Stark en ouvrant la porte.

En regagnant la voiture, Stark dit à Sanström :

– Merci de m'avoir aidé, Sanström.

– C'est toi le chef, renvoya l'adjoint. Mais m'oublie pas quand tu tiendras le salaud qu'a fait ça.

J'AI COMPRIS tout de suite que le flic, propre sur lui, qui m'interrogeait, n'était pas du genre à se laisser mener en bateau.

– Bien sûr que je connaissais Jonas, on était dans la même classe. Mais on n'avait pas beaucoup d'affinités... Je lui balance un sourire complice, du style vous et moi savons ce que ça veut dire. Je fais un peu de base-ball, je continue, pas beaucoup parce que je ne suis pas un grand sportif, je préfère lire ou écouter de la musique... regarder des films aussi, enfin, vous comprenez... mais lui, malgré son physique, il était gros, vous savez, il s'obstinait à vouloir jouer et ça nous agaçait parfois. Alors il nous arrivait de le mettre en boîte, mais ça n'allait pas plus loin.

– Où étiez-vous quand... quand il s'est noyé ?

– Attendez... Je fais mine de réfléchir. C'était la semaine où j'habite chez mon père... Ben, j'étais chez lui. On avait un devoir à rendre pour le lendemain. Le soir, on est restés ensemble. Je ne suis pas allé en classe cet après-midi-là parce que je n'étais pas bien. J'avais mangé une saloperie.

Manque de métier, le keuf. Il gobe tout. Ou alors, il s'en fiche du gros Jonas. Pas moi. Moi je n'arrête pas d'y penser. Du coup, les autres me paraissent misérables. Ils se pavanent, se prennent pour des durs parce qu'ils ont taxé un blouson ou une paire de Nike, se baladent au bras des filles comme s'ils étaient George Clooney, se la jouent affranchi. Mais moi, j'ai tué.

Je n'arrive pas vraiment à réaliser. À part que je me sens drôlement costaud. Jusque-là je ne m'étais attaqué qu'à des animaux. Moyen, comme sensation. Les bêtes m'ont toujours dégoûté. Là, c'est autre chose. Et en fin de compte, c'est pareil. À part que si t'es pris, t'es puni.

Oui, mais la plupart des crimes ne sont jamais élucidés. Il n'y a qu'à voir les statistiques. Et j'ai compris pourquoi. Si on ne peut pas rattacher la victime au meurtrier, on peut tuer autant qu'on veut. Il n'y a que les abrutis qui tuent dans leur cercle familial ou professionnel, voire amical, qui se font pincer.

Je me souviens d'avoir vu un film où les assassins s'échangeaient leurs meurtres. Eh ben, si l'un des assassins n'avait pas déconné, aucune chance qu'ils soient retrouvés.

Seulement, le plaisir est moins fort. Tiens, je viens de parler de plaisir. Moi, j'ai eu du plaisir parce que je détestais ce gros con. Il n'est pas le seul. Je n'aime pas beaucoup de monde. Même ceux que je devrais aimer m'indiffèrent. Enfin... la plupart.

Est-ce que les grands criminels ont aimé ? Hitler avait une meuf. Je ne sais pas si Staline était marié. Ou si Mao avait des enfants. Mais ils ont tous eu des parents. Sur Internet, il y a des sites incroyables où l'on voit bien que je ne suis pas le seul à aimer tuer. Tu regardes les guerres du Rwanda, de Yougoslavie, les charniers du Cambodge, putain, des milliers de crânes et de squelettes ! Tiens, pire, les archives des Allemands pendant la Deuxième Guerre mondiale. Tout est noté. On dirait les comptes de mon père. Ou alors quand des terroristes arabes décapitent leurs prisonniers, tu sens qu'ils jouissent. Et les camps nazis ? Alors là, c'est le top ! Les gens à poil qui vont à la douche. Tu parles d'une douche. Z'étaient tarés quand même !

Passer à l'acte, c'est autre chose. Dans les forums, tu

trouves toujours des petits malins qui se la pètent. Ils te racontent des trucs hyper-gore. Mais quand tu les pousses un peu tu te rends compte que c'est du bla-bla. Pas assez de couilles.

Pourtant, on aime tuer. Au détail ou en grand. Moi, peut-être que si j'avais les pouvoirs d'un Saddam Hussein, j'en aurais fait autant. Droit de vie et de mort. Celui-là, il a une sale gueule ? Aux crocodiles ! Ah oui, les crocodiles, c'était un autre. Évidemment, c'est plus classe de tuer un mec que de pendre la chatte de la maison ou d'égorger un cabot. Même si la vieille folle en est morte ! Dégâts collatéraux.

PETER PETROVIC savait qu'Alice faisait ses courses le dimanche matin au supermarché. Il l'attendit sur le parking.

Ils ne s'étaient pas revus depuis la soirée maudite, plus de trois semaines auparavant. Alice n'avait répondu ni à ses lettres ni aux messages téléphoniques qu'il lui avait adressés.

Peter, désespéré, comprenait le silence d'Alice dépassée par l'attitude hostile de son fils qui les empêchait d'envisager un avenir commun. Pourtant il n'était pas prêt à admettre que leur bonheur dépende du seul bon vouloir de cet adolescent malfaisant et égotiste qu'il s'était mis à détester et, sans se l'avouer, à craindre.

Il n'aurait pas été surpris que Joseph s'en prenne physiquement à sa mère. Ces histoires étaient plus fréquentes qu'on voulait bien l'admettre. La plupart du temps, les parents, honteux, se taisaient. S'il existait, hélas, des enfants martyrs, il existait aussi des parents maltraités.

Il la vit arriver poussant un Caddie et se dirigea vers elle.

– Alice...

Elle sursauta, perdue dans ses pensées.

– Alice... il faut qu'on se parle.

Le cœur d'Alice tambourinait dans sa poitrine.

– Peter…, soupira-t-elle en dirigeant le Caddie vers sa voiture.

– On ne peut pas rester comme ça.

– Comme quoi ? demanda-t-elle en commençant d'enfourner ses courses dans le coffre.

– Je t'aime, tu m'aimes, je le sais. On peut être heureux ensemble ou très malheureux séparés. Qu'est-ce que tu préfères ?

Alice savait tout ça. Elle se l'était dit et redit, en pleurant ou en s'énervant. Elle savait aussi que Peter s'était comporté comme un jobastre parce qu'il avait trop bu, et qu'il avait trop bu parce que Joseph l'avait mis hors de lui. Pas que lui, d'ailleurs.

Dans les semaines qui avaient suivi, Alice n'avait pratiquement pas pu parler à son fils. Il s'était muré dans un silence hostile, n'adressant la parole ni à elle ni à Annie. Mais ce qui l'avait encore plus affectée, c'était de constater la peur dans laquelle vivait sa fille et qu'elle avait refusé d'admettre jusque-là.

Annie évitait le plus possible de rester seule avec son frère. Elle s'arrangeait pour ne rentrer à la maison qu'à l'heure où sa mère revenait du lycée ou de ses activités. Alice avait aussi remarqué qu'elle fermait à clé la porte de sa chambre, qu'elle soit là ou non. Lui revinrent alors les mises en garde de la pauvre Lucy contre la brutalité de Joseph vis-à-vis de sa sœur.

– Tu as vu comment ça s'est passé avec Joseph, dit-elle avec lassitude en s'appuyant sur la voiture et en lui faisant face. Je crois qu'il ne supporte pas ma séparation avec son père.

Pour toute réponse, Peter la prit par les bras et la tint à distance en la regardant avec tant d'amour qu'elle sentit sa volonté fléchir.

Elle aimait ses yeux marron et sa bouche sensuelle, son élégance décontractée qui le faisait ressembler à un gentleman anglais. Il n'était pas comme les autres. Mais il y avait Joseph.

– Écoute, il s'y fera. Il n'est pas question que tu

gâches ta vie à cause de lui. Je lui ai dit que, pour l'instant, on n'habiterait pas ensemble. Je lui ai promis de ne me mêler de rien.

– Tu l'as vu ?

– Oui, on s'est rencontrés l'autre jour, dans la rue. Il est dur, mais si tu lui cèdes...

– C'est mon fils, Peter.

– Ce n'est pas le seul enfant de divorcés.

– Je dois tenir compte de son caractère...

– Alice, je suis là. Je saurai vous protéger.

Elle sursauta.

– Nous protéger ? Mais de qui ?

Il eut un geste négligent de la main.

– Je vous veux heureuses, Annie et toi. Je veux qu'avec Edwards nous reformions une famille. Joseph finira par le comprendre.

Elle se détacha de lui et fit quelques pas. Elle se méfiait de son fils et s'en voulait. Comment une mère pouvait-elle choisir sa vie contre son fils ? Si Robert se remariait, est-ce que ce serait pareil ? Elle dut convenir que non. Les hommes se donnaient des avantages que les femmes se refusaient. Comment réagirait Joseph si son père prenait une deuxième femme ? Voire, refaisait des enfants avec elle ? Il s'en moquerait, elle en était certaine.

– Je ne sais pas, Peter, je ne sais pas..., murmura-t-elle en se tordant les mains. Joseph est un enfant difficile, il a besoin de toute mon attention.

Et en disant cela elle pensait à Annie.

– Je ne suis pas difficile, et j'ai besoin de toute ton attention. Alice, rétorqua Peter en la prenant contre lui, ne laisse pas passer le bonheur. Oublie ce que tu as vécu avec ton mari. Avec moi, je te promets que tu ne t'ennuieras pas. (Elle sourit.) Dans quelques années, Joseph fera sa vie à son tour, il te quittera, et toi, tu seras où ?

– Avec Annie.

– Qui s'en ira aussi. Et moi, entre-temps, je me serai pendu à la plus haute branche.

Elle rit, mais l'image de la pendaison lui rappela celle de Pussy, et elle ressentit une bouffée de chagrin. Était-ce vraiment son fils qui l'avait tuée ? Elle finissait par en douter. C'était un acte si barbare. Ça, et la décapitation de Tom. Non, impossible. Celui qui s'en rendrait coupable serait un dangereux pervers, et elle refusait d'y associer Joseph. Il était violent et jaloux comme beaucoup de garçons. Elle était sa mère et il ne supportait pas qu'un autre homme que son père la touche.

Elle posa sa tête sur l'épaule de Peter.

– Je n'arrive pas à prendre de décision, chuchota-t-elle.

– Ça tombe bien, moi je l'ai prise. Le week-end prochain tu n'as pas les gosses et Edwards participe à un camp scout, je t'emmène dans un endroit auprès duquel le paradis ressemble à une favela.

Elle éclata de rire et se pelotonna contre lui.

– D'accord... D'accord, Peter.

– Je sais, chérie. Je me suis comporté comme le roi des crétins. Je n'ai pas l'habitude de boire et ton... Joseph, je ne savais pas comment m'en sortir. J'avais l'impression de cumuler les bévues et de m'enfoncer. Tu sais, il ferait battre des montagnes, ce gosse ! Ne lui fais pas entreprendre une carrière politique !

– Ça, ça ne risque pas. Je suis contente que tu sois venu. J'ai beaucoup souffert.

– Tu m'aurais rappelé ?

– Évidemment.

– Ils arrivent quand ? demanda-t-il.

– Qui ?

– Tes enfants, aujourd'hui ?

– Ils doivent déjà être à la maison, pourquoi ?

– Je rêvais de déjeuner avec toi et Edwards.

– Ce n'est qu'un rêve.

– Emmène-les, dit-il brusquement.

– Peter, je ne suis pas suicidaire, une expérience m'a suffi. Plus tard. Laisse du temps au temps. Laisse Joseph s'habituer à l'idée d'avoir un beau-père. Je m'y suis peut-être mal prise avec lui.

– Comme tu veux, chérie. Je suis tellement heureux que tu m'aies parlé... J'avais peur que tu ne veuilles plus me voir.

Elle déposa un léger baiser sur ses lèvres.

– Je t'aime, Peter, et même Joseph n'y peut rien. Sois patient.

– J'aurai la patience des femmes de marin.

– Je t'imagine bien debout sur le rivage battu par le vent, guettant le retour des morutiers ! rit-elle

– Je porterai une jupe ample et un bonnet de dentelle, et à la main, cinq mioches par rang de taille.

Elle se serra contre lui.

– Reste toujours comme tu es, Peter Petrovic, continue de me faire rire, sinon je te tromperai.

Les allées autour de la tombe étaient noires de monde. Entre la classe de Jonas, les représentants des élèves des autres sections, les enseignants, les voisins, les amis, les clients, les fournisseurs, les familles des Spasky, l'adjoint au maire, les îlotiers, les membres du club de loisirs, on se montait dessus. L'assassinat d'un enfant attirait toujours beaucoup de monde.

Stark et Sanström se tenaient en retrait.

Les parents de la victime étaient assis devant la tombe, habillés tous deux en noir. Mme Spasky se tenait très droite, les mains serrées sur ses genoux. Auprès d'eux, leurs proches. Derrière, voisins et amis. Alice Cage était là avec sa fille. Robert était aussi venu. Du coup, Peter Petrovic et son fils se tenaient à deux rangs derrière.

Le prêtre récitait son homélie. Les yeux des femmes étaient rouges, les visages des hommes, graves. Ils avaient tous des enfants.

Que se passait-il dans ce quartier autrefois si paisible ? Est-ce que la violence urbaine qui s'était jusque-là tenue à leur porte l'avait franchie ?

Jonas était un garçon tranquille, certainement pas un voyou. D'ailleurs, des voyous, il n'y en avait pas dans ce quartier. Les parents étaient responsables, l'école jouait son rôle. Les bandes de voyous sévissaient plus loin.

C'est vrai qu'en ville, les résidents disaient « en ville »

comme s'ils habitaient la campagne alors que leur quartier se différenciait par son côté arboré et son habitat de maisons individuelles plutôt que par son éloignement géographique, c'est vrai qu'en ville, on tuait et on volait de plus en plus.

Des couronnes et des gerbes de fleurs claires ou blanches étaient posées près du cercueil monté sur des tréteaux. Le prêtre en chasuble, entouré de deux jeunes assistants, conférait à la scène un côté paisible et suranné, renforcé par le temps estival et l'aspect paisible du cimetière avec ses grands bouleaux argentés dont les branches se balançaient doucement dans l'air tiède. À l'ouest, une double rangée de cyprès filtrait le soleil. Les oiseaux, excités par la foule, s'égosillaient.

Stark et Sanström étaient venus davantage par routine que dans l'espoir de repérer l'assassin. C'était rare que ceux-ci assistent aux enterrements de leurs victimes. Encore une idée toute faite.

Sanström pensait qu'il était déjà loin. Stark ne pensait pas.

– C'est pas des cloches, ici. Ça va être coton de trouver l'assassin. Pour moi, il s'est déjà barré, souffla Sanström. Tu vois un gus capable de noyer un gosse dans cette assemblée de bourges ?

Stark le toisa.

– Il n'y a que chez les pauvres qu'on assassine ?

– T'as une idée, alors ?

– Quelque chose qui me trotte dans la tête et que je n'arrive pas vraiment à formuler. Tu sais, il y a eu ce chien décapité et sa maîtresse qui en est morte de chagrin et de saisissement. Une de ses amies disait que ça avait été fait par quelqu'un du voisinage. Et maintenant, les parents de ce gosse qui pensent à un camarade d'école.

– T'as un nom ?

Stark haussa les épaules en grimaçant.

– Non... Curieux quartier, tout de même... En bas,

près de la tombe, il vit le prêtre balancer le goupillon vers le cercueil pour le bénir. Ça se termine, ajouta-t-il.

Effectivement, la foule bougeait. Les parents se levèrent, soutenus par les leurs. Les fossoyeurs se rapprochèrent et positionnèrent le cercueil au-dessus du trou, puis ils passèrent les cordes et le descendirent lentement.

Mme Spasky s'appuya sur l'épaule de son mari en sanglotant. Elle jeta dans la tombe la rose blanche qu'elle tenait. Son mari l'entraîna plus loin tandis que les participants, une fleur à la main, se mettaient en rang pour défiler.

Alice, serrant Annie contre elle, vint les embrasser. Ils étaient voisins depuis longtemps et s'étaient toujours bien entendus. Jonas avait été jadis son élève. Mme Spasky ne put retenir son chagrin et elle sanglota, penchée vers elle. Robert s'approcha à son tour et leur serra la main. Puis d'autres connaissances vinrent présenter leurs condoléances au couple et à la famille.

Stark et Sanström, de leur perchoir, suivaient la scène. Stark regarda Alice. L'émotion qui le saisit à la revoir le surprit. Puis il aperçut Adèle Ruffol.

La vieille dame fit un crochet en passant devant Alice et sa fille, et Stark remarqua que le fils d'Alice s'était rapproché et se tenait devant le père de Jonas. Celui-ci eut un mouvement de recul perceptible et sembla hésiter à saisir la main qu'il lui tendait. Il la lui serra rapidement et passa au suivant.

– On y va, dit-il à Sanström, il n'y a plus rien à voir. Cet après-midi, on va à l'école du môme.

La foule se dispersait. Le bruit d'une dispute les fit se retourner alors qu'ils s'apprêtaient à regagner leur voiture. Alice et sa fille étaient au centre d'un cercle où deux hommes s'apostrophaient. La jeune femme cherchait à les calmer. Les gens qui les dépassaient les regardaient avec réprobation.

Puis la dispute cessa, et Alice et sa fille rejoignirent l'un des hommes qu'accompagnait un petit garçon. Stark remarqua que le fils d'Alice le regardait et lui faisait signe de la main. Il chercha en vain à se souvenir de son prénom.

PUTAIN, le monde ! Je n'aurais jamais cru le gros Jonas aussi populaire. S'ils sont là, c'est quand même grâce à moi. Dommage de ne pas pouvoir leur dire. Tiens, le censeur, ce faux-cul, est là aussi. Avec le préfet d'études. Ils se la jouent grave, les cons ! Les copains commencent à chahuter. Tu parles, ils en ont marre ! Et les gens du quartier qui la plupart ne connaissaient pas Gros Con mais qui sont venus à la fête. Les parents, bon, normal. Tiens, le flic boiteux. Oh, j'avais jamais remarqué qu'avec ses Ray Ban il ressemblait à un des mecs de *Men in Black*. Ça c'était un film ! Sept fois je l'ai vu ! Par contre, l'autre à côté, c'est le lourdaud de la cambrousse grand modèle.

Bien sûr, ma mère en fait des tonnes. Et ma frangine n'est pas en reste. Du coup, tout le monde chiale. Eh, ma parole, c'est le maire ! Non, mais je rêve ! Ah, la pêche aux voix !

Bon, ça se termine, le goupillon s'agite. Vas-y, mon pote, va les consoler. C'est vrai, perdre un aussi joli garçon, ça secoue. Alors, flicard, tu me regardes ? Si tu savais que celui que tu cherches est à moins de cinquante mètres... Assez jouissif, je dois le reconnaître. Attends, t'as pas tout vu.

Je me glisse dans les gens qui font la queue pour présenter leurs condoléances. J'ai jamais rien trouvé de plus con. J'arrive devant le père de Jonas et je lui tends la main en le fixant droit dans les yeux.

– Mes condoléances, monsieur Spasky. Il a un mouvement de recul et hésite à me prendre la main. Aurait-il des intuitions, ce gland ? Je n'en espérais pas tant. Jonas était un très gentil garçon, on va le regretter, je murmure d'un air affligé. Il me broie la main. Sa femme se penche vers nous, et elle aussi me foudroie du regard. Mes condoléances, madame Spasky...

Je m'éloigne, poussé par les autres, quand j'entends des éclats de voix. Je me retourne, c'est mon père qui s'engueule avec l'autre connard de Petrovic. Bien fait pour lui ! Mais ça dure pas. Ma mère intervient, les sépare, et part dans la voiture avec lui. Mon père reste planté comme un gland avec les gens qui le regardent d'un air gêné.

Dégoûté, je descends vers la tombe et contemple le cercueil couvert de fleurs blanches dans lequel Gros Con va reposer pour l'éternité. Faut pas qu'il se plaigne, il a eu un sacré bel enterrement. Je sens un regard et relève la tête.

Le flic a enlevé ses Ray Ban et m'observe.

Je le salue de la main en souriant largement.

LE DIRECTEUR du collège ressemblait à un directeur de collège. Sec, gris.

– Nous sommes atterrés par ce qui vient d'arriver, déclara-t-il d'emblée aux deux policiers.

Le collège préparait aux diplômes de fin d'études secondaires. Ensuite, ceux qui désiraient aller à l'université suivaient une préparation dans un autre établissement de la ville.

– Comment s'entendait le jeune Spasky avec ses camarades ? interrogea Stark en s'asseyant, à son invitation, devant le bureau.

Sanström s'adossa à une bibliothèque. La pièce était sombre, malgré le soleil. Elle sentait le bois ciré et le papier jauni. Des boiseries à mi-hauteur recouvraient les murs.

– Très bien, pour ce que j'en sais. Ici, la discipline est sévère, certains diraient : à l'ancienne. Nos élèves appartiennent tous à des familles bourgeoises.

– Tous de gentils garçons alors ? insista Stark avec un sourire.

Le directeur le fixa sans aménité.

– Vous espérez trouver le coupable parmi eux, sergent ?

Stark haussa les épaules.

– Je n'ai pas dit ça, pour le moment nous cherchons. Cependant, M. Spasky a laissé entendre que son fils aurait été en butte à une certaine hostilité de la part d'il ne savait pas qui, d'ailleurs. Il n'y a pas très longtemps, Jonas serait revenu amoché, et ses parents ont cru comprendre que c'était le fait d'un de ses camarades.

– Qui ? interrogea le directeur avec hauteur.

– C'est justement ce que nous ignorons. Il a refusé de nous donner un nom, faute d'en être certain.

– C'est tout à son honneur.

Stark décida de changer d'angle.

– Les professeurs n'ont jamais rien remarqué ?

Le directeur marqua une hésitation que Stark perçut.

– Pas..., commença-t-il. Il est certain que certains jeunes sont plus difficiles que d'autres.

– Vous pensez à qui ?

Le directeur haussa les épaules.

– Personne en particulier, c'était une généralité. Et encore, nous faisons partie de ces établissements scolaires qui n'ont pas besoin comme certains d'un service de sécurité.

– Vous savez, dit Stark en étendant sa jambe et en se redressant sur sa chaise, ce n'est pas parce qu'un élève chahute en classe ou joue les petits durs avec de plus faibles que lui que ça le désigne comme criminel. Nous en sommes bien conscients. Ils cherchent le plus souvent à se démarquer des autres, à se donner de l'importance...

Le directeur resta muet sans quitter Stark des yeux.

– ... Il y a toujours eu des bagarreurs. Si je vous demande si quelques-uns de vos élèves aiment jouer les terreurs..., c'est parce que Jonas Spasky, tout au moins d'après ce que j'ai cru comprendre, était devenu le souffre-douleur de certains d'entre eux...

Le directeur déplaça quelques objets sur son bureau. Croisant les mains sous son menton il s'absorba dans la contemplation de son sous-main.

– Il peut y avoir des enfants plus difficiles que d'autres, commença-t-il. Mais aucun capable de commettre une pareille horreur.

– J'entends bien, monsieur le directeur, sourit Stark en se penchant vers lui, mais des professeurs auraient pu constater certains débordements... ou remarquer une conduite qui les aurait surpris. N'oubliez pas le drame de Colombine. Là, je vous demande seulement si vous avez eu connaissance de mauvais traitements à l'encontre du jeune Spasky.

– Joseph Vanloo, lâcha le directeur avec une visible réticence. Nous avons dû le renvoyer deux jours après qu'il s'en était pris violemment à Jonas dans le gymnase. Il est réputé pour être renfermé, bagarreur, et ne pas s'entendre avec les autres. Ses condisciples semblent sinon le craindre, du moins le ménager. Il est costaud pour son âge et n'hésite pas à faire le coup de poing. Mais pas plus. Il a eu plusieurs blâmes.

» Il a changé de collège pour des raisons de cursus scolaire mais je sais que la directrice de son ancienne école l'avait exclu une semaine pour avoir blessé un autre élève. Ça n'a évidemment rien à voir avec la tragédie actuelle. Entre un élève bagarreur et un assassin il n'y a aucun rapport. Et je n'aimerais pas que vous tiriez des conclusions qui mettraient en cause l'enseignement que nous prodiguons dans notre collège qui est reconnu pour son excellence, termina le directeur d'un ton si pincé que Stark pensa qu'il s'était pris le doigt dans un tiroir.

– Ce Vanloo, quel est le genre de sa famille ? demanda-t-il d'un ton apaisant.

– Très bon genre. Ses parents, hélas, ont divorcé, comme beaucoup, mais Mme Cage est une femme admirable qui s'occupe parfaitement de ses deux enfants. Elle est d'ailleurs elle-même enseignante.

– Mme Cage... Alice Cage ?

– Oui, vous la connaissez ? Ce n'est un secret pour personne qu'elle a été obligée de s'arrêter d'enseigner pour rester auprès de son fils qui a toujours manifesté un comportement agressif. Mais tout est rentré dans l'ordre.

– À part qu'il a blessé un élève et qu'il passe son temps à être exclu, ironisa Stark.

– L'exclusion est une punition qui n'a rien d'exceptionnel ! rétorqua le directeur avec hauteur, se reprochant sans doute de s'être épanché.

Stark leva une main apaisante.

– Vous ne voyez aucun autre élève du genre de ce Joseph Vanloo ?

– Nous avons bien sûr notre lot de dissipés, de menteurs et de fraudeurs, mais rien de bien méchant... Nos résultats se comptent parmi les meilleurs de la région.

– J'en suis certain, sourit Stark en se levant et en tendant la main au directeur. Merci de nous avoir reçus et de nous avoir aidés, monsieur. Si jamais il vous revenait un détail pourriez-vous avoir l'amabilité de nous prévenir, dit-il en lui tendant sa carte. Ce n'est apparemment pas ici que nous trouverons notre assassin...

– Vous en doutiez ! se récria le directeur.

Stark, cette fois, leva les deux mains.

– Je plaisantais. Merci encore de votre coopération.

Il sortit, suivi de Sanström qui n'avait pas une seule fois ouvert la bouche.

– Qu'est-ce t'en penses ? demanda celui-ci alors qu'ils remontaient en voiture.

Stark hocha la tête.

– Quand le nom d'un mec revient plusieurs fois dans la fosse à purin, je finis par trouver qu'il sent mauvais.

– Ce môme, ce Joseph Vanloo...

– A une mère délicieuse, si lui ne l'est pas.

– Tu la connais ?

– Pas assez. Faut que je mette tout ça en ordre dans ma tête. Pour l'instant, c'est le brouillard. Et ce dirlo, s'il avait Jack l'Éventreur comme élève, il dirait que c'est le Petit Prince.

– J'pige pas, grommela Sanström en accrochant sa ceinture.

– Laisse tomber.

ADOSSÉ à la machine à café, Stark observait Belley s'agiter au téléphone, raccrocher presque brutalement et sortir de sa cage de verre, l'air mauvais. Apercevant Stark, il se dirigea vers lui.

– Salut, grommela-t-il.

– Salut, répondit Stark en le saluant avec son gobelet de café.

– Tu peux boire cette lavasse ? s'étonna Belley.

– Je m'imagine être à Venise à déguster un *stretto* en contemplant la lagune.

– Ça aide ?

– Vaguement. T'as des problèmes ?

– Pas que moi ! D'où je suis, je suis obligé de fermer les yeux pour ne pas être aveuglé par les noms en rouge qui clignotent dans ta colonne.

Stark soupira.

– Mets des lunettes de soleil.

Belley glissa une pièce dans la machine.

– Je préfère encore prendre cette soupe de légumes qui a un goût de plastique. Qu'est-ce que tu crois qu'ils mettent dedans ? Il but une gorgée, se brûla, et jura. Réellement, Stark, t'en es où ? Cinq noms, et pas un suspect ?

– On attend de coincer les gus responsables des meurtres des trois commerçants. C'est une bande de

Colombiens vachement organisés. Meurtres et trafic de drogue. Z'ont de l'avenir devant eux. La moyenne d'âge tourne, paraît-il, autour des quatorze ans. On n'est pas près de se quitter. Je veux les prendre en flag, parce que, question preuves et témoignages, on l'a dans l'os.

– D'où tu les connais ?

– Un indic d'Henley qu'est dans une bande rivale. Il veut pas témoigner, et de toute façon le témoignage d'un dealer vaut pas grand-chose dans un tribunal.

– Alors bouge. Faut que tu nous donnes des résultats. L'élection du maire approche et j'aimerais pas qu'il change. Tu piges pourquoi ?

– Parce que tu changerais aussi ?

Belley acquiesça.

– Écoute, je dois partir quarante-huit heures à un foutu congrès sur le cannibalisme. Faudrait que tu me remplaces, t'es le plus gradé après moi. Tu peux t'en charger ?

– Sur le quoi ?

– Le cannibalisme.

Stark le regarda de côté.

– Qui a trouvé cette connerie pour vous offrir des vacances ?

– Des vacances ? T'es pas au courant, mon pote. Il y aura des délégués du monde entier. Russie, Afrique du Sud, Asie, Inde, Moyen-Orient, Europe, de partout je te dis. On se bouffe de partout ! Tu veux que je t'en raconte une bien bonne ?

Stark ricana et se reprit un gobelet de jus de chaussette.

– Vas-y.

– En Allemagne, un type met une annonce comme quoi il aimerait déguster un de ses contemporains. Un autre lui répond en lui proposant sa bite. Ils prennent rendez-vous, le premier coupe la queue de l'autre et ils se la mangent autour d'un petit vin du Rhin. Apparemment ils y prennent goût, parce que le jobard suggère ensuite que l'autre tache le tue et le découpe en petits morceaux qu'il congèlera et qu'il pourra déguster au fur et à mesure. Mais la police, je sais pas comment, découvre le trésor et le cannibale s'en prend pour huit ans. Ce qui est à la fois beaucoup et rien. Le procès vient de se rouvrir parce que, la première fois, les juges bien emmerdés avaient dû statuer sur une sorte de suicide assisté puisque le cinglé était d'accord. Il avait laissé des lettres et tout. Mais le dégustateur a passé une nouvelle annonce, et le juge qui avait dû prononcer la sentence, ça lui était resté sur l'estomac, ce casse-croûte. Alors il remet le couvert, si je puis dire, en essayant cette fois de le coller en tôle et de jeter la clé.

– Dis donc, je croyais nos tueurs graves, mais à côté de ça..., se marra Stark.

– Rigole pas. Dans tous les pays il y a des amateurs de viande humaine. Chez les Frenchies, c'est un détenu qui vient de bouffer la cervelle de son voisin de cellule. Je pourrais t'en raconter des tonnes. Bref, je dois me casser. Alors t'assures ?

– Je vais tâcher.

– Et je veux un PV d'arrestation quand je rentre...

– Je vais tâcher. Mais pour le gosse noyé autant que pour la vieille dame, on n'a rien.

– Cette affaire Stipol, pourquoi elle vous est tombée dessus ?

– Sanström a été appelé le premier parce qu'il était disponible, ensuite je l'ai gardée parce qu'il se pourrait bien que ce soit des ados ou un ado qui aient fait le coup.

– T'as une piste ?

Stark secoua la tête.

– Nan... Pas grand-chose. Une vague intuition par défaut. Rien n'a été volé, ou presque. Pas de mobile, pas d'indices, une vieille dame sans problème, mais son petit-fils, Timothy Carlson, vachement intéressé.

– Ce serait lui ?

– Il a plus ou moins un alibi et le seul mobile que je lui trouve, c'est d'avoir voulu toucher plus tôt l'assurance vie que sa grand-mère lui avait laissée... Tu vois, pas grand-chose. Un gardien d'immeuble alcoolique qui se trompe dans les horaires des allées et venues. Enfin, bref, la merde.

– Bon, dégotte-moi autre chose. Mets la pression à tes gars. Moi, je me tire.

– Eh, Belley ! lança Stark alors que son capitaine s'éloignait, ils vous ont prévu un régime végétarien pendant votre congrès ?

Sans se retourner, Belley leva le médius.

ALICE CAGE revint du cimetière bouleversée par la cérémonie autant que par la scène que son ex-époux Robert lui avait faite quand il avait compris que des liens intimes la liaient à un autre.

Il n'avait jamais admis leur divorce, comptant qu'un jour Alice se rendrait compte de son erreur à vouloir se séparer de lui. Il estimait avoir donné tout ce qu'il pouvait à sa famille et n'avait pas accepté que la faille était plus profonde.

Alice avait décidé qu'il fallait mettre une fois pour toutes les points sur les *i*, quand, à peine la cérémonie achevée, Robert avait espéré l'inviter à déjeuner avec cet air qu'elle lui connaissait bien.

Elle s'était alors tournée vers Peter qui l'attendait patiemment et les avait présentés. C'est à ce moment-là que Robert s'était emporté. Alice pourtant se douta qu'il était au courant. Joseph n'aurait sûrement pas manqué de parler à son père de sa liaison avec Peter. C'était tout à fait son genre. D'ailleurs, dans le feu de la dispute, Robert l'avait reconnu.

Peter, après le cimetière, avait reconduit Alice et Annie chez elles.

– Tu veux rester déjeuner ? lui proposa Alice.
– Oh, oui ! cria Edwards de la banquette arrière.
– Edwards ! le rabroua son père.

– Restez, dit Alice, je voudrais te parler.
– Alors, dans ce cas. Heu... où est Joseph ?
– Retourné au collège, sûrement. On y va ?
Ils déjeunèrent tous les quatre, puis les enfants allèrent dans la chambre d'Annie regarder des DVD.
Après le déjeuner, assis dans un des fauteuils, Peter attendit qu'Alice se décide. Elle posa la tasse à café qu'elle tenait à la main et se tourna vers lui.
– Peter... tes sentiments sont-ils toujours les mêmes à mon égard ?
– Ma chérie ! s'exclama-t-il en voulant la rejoindre sur le canapé.
Elle l'arrêta d'un geste.
– Dans ce cas, pourquoi ne pourrions-nous pas nous marier et vivre ensemble ?
– Mais je ne demande que ça !
– Avec la vente de nos deux maisons nous pourrions en acheter une plus grande où chaque enfant aurait sa chambre...
– Évidemment ! N'y tenant plus, il se leva et la prit dans ses bras. Je me demandais quand tu allais te décider !
Elle l'embrassa.
– Tu sais, avec Robert...
– Laisse tomber, la coupa-t-il. Je crois que, cette fois, il a compris. La voyant songeuse, il demanda : Un autre problème ? Moi, je n'en vois pas.
Elle soupira.
– Joseph est un garçon... difficile. Si nous vivons ensemble, je crois que le mieux serait que tu ne t'en occupes pas. Les adolescents...
– Ne t'inquiète pas, chérie, tout se passera bien. Il a presque dix-sept ans. L'an prochain il ira sûrement à l'université... ou dans une classe préparatoire. Il ne sera plus avec nous.
Du premier, leur parvenaient les éclats de rire d'Annie et d'Edwards. Peter serra Alice contre lui.
– Fais-moi confiance. Je ne laisserai personne nous gâcher quoi que ce soit.

– ILS SONT À L'INTÉRIEUR, annonça Henley.

– Combien sont-ils ? demanda Stark.

– Une douzaine, à peu près. Ils attendent Vasquez et son acheteur. Sûrement que le Malien viendra pas seul. Faudra en compter deux ou trois de plus. À moins qu'on les intercepte avant qu'ils rentrent...

– Non... Il nous faut la bande. Vous êtes sûr du coup ?

– Mon indic a été formel. Vasquez a des problèmes de trésorerie, il ne peut pas négliger un client, et même s'il ne connaît pas bien l'acheteur il va tenter sa chance.

Le combiné contre l'oreille, Stark s'efforça de réfléchir. Si les deux voyous se pointaient dans l'heure il n'avait pas le temps d'obtenir un mandat. Il devrait se faire ouvrir « légalement » la porte. L'info était arrivée trop tard.

– Le Swat est prévenu ?

– Ils seront sur place dans moins de dix minutes. Je viens d'avoir leur capitaine.

– Vous êtes avec qui ?

– Sipovich et Ho. Ho est dans sa voiture.

Stark regarda Sanström qui écoutait de l'autre côté du bureau.

– Henley et les gars sont en planque devant chez Vasquez, lui apprit-il.

– Alors ?

– Vasquez est censé se pointer avec un client malien pour lui refiler de l'héro. On doit intervenir.

– Pourquoi nous ?

Stark soupira.

– Uno, Vasquez et les siens sont fortement soupçonnés d'avoir abattu les trois commerçants de Juarez Park. Deuxio, vu l'âge des héros, ils nous tombent direct dans l'escarcelle.

– Et les Stups ? Ils sont en villégiature à Saint-Barth ?

– Écoute, Sanström, si t'as décidé d'être gardien de musée, dis-le. Sur ce coup on est avant les Stups à cause des trois assassinats. Vu ? Et on a intérêt à avoir des résultats. Tu me suis ? Alors tu vas me faire le plaisir d'accrocher ton holster avec grâce, et de me suivre.

Stark prit son Sig dans son tiroir fermé à clé et le plaça dans son étui d'épaule. Il glissa dans sa poche deux chargeurs de rab.

– On y va !

Ils descendirent au garage et Sanström se mit au volant. Il faisait la gueule de s'être fait remonter les bretelles. Cette affaire ne s'annonçait pas toute rose. Les Colombiens n'étaient pas réputés pour être des gentils, et les Maliens, des nouveaux venus qui tiraient avant de dire bonjour, se trimbalaient leurs tapis de prière, se farcissaient des familles de trois ou quatre bonnes femmes et de quinze gosses qu'il fallait bien nourrir, et changeaient l'ordre connu des choses.

Ils arrivèrent dans la rue de la planque du Colombien.

– Ils sont à l'intérieur, souffla Thomas Henley dans sa radio.

– Vasquez et les autres ont rappliqué ? demanda Stark.

– Pas encore.

– Comment ça se présente ?

– Je suis avec John en retrait de la porte principale de leur repaire. Ho est de l'autre côté. Il y a deux types devant qui déambulent. M'ont l'air armés. Une autre porte derrière débouche sur une ruelle qui donne sur un terrain vague.

– Qui la surveille ?

– Les gars de la brigade d'intervention qui viennent d'arriver. Aucune possibilité de fuite par là. Tiens, voilà Vasquez avec son Black.

– Seuls ?

– Ouais. Qu'est-ce qu'on fait, on y va ?

– Une seconde.

Stark regarda devant lui. Le quartier paraissait somnoler. À trois heures, avec cette chaleur, on se serait cru dans une ville abandonnée du Far West. D'ailleurs, dans quelques minutes, ce serait le Far West.

– J'y vais, dit-il à Henley.

– Vous allez où ?

– Leur parler. Restez à l'écoute, prêts à intervenir. Prévenez le chef de la brigade. Qu'ils attendent mon signal avant de foncer.

– Excusez-moi, chef, mais leur parler, ça veut dire quoi ?

– Ça veut dire leur faire ouvrir leur foutue porte.

– Pourquoi ?

– J'ai pas de mandat.

Il raccrocha et se tourna vers Sanström qui le fixait, effaré.

– T'as pas de mandat ? Tu comptes leur dire quoi ?

– Tiens-toi prêt, répondit simplement Stark en sortant de la voiture.

Sanström descendit à son tour.

– Tu veux encore te faire tirer dessus ? Tu veux une médaille à titre posthume, ou quoi ?

– Rejoins les gars. Vous me couvrez.

Avant que Sanström ait pu protester, il avait traversé l'avenue et tourné le coin de la rue. La planque des « Noirs dorés » était une maison à deux étages aux fenêtres étroites, fermée par une porte métallique à laquelle on accédait par quatre marches. Au pied des marches, deux garçons d'une quinzaine d'années montaient la garde. Ils discutaient en riant et en se passant un joint. La rue d'amont en aval était déserte. Les gens du quartier passaient au large.

Stark marcha vers eux et le bruit de ses pas les alerta. Ils se retournèrent vers lui. Ils portaient autour du crâne un bandana noir et or. Les bras du plus petit étaient tatoués de haut en bas.

– Salut, dit Stark.

Ils ne répondirent pas. Le tatoué cracha par terre.

– Je voudrais parler à votre chef.

– T'es qui, toi ? demanda-t-il en portant ostensiblement la main à sa ceinture derrière son dos.

– Si c'est ton flingue que tu cherches, t'as pas raison. Sergent-chef Stark, des homicides. Je veux juste parler à Vasquez.

– T'as rendez-vous ? rigola le deuxième. Parce que tu vois, Vasquez, il reçoit que sur rendez-vous.

– J'ai pas eu le temps. Et moi, je serais vous, je la ramènerais pas. Ouvrez-moi la porte.

– T'as pas compris, Vasquez y reçoit pas.

Stark sortit brusquement son Sig et le pointa sur eux.

– Vous avez exactement cinq secondes pour ouvrir cette putain de porte !

Un remue-ménage se produisit alors de l'autre côté de la rue, et Henley, suivi de Sanström et Sipovich, arriva en courant, tandis qu'Ho se positionnait, fusil braqué, derrière la voiture.

Les garçons se raidirent. En une seconde les flics furent sur eux et les plaquèrent au sol.

– Les clés, ordonna Stark.

Sanström les sortit de la poche de l'un des garçons et les lui tendit. Toute l'opération s'était effectuée dans un silence absolu. Couchés sur le ventre, les deux gars se tordirent la tête et apostrophèrent les flics.

– Vous allez vous faire crever la panse, cracha l'un d'eux. Vous allez crever, bande de pourris !

Une cavalcade leur fit tourner la tête. Une demi-douzaine de types habillés d'uniformes noirs et cagoulés, fusils d'assaut levés, débarquèrent près d'eux.

– On y va, dit Stark.

Ils montèrent rapidement les marches et se positionnèrent de chaque côté de la porte, pendant que Stark l'ouvrait précautionneusement.

Les flics se lancèrent des coups d'œil inquiets. C'était trop facile.

Au même instant, des fenêtres du premier, une fusillade éclata. Collés contre la façade, les policiers étaient bloqués. Un car de la brigade tourna le coin de la rue et se plaça face à la maison. Des flics descendirent et, s'abritant derrière leur véhicule blindé, arrosèrent les tireurs.

Stark ouvrit grand la porte et se jeta à terre, imité par ses collègues. Des coups de feu les accueillirent, mais les flics firent mouche par deux fois et les tireurs culbutèrent.

Le gros de la troupe se tenait à l'étage, un escalier en bois y montait tout droit, mais des tueurs embusqués sur le palier empêchaient tout mouvement.

Dehors, la fusillade continuait. On entendait maintenant les sirènes des voitures envoyées en renfort.

– Putain, c'est Fort-Chabrol, souffla Sipovich planqué derrière une table renversée. On va se faire allumer !

Les rafales tirées de l'escalier les clouaient sur place. La fumée leur cachait leurs cibles. Stark, couché à plat ventre, sentit la terreur l'envahir et le paralyser.

Les autres flics s'étaient réfugiés derrière des cloisons que les balles pilonnaient. Un cri indiqua que l'un d'eux venait d'être touché. Henley rampa jusqu'à Stark.

– Faut les déloger, haleta-t-il. Sinon, on est cuits.

Stark ne répondit pas. La tête enfouie entre ses mains, il était secoué de tremblements au point que ses pieds frappaient spasmodiquement le sol. Henley tira plusieurs fois en direction de l'escalier et roula derrière un canapé.

On entendit, venant de l'étage, des fenêtres se briser

et la fusillade s'intensifier au point de couvrir les hurlements et les cavalcades. Les tireurs de l'escalier abandonnèrent leur poste et aussitôt les hommes de la brigade d'intervention se ruèrent en avant, suivis par ceux de Stark.

– Ils ont donné l'assaut, haleta Henley, on fonce !

Il jeta un coup d'œil sur son chef qui émergeait lentement et leurs regards s'accrochèrent.

– On y va, cria Henley, courbé en deux. Les gars sont dans la place !

Stark se releva, l'esprit en lambeaux. Les flics de la brigade étaient déjà arrivés en haut. Henley les rejoignit en courant. Stark, son pistolet tenu le long du corps, se cramponna à la rampe.

Les hommes du Swat, chargés d'adrénaline, avaient aligné les survivants contre le mur et les fouillaient brutalement. Ils les poussaient avec leurs crosses, leur hurlaient des ordres contradictoires. Les faisaient se mettre à genoux ou se redresser.

Des corps gisaient par terre. Deux qui gémissaient, un qui ne gémissait plus, le Malien, et regardait le plafond, le torse ouvert. Les flics pataugeaient dans le sang qui inondait le sol. Des dizaines de douilles indiquaient la violence du combat.

Le capitaine qui commandait la brigade s'approcha de Stark.

– Il y a trois morts parmi eux et deux blessés graves. On a deux blessés légers. J'ai appelé les secours. Comment vont vos hommes ?

Stark secoua la tête.

– Ça va, répondit-il d'une voix sourde.

Il avait l'impression d'être sous l'eau et évita de regarder Henley.

– Je vous ferai parvenir mon rapport, continua le capitaine. On se charge de la fouille, vous êtes d'accord ?

Il s'éloigna en donnant ses ordres. Les voyous furent descendus à la queue leu leu au rez-de-chaussée. Leurs âges s'échelonnaient entre douze, treize, et seize ans pour les plus vieux. Stark chopa le bras de Vasquez quand celui-ci passa devant lui.

– T'aurais dû me recevoir, lui murmura-t-il, t'aurais évité ça à tes gars.

– J'ai déjà donné à la Croix-Rouge, ricana le voyou. J'avais plus rien pour vous.

Il était petit et trapu. Très sombre de peau, coiffé à l'afro comme dans les années soixante-dix, le front ceint d'un bandana en tissu brillant, noir et doré. Il portait une grosse bague à chaque doigt et sa joue gauche était grêlée alors que la droite était intacte.

Devant lui, un gosse d'une douzaine d'années, coiffé du même bandana, se la jouait affranchi. Stark le désigna du menton.

– C'est ça, tes « hommes » ? Qui s'occupe des biberons ?

Vasquez cracha par terre et poussa le gamin dans le dos pour le faire avancer.

Le chef des Swat revint vers Stark.

– Vous avez de quoi les loger ?

– On a trois cellules qui les attendent, répondit Henley avant que Stark ait pu répondre. Vous en faites pas, ils auront le service palace.

– O. K. On a trouvé des armes et de la drogue un peu partout. Mes gars fouillent les caves. De vraies cavernes d'Ali Baba. Je crois qu'on a réussi un sacré coup ! Heu... Le capitaine hésita. En ce qui concerne l'entrée dans leur piaule... vous aviez un mandat ?

– Ils m'ont donné les clés spontanément, répondit Stark. On n'a pas eu besoin de mandat.

– Alors c'est parfait, répondit le capitaine en lui lançant un regard en coin.

Il salua et remonta à l'étage.

Les voyous sortirent dans la rue où les attendait une foule clairsemée. Les blessés et les morts avaient déjà été enlevés. Certains applaudirent quand ils montèrent dans les cars sans que l'on sache si c'était à leur capture ou à leur résistance.

Des flics tendaient des rubans jaunes pour isoler la maison, tandis que d'autres prenaient place autour. Il y avait encore des trésors à l'intérieur.

– Putain, j'ai jamais eu si peur de ma vie ! s'exclama Sipovich quand ils regagnèrent leurs voitures. Je claquais des dents, faut bien l'avouer.

Personne ne releva. Tous avaient vu leur chef cloué au sol, incapable de bouger ou de donner un ordre. John tentait dans un effort maladroit mais louable de se solidariser avec lui. Henley avait été obligé d'assurer le commandement. Ils se sentaient à cet instant un peu orphelins.

Stark les remercia et regagna sa voiture. Sanström hésita, puis le suivit.

Au moment d'ouvrir sa portière, il posa le bras sur le toit et dit :

– Sipo a raison, moi aussi je crevais de trouille. Complètement barges, ces mecs ! T'as déjà vu ça, Stark ?

Stark se mordit les lèvres sans répondre et s'installa au volant. Sanström le rejoignit. Les deux hommes restèrent un moment à observer les allées et venues des flics qui paraissaient déménager un supermarché. En réalité, ils attendaient que leurs nerfs ébranlés se calment.

– Il y a de quoi monter une petite entreprise, remarqua Sanström. Si on relie ça aux commerçants assassinés, ça va faire du bruit dans la cage.

Stark grogna. Ses oreilles bourdonnaient du bruit épouvantable de la fusillade et ses narines respiraient encore l'odeur de la poudre et du sang.

Ils restèrent à regarder l'agitation frénétique. Ho, embarqué avec Henley et Sipovich, leur adressa un signe de la main victorieux quand ils démarrèrent. Leurs visages étaient rayonnants. C'était rare qu'une opération se déroule aussi bien. Rarissime. Restait à espérer qu'aucun enfoiré de juge ou d'avocat trouve une faute ou une combine pour faire libérer les malfrats.

– Tu me ramènes chez moi ? demanda Sanström alors que Stark démarrait. Ma femme a besoin que je passe chez le pharmacien. Les rapports, on les fera demain, hein ?

Stark acquiesça d'un grognement.

– Les gars ont été au poil, dit-il au bout d'un long silence que Sanström ne troubla pas.

– Au poil, renchérit son second.

– Il ira loin, Henley...

– Sûrement.

Sanström se demanda où Stark voulait en venir. Il évitait de penser à son comportement au moment de l'action. Ce serait pour plus tard. Pour l'instant, tout ce qu'il avait à faire était de s'abandonner à l'euphorie de la victoire.

– Quel enflé, ce Vasquez, grommela-t-il.

Stark l'arrêta devant chez lui.

– Merci, lui dit son adjoint en descendant.

Dans d'autres circonstances, il l'aurait invité à venir prendre un verre pour fêter leur succès avec sa femme. Mais il n'en avait pas envie, et sûrement Stark non plus.

– Bon, alors à demain. Si on faisait ça tous les jours on serait vite chef de la police, ajouta-t-il en riant.

Stark secoua la tête avec un vague sourire aux lèvres.

– Faut pas s'endormir sur nos lauriers, on a encore du boulot, répondit-il en redémarrant.

Sanström le regarda s'éloigner. Un vrai malaise empoisonnait sa joie.

STARK s'assit à califourchon sur la chaise et appuya ses coudes sur le dossier.

Vasquez venait d'être ramené de la prison du comté, et son avocat, Me Follinger, spécialisé dans la défense de la pègre, habillé de costumes à mille dollars et roulant en Mercedes décapotable, se tenait à ses côtés.

Les flics le détestaient, et il s'en vantait. Seuls les voyous de haut vol pouvaient s'offrir ses services. On disait qu'il était aussi une sorte de *consigliere* de la mafia locale.

C'était la première fois que Stark interrogeait Vasquez. Henley avait tenté sans succès, à la prison, de lui faire dire d'où lui venaient la drogue et les marchandises récupérées. Belley, revenu le matin même de son congrès, observait la scène derrière la vitre sans tain.

– Vasquez, commença Stark, tu sais que tu es mal parti ?

Vasquez, depuis qu'il était entré, appuyait ses mains menottées sur la table et ne les quittait pas des yeux. Follinger avait demandé qu'on lui ôte ses menottes. Stark avait refusé.

Follinger ouvrit sa serviette posée devant lui et en tira un bordereau bleu.

– Avant que nous allions plus loin, sergent, je vous avise que j'ai préparé une requête en annulation de procédure, pour vice de forme. Stark ne broncha pas. Vous avez pénétré dans une maison particulière sans mandat. Vous n'avez pas annoncé votre qualité de policier. Trois des occupants sont morts et deux autres ont été grièvement blessés. Vous avez procédé à une arrestation collective arbitraire, et sur mes conseils, mon client ici présent va intenter un procès à la police de cette ville. J'ai pris contact avec M. le procureur afin que tous les amis de M. Vasquez et, bien sûr, lui-même soient libérés sur-le-champ. Nous avons l'intention de demander dix millions de dollars à la ville pour chacun des hommes assassinés.

Il tendit le papier à Stark qui ne le prit pas. Avec un sourire, l'avocat le remit dans sa serviette. Vasquez n'avait pas bougé. L'avocat se leva.

– Asseyez-vous, maître, dit Stark, doucement.

– Je crois que nous ne nous sommes pas compris, sergent...

– Si. Je n'avais pas de mandat, parce que, comme vous le savez, un des gars qui gardait la porte m'a donné les clés.

Follinger émit un bruit de gorge qui pouvait passer pour un ricanement.

– Sergent...

– Ensuite, mes hommes et moi avons été accueillis par une fusillade qui nous a obligés à riposter. Mais vous le savez déjà, maître.

Follinger se pencha par-dessus la table.

– Sergent, je comprends parfaitement votre embarras à la pensée de ce que va coûter votre action à la ville... et...

– Ça va rien coûter à la ville. À part la facture d'électricité quand ce fumier passera avec quelques-uns de ses complices sur la chaise...

Follinger leva les yeux au ciel et se rassit. Il secoua la tête.

– Allez-y, faites votre boniment. De toute façon, sourit-il, je suis payé à l'heure.

– Pas moi. Aussi, on va tâcher d'aller vite. Vasquez, on a retrouvé dans ta tanière assez de came et de marchandises pour alimenter un hôpital et une chaîne de grandes surfaces. Tes affreux nous ont tiré dessus. On a des témoins qui t'ont vu, avec tes hommes, auprès des magasins que vous avez dévalisés et dont les propriétaires ont été tués. On a retrouvé dans ton home sweet home tout ce qui a été volé chez eux. Tu veux ajouter quelque chose ? À part essayer d'obtenir la perpète pour toi et quelques-uns en avouant, au lieu de la chaise ? Remarque, j'ai même pas besoin de tes aveux...

Follinger se releva.

– J'apprécie votre persévérance, sergent, mais vous savez déjà non seulement que mon client ne répondra à aucune de vos questions à cause de la requête en annulation, mais que les interrogatoires antérieurs sont non recevables parce que effectués hors de la présence d'un avocat.

– Ils ont refusé d'en avoir quand mes hommes leur en ont proposé.

– Ce n'est pas ce qui figure dans le procès-verbal.

– Vos clients ont refusé de signer le procès-verbal. Ils n'ont d'ailleurs rien avoué. Ils ont préféré vous attendre mais vous étiez absent.

– Auraient-ils seulement donné leurs noms que c'était la même chose.

Stark sentit une boule de rage l'envahir. Il se dressa sur ses poings.

– Votre requête, vous pouvez vous la foutre où je pense ! Je n'avais pas besoin de mandat puisqu'un de ces salopards m'a donné les clés.

– Ce « salopard », comme vous dites, m'a certifié que les clés lui ont été prises de force et que, maintenu à terre par deux de vos hommes, il n'a pas pu résister. Vous êtes entré sans faire les sommations d'usage, et c'est pour ça que les garçons qui étaient là, effrayés par votre irruption, ont tiré pour se défendre. À aucun moment les habitants de la maison n'ont pu obtenir une explication pour cette violation flagrante de leurs droits. Par conséquent, rien de ce qui a été trouvé chez eux ne peut figurer sur l'acte d'accusation, qui, du coup, tombe de lui-même. Pas de mandat de perquisition, pas de mandat d'amener, dites-moi, sergent, ça ne vaudrait pas le coup de retourner à l'école de police ?

– Allez vous faire foutre, Follinger, je tiens Vasquez par les couilles et je vais pas le lâcher ! cria Stark.

– Vous ne tenez rien du tout, sergent. Étant donné que l'inculpation de mon client est frappée de nullité pour les raisons évoquées plus haut, et à moins que vous ne le reteniez comme témoin, et dans ce cas, il faut lui détacher les mains et lui demander poliment s'il a quelque chose à dire concernant cette affaire, vous ne pouvez le retenir plus longtemps.

– Follinger, vous n'avez rien compris. Nous n'avions pas besoin de mandat de perquisition. Je me suis pointé pour une visite de politesse et ils ont ouvert la porte. Nous sommes tombés par hasard sur la marchandise volée et la drogue lorsque ces salopards se sont rendus après nous avoir accueillis à coups de flingue. C'est ce qu'on appelle un flag, Follinger !

Follinger ne répondit pas, boutonna sa veste, prit sa serviette et se tourna vers Vasquez.

– Vous serez libre au plus tard dans une heure, monsieur Vasquez. Avez-vous laissé des effets personnels à la prison que vous voudriez récupérer ?

Vasquez releva enfin la tête et, regardant Stark droit dans les yeux, répondit dans un sourire qui fit briller ses dents en or :

– Rien qui me soit indispensable, maître.

– Tu ne sortiras pas d'ici, murmura Stark, soutenant son regard.

Follinger sursauta.

– Sergent, je vous engage vivement à aller parler à votre capitaine, qui, je crois, s'est entretenu avec le procureur. D'ailleurs, le voici.

La porte s'ouvrit devant Belley qui comprit immédiatement la situation. Il se rapprocha de Stark et lui posa fermement la main sur le bras.

– Je viens de parler au procureur, Vasquez et ses hommes doivent être remis en liberté. Il regarda Follinger. Je pense que nous sommes amenés à nous revoir, maître.

– Rien ne pourrait me faire plus plaisir, capitaine. J'ai une table réservée en permanence aux Trois Rois, j'y déjeune tous les midis. Faites-moi l'amitié d'être mon invité le jour qui vous conviendra. Il se tourna vers Stark. Vous aussi, sergent, bien sûr. Ce ne sera qu'un modeste dédommagement pour le mal que vous vous êtes donné.

Il pirouetta, salua Vasquez d'un signe de tête, fit de même pour les flics et sortit.

Belley appela un inspecteur et lui ordonna de procéder à l'élargissement du prisonnier.

Avec un grand sourire, Vasquez suivit l'inspecteur. Au moment de sortir, il s'arrêta devant Stark.

– T'emporteras pas au paradis la mort de mes potes, poulet.

– C'est une menace ? grinça Belley.

– Non, capitaine, une façon de dire au revoir au sergent.

La porte se referma sur eux.

– Assieds-toi, Stark, dit Belley.

Raide de colère et de frustration, Stark fit le tour de la table pour s'asseoir sur la chaise qu'avait quittée Vasquez.

Belley s'assit en face de lui. Ses gros doigts se mirent à tambouriner sur la table tandis qu'il semblait réfléchir en les contemplant à ce qu'il allait dire.

– Stark, t'as tout foiré, murmura-t-il. T'en es conscient ?

– Follinger est une merde ! J'ai dix témoins qui diront que l'autre connard m'a donné les clés.

– Tout faux. Je viens de parler à l'officier qui commandait la brigade d'intervention. Il m'a dit t'avoir posé la question et tu lui as répondu que tout baignait. En revanche, ses hommes ont vu Sanström sortir les clés de la poche du gars maintenu à terre et qui protestait. Quand t'es rentré, t'as pas fait de sommations, t'as pas dit que c'était la police...

– Ils se sont mis à nous tirer dessus dès qu'on a eu le pied à l'intérieur. On a juste eu le temps de se planquer !

– De qui venait l'info ?

– D'un indic d'Henley.

– Pourquoi t'as pas demandé un mandat ?

– Parce qu'on l'a eue au dernier moment et que je voulais poisser Vasquez qu'est toujours en vadrouille. Je n'avais pas le temps de voir le proc. J'ai juste eu celui de demander de l'aide à la brigade. Vasquez, d'après l'indic, s'amenait avec un nouveau client pour de l'héro. Notre seule chance était de le coincer dans sa tanière au moment de la transaction. Il nous fallait un flag, parce que, comme d'habitude, on n'a pas de témoins pour les meurtres. Tout s'est fait en moins d'une heure. Bordel, James, ces types sont des assassins ! On a tout retrouvé dans leur turne ! C'est tout juste s'il y avait pas les cadavres de leurs victimes !

Belley le fixa sans sympathie.

– Tu me prends pour un Mongol, Stark ? Tu savais pas, bien sûr, que le FBI était sur Vasquez et sa bande, hein ?

– Comment je l'aurais su ?

– Et c'est pas pour ça que t'as bousculé les procédures ? Pour baiser les fédéraux ?

– Mais pourquoi je ferais ça ?

– Parce que t'es un enfoiré. Parce que t'as besoin de redorer ta plaque singulièrement ternie. Alors t'es passé devant tout le monde et, résultat, les feds sont fous de rage, le préfet est fou de rage, moi je suis fou de rage, parce que Vasquez est dehors et que les feds qui étaient sur lui depuis six mois se sentent baisés par un flic minable de quartier qu'a voulu jouer les gros bras.

– Belley, les crimes de ces salauds, ça s'est pas passé chez nous ? J'avais pas le droit, dans le cadre de l'enquête sur les meurtres de ces commerçants, de les emballer ?

– Si, t'aurais eu le droit si t'avais demandé un mandat au procureur en lui présentant un dossier avec quelques preuves et au moins des présomptions, et celui-ci t'aurait appris que les fédéraux s'apprêtaient à les serrer, qu'ils étaient prioritaires sur cette enquête parce qu'ils étaient sur l'affaire depuis des mois, et dans cette hypothèse, tu serais resté à te chauffer les fesses sur ta chaise... Vasquez leur aurait balancé sa filière, et toi, ducon, tu serais venu ensuite lui demander des comptes pour ses crimes, et tout le monde aurait été content. Au lieu de quoi, t'as voulu jouer au justicier solitaire et tout le monde l'a dans le cul, sauf Vasquez.

Belley retourna ses mains qu'il frotta doucement l'une contre l'autre. Il continua, sans regarder Stark :

– Je vais être obligé de faire un rapport. T'as agi en dépit de toutes les procédures, et résultat, on va laisser repartir ces pourris. Il releva la tête vers son subordonné. Je sais pas ce qui se passe, Stark, t'as été une épée et t'es plus qu'un poignard rouillé. Dans cette histoire, on a eu de la chance parce qu'on aurait pu en plus avoir des pertes. Tu t'en rends compte, Stark ? T'as exposé tes hommes pour que dalle. Imagine qu'un gars de la brigade ait été tué ou blessé grave ? Tu vois le ramdam, alors qu'on doit laisser sortir Vasquez et les autres parce que t'as fait que des conneries ? Tu sais quoi, Stark, tu vas aller voir la psy de la police. Tu vas me rendre ton arme et te mettre au vert. Je veux plus te voir au commissariat. Passe tes dossiers à Henley. TOUS tes dossiers.

– Tu peux pas faire ça, gronda Stark. Tu vois pas que je suis en train de me faire entuber...

– Fais pas chier, repose-toi. Arrête de picoler par la même occasion. Et va voir la psy.

– Va te faire voir ! cracha Stark en se levant.

– Toi, va te faire voir ! Belley se leva brusquement, pâle comme un mort. Si tu fais pas d'effort, je te vire,

Stark, t'as compris ? Tu prendras ta pension et t'iras te faire pendre ailleurs. J'peux plus te couvrir ! À cause de toi l'autre salope va se pavaner dans le quartier et continuer à distribuer sa merde et descendre les gens ! À cause de toi, Stark !

D'un geste rageur, Belley saisit la chaise et l'envoya se fracasser contre le mur. La porte s'ouvrit devant Sipovich qui passa une tête inquiète. Belley se retourna brusquement vers lui.

– Tire-toi, bordel !

Il sortit comme un boulet de la salle d'interrogatoire, bousculant Sipovich au passage. Celui-ci regarda d'un air effaré Stark, planté devant la table.

– Tout baigne, Sipo, tout baigne, lui dit Stark.

Je pousse la porte et trouve ma mère et son mec en grande conversation dans le salon. Je redresse mon sac sur l'épaule et, sans un mot, commence à monter l'escalier. Je ne suis vraiment plus chez moi.

– Joseph, appelle ma mère.

Je la regarde. Pas besoin de lui faire un dessin pour qu'elle comprenne qu'elle me gonfle.

– Joseph... Elle vient vers moi, tout sourire. Comment... comment ça s'est passé au collège aujourd'hui ? Je ne réponds pas. Joseph... (Elle est hyper-mal à l'aise. L'autre abruti la rejoint et lui pose la main sur l'épaule, style protecteur.) Heu... nous voulions te dire...

– Ce que veut dire ta maman, Joseph, intervient Petrovic, c'est que nous avons envisagé de reformer une famille. Nous... nous voudrions ton accord parce que tu es l'aîné et que ton avis compte beaucoup.

Je sens monter une bouffée de rage. Ce salopard va venir s'installer avec ses foutues affaires et son merdeux ! Et il compte l'installer où ? Dans ma chambre ? J'ai du mal à garder mon calme.

– En quoi ça me concerne ?

Ça les désarçonne, et ils se regardent.

– Ça te concerne évidemment..., commence ma mère.

Sûr que ça me concerne, bordel ! J'étais tranquille chez moi et débarque une armée de cloportes !

– En fait, enchaîne l'autre con, on avait envisagé, si vous étiez tous d'accord, de vendre nos maisons et d'en acheter une plus grande où nous habiterions ensemble. On ferait une salle de jeux, de sport, de...

– Sans moi, je coupe.

Ma mère sursaute.

– Comment ?

– T'as entendu. Sans moi.

– Tu n'es pas majeur, intervient encore l'autre bouffon, tu ne peux pas vivre seul. Et d'ailleurs, ta mère et moi...

– Vous pigez pas ? Je bouge pas d'ici. C'est ma maison, celle où je suis né. Si on va ailleurs, je me tire.

– On ne peut pas vivre tous ensemble ici, c'est trop petit.

– Alors je me tire !

J'ai posé mon sac et, adossé à la rambarde de l'escalier, je les toise de mon air le plus méprisant.

– Je ne pense pas, commence Petrovic en se contenant visiblement, que nous devions te demander ton avis. Tu n'es pas majeur...

S'il croit m'impressionner, il se trompe.

– Et toi, t'es pas mon père, je lâche. T'as pas à me dire ce que je dois faire.

– Mais moi, je peux, crie ma mère. Moi je peux, mon petit gars !

Je la toise, et je sais que je la déstabilise. Elle n'a jamais pu m'affronter. C'est toujours elle qui cède. Pas de tripes !

– Si cette tête de nœud débarque ici avec son chiard, je me barre.

Le connard fait mine de vouloir se jeter sur moi, mais bien sûr, ma mère le retient.

– Ce n'est pas toi qui vas décider, articule-t-elle, des sanglots dans la voix. Jusqu'à preuve du contraire, tu es chez moi et c'est moi qui décide !

Je ricane en haussant les épaules.

– Bon, je peux monter ? Je me tourne vers lui. T'es content, t'as pas raté ton coup, hein ?

Le crétin fait mine de vouloir me cogner. J'attrape un gros vase sur la console et le brandis au-dessus de ma tête.

– T'as pas intérêt à me toucher, bouffon !

Ma mère se précipite entre nous.

– File dans ta chambre, petit con ! siffle-t-elle. Je ne veux plus te voir.

Je ne la regarde même pas, je fixe l'autre qui écume. Je baisse lentement les bras. Je reprends mon sac et monte l'escalier. Arrivé en haut, je me retourne.

– T'as pas intérêt à me toucher. Pas intérêt...

J'entre dans ma chambre dont je claque violemment la porte.

À PEINE sorti du drugstore, Stark alluma une cigarette. Une vieille femme lui lança un regard meurtrier. Il haussa les épaules. Si en plus il devait s'arrêter de fumer, autant se pendre tout de suite.

Belley lui avait pris sa plaque et son pistolet. Mais pour l'arme, il devait savoir que, comme tous, Stark en possédait une personnelle.

Le temps avait tourné à la canicule. Avec l'humidité, on aurait pu se croire sous les tropiques. Si ça n'avait pas été sa jambe, Stark n'en aurait rien eu à foutre de la température, mais chaque excès, que ce soit l'humidité, la chaleur ou le froid, semblait agir directement et personnellement sur son genou. Et ça, il avait du mal à l'encaisser.

Il ne se faisait aucune illusion sur sa vieillesse. Avec ou sans sa patte folle, il deviendrait un connard à la retraite, à moitié gâteux d'ennui, cassant les pieds à ceux qui auraient la bonté d'écouter le récit de ses exploits.

Il avait vu des armées de gars comme ça, chez Pitt. Ils arrivaient l'air affairé vers trois heures de l'après-midi, parfois plus tôt, racontant qu'ils passaient en vitesse prendre un verre avant de se rendre à un rendez-vous hyper-important, et de godet en godet on les retrouvait à neuf heures du soir, accrochés au comptoir, la langue pâteuse. Et Pitt, quand il en avait marre, les sortait sans ménagement, imperméable à leurs protestations et à leurs menaces de ne plus jamais remettre les pieds chez lui, sachant qu'il les reverrait le lendemain avec les mêmes histoires que la veille, un peu plus abattus mais toujours aussi casse-couilles.

Le problème était de gérer son temps. Qu'est-ce qu'on pouvait bien foutre d'un temps qui n'en finissait pas quand toute sa vie on lui avait couru après ?

Tu te lèves, tu te prépares et tu files à ton travail en te disant déjà que tu vas pas arriver à faire tout ce qui t'attend. Tu penses à tes dossiers, aux gens que tu dois interroger, aux rapports qui s'accumulent, aux nouveaux tordus que tu vas croiser au cours de la journée : vendeurs de came, violeurs, voleurs à la tire, assassins, le gratin que rencontre un flic dans son quotidien. Mais c'est ton temps, celui que tu découpes en tranches. Celui que tu remplis, celui que tu n'as pas à tuer parce que t'en as pas trop.

Il entra dans un square et s'assit sur un banc, allumant une nouvelle cigarette au mégot de la précédente. S'il continuait à pomper comme ça, il n'avait pas de mouron à se faire pour sa vieillesse. Ça lui apporta un peu de consolation.

Une femme vint s'asseoir sur le banc en face du sien. Il était dix heures du matin, et les mères avec leurs gosses n'avaient pas encore débarqué. La femme avait l'air fatigué des gens qui ne savent pas quoi faire de leur peau, et Stark pensa qu'ils se ressemblaient.

Elle lui jeta un regard de côté et il lui retourna un signe de tête. Elle prit une revue et commença à lire. Elle n'était pas mal. Assez mince et correctement habillée. Elle avait une bouche aux lèvres trop fines et un nez important.

Il se demanda s'il pourrait faire quelque chose avec elle. Comme coucher, par exemple. Se réveiller le matin et la trouver dans son lit. Manger en face d'elle et le dimanche aller au cinéma ou se balader. Elle s'occuperait de lui et il s'occuperait d'elle. Comme ils étaient trop vieux, il ne serait pas question d'enfants. Un problème de moins. Est-ce que, pour autant, il se ferait moins chier ? Pas sûr.

Elle résolut son dilemme en fermant la revue qu'elle lisait et en partant. Il la regarda s'éloigner d'un œil vague. Ses jambes n'étaient pas mal, puis il les oublia, et pensa au petit-fils de Mara Stipol.

THOMAS HENLEY ne prit pas le poste de Stark, mais implicitement il devint le leader du groupe. Belley le laissa faire, il avait besoin d'un gars travailleur et enthousiaste. Ce qu'avait été Stark dans le temps, le flair en plus.

Stark avait été un grand policier. Avec de l'intuition et un goût du détail qui lui avait permis de résoudre des affaires sur lesquelles plusieurs flics avant lui s'étaient cassé les dents. Comme celle de Montlight.

Trois fillettes avaient été successivement violées et tuées en l'espace de deux mois. Émotion dans la ville. Les médias se déchaînent parce que les enquêtes ne donnent rien. Plusieurs suspects sont interrogés, dont un vitrier qui se blanchit avec un alibi en béton. À l'heure du deuxième meurtre, il s'était pris une contredanse sur l'autoroute.

Des témoins affirment pourtant avoir reconnu sa camionnette blanche devant l'école de la deuxième victime. Stark s'obstine, va voir la mère du suspect, la trouve pas claire, la met sur le gril. Il la file, et s'aperçoit qu'elle possède la même voiture que son fils et qu'ils se les échangent. Le jour de la contredanse chacun conduisait la voiture de l'autre. Le tueur en série est arrêté, condamné à mort, et Stark obtient sa première promotion.

Henley, c'était autre chose, pensa Belley en l'observant à travers sa vitre. Un type intègre, sûrement plus que Stark qui ne refusait pas les quelques avantages que lui conférait sa position. Henley sortait de la faculté. Licence de droit et de criminalité, mais il ne s'était jamais frotté à la rue comme Stark. Enfin, fallait faire avec son temps.

Des flics comme Stark qui n'hésitait pas à cogner sur un suspect qui le menait en bateau, ou qui entrait dans un rade de putes et de voyous, son flingue à la main, en balayant tout sur le comptoir si le tôlier faisait de l'obstruction, c'était la préhistoire. La preuve, vingt ans avant, Vasquez et ses tordus ne seraient jamais sortis de tôle. Un ténor comme Follinger ne les aurait même pas reçus.

Il regarda Henley se lever quand une femme entre deux âges, bien habillée, se présenta à son bureau. Henley l'invita d'un geste courtois à s'asseoir. Souriant, il se pencha vers elle quand elle commença à lui parler.

Jamais Stark ne se serait donné tout ce mal. Il aurait allumé une de ses foutues cigarettes et empesté la malheureuse en l'écoutant d'un air distrait. Parce qu'il aurait tout de suite compris que la femme qui se tenait présentement devant lui n'était qu'une foutue emmerdeuse qui lui faisait perdre son temps.

STARK profita d'une accalmie entre deux averses pour sortir de chez Pitt. Il était à peine neuf heures, et il était venu prendre son petit-déjeuner chez ce vieux radin d'Irlandais qui lui avait filé du pain rassis.

Stark avait rouspété, mais Pitt l'avait envoyé promener, comme il envoyait promener ceux à qui Stark tremblait de ressembler plus tard. Les paumés à trois balles qui pouvaient pas décoller de chez l'Irlandais parce que ça leur rappelait leur jeunesse.

On avait crevé de chaud toute la nuit, et la flotte bienfaitrice du matin avait seulement levé une moiteur qui vivifiait les odeurs de pourri et collait sur la peau une pellicule de sueur qui donnait l'impression d'être sale.

En zigzaguant le long des rues entre les poubelles pleines, Stark pensa que sa ville lui ressemblait, ou le contraire. On la sentait molle et fatiguée, prête à se laisser aller, à accepter les avanies, les déceptions, comme une vieille pute sans espoir.

Il traversa pour prendre un bus qui l'emmènerait dans le centre, mais se dit qu'il n'avait rien à y faire, et il resta planté, indécis, au milieu de la rue, jusqu'à ce qu'un klaxon le fasse sursauter et qu'il regagne précipitamment le trottoir.

Bras ballants, il se laissa bousculer par les passants qui avaient maintenant pris possession de la rue et cavalaient vers leurs activités. Un mois de suspension, bordel, c'était rien ! Il pouvait bien ne rien foutre pendant un mois. Et puis, il devait prendre rendez-vous avec la psy... Merde, il irait pas chez la psy. C'était quoi cette mode ? On le prenait pour un maboul, ou quoi ? Il se sentait très bien. C'est pas parce qu'il en avait marre de servir de cible aux tordus qu'il était fou ! C'est pas parce qu'il rencontrait que des tordus qu'il était dingue ! Le mot « dingue » lui fit penser à ce môme, le fils de cette femme si séduisante, et il se demanda ce qu'il devenait. Curieuse attitude le jour de l'enterrement du jeune Spasky. Tiens, encore une affaire qui allait traîner.

Il fit signe à un taxi et lui donna l'adresse d'Alice Cage. S'il ne trouvait personne, ça lui ferait toujours prendre l'air. C'était vraiment trop poisse ce matin dans la ville. Il se refusa l'excuse d'y aller parce qu'il avait envie de la revoir.

LE TAXI l'arrêta devant chez Alice et il fut content d'apercevoir sa voiture dans le garage. Une berline était stationnée dans l'allée et, en s'approchant, il vit à travers la baie qu'elle parlait avec des gens.

Il allait s'éloigner, quand la porte s'ouvrit devant un couple accompagné d'un homme. Alice Cage leur dit au revoir et il attendit, saluant le trio quand il passa devant lui.

Alice lui sourit, mais Stark remarqua son air anxieux.

– Bonjour, madame Cage, dit-il en s'avançant et en lui tendant la main.

– Bonjour, sergent.

– Je ne vous dérange pas ? J'étais par hasard dans votre quartier et je me suis dit que je pourrais vous saluer.

L'avait-elle vu descendre du taxi ?

– C'est gentil, dit-elle. Vous voulez entrer ?

– Si je ne vous dérange pas..., répéta-t-il bêtement.

Elle ne répondit pas et il la suivit.

– C'est toujours aussi joli chez vous...

– Merci, ces personnes visitaient ma maison.

– Ah ? Vous avez l'intention de déménager ?

– Asseyez-vous, je vous en prie. Un café ?

– Volontiers.

Il s'installa, et elle revint peu après avec un plateau

supportant deux tasses, une cafetière et une assiette de gâteaux.

– Combien de sucres ? du lait ?

– Rien, merci.

Elle le servit et s'assit en face de lui. Ils sirotèrent leur café en silence,

– Vous envisagez de déménager ? redemanda-t-il.

– J'en avais l'intention... Nous avions décidé avec mon ami de nous installer ensemble et pensé vendre nos maisons pour en acquérir une plus grande. Nous aurions été cinq. Il a un fils.

Stark posa sa tasse avec précaution. Un grand creux s'installa dans son estomac. Que s'était-il imaginé ? Qu'elle serait séduite par un canard boiteux sur le retour ? Un foutu flic au bout du rouleau ? Il déglutit de l'acide.

– Ah, c'est bien, c'est bien... Et votre travail ?

– Nous serions restés dans le coin.

Pourquoi ce conditionnel ? s'étonna Stark qui se dit que l'éventualité de sa nouvelle vie ne semblait pas la mettre en joie. Mais peut-être était-ce ce qu'il espérait égoïstement. Il remarqua l'éventail des petites rides au coin des yeux et son expression douloureuse. Il aurait voulu la serrer contre lui.

– Votre fils, Joseph, ça va ? demanda-t-il à brûle-pourpoint, après un silence qui s'éternisait.

Ahuri, il vit ses yeux se remplir de larmes et elle porta brusquement les mains devant son visage. Au bout d'un moment, elle releva les yeux vers lui.

– Joseph est parti depuis deux jours.

– Parti ?

– Quand je suis... En rentrant du lycée avant-hier, j'ai vu qu'il avait pris des affaires.

– Mais il est mineur ! Vous avez prévenu la police ?

Il se rendit compte qu'il criait presque.

– Je savais qu'il voulait nous quitter.

– Pour aller où ?

– Il ne voulait pas que je vende la maison. Il ne voulait

pas vivre ailleurs. Il... il ne voulait pas que je m'installe avec mon ami Peter Petrovic.

Sa voix trembla.

Stark se renversa dans le fauteuil et étendit sa jambe. Sa tête bourdonnait de tout ce qu'il apprenait. Comment, dans un endroit aussi charmant, de tels drames pouvaient-ils se dérouler ? Par égoïsme, ce gosse refusait à sa mère sa part de bonheur. Et si ç'avait été lui à la place de ce Petrovic, aurait-il su le convaincre ? Et maintenant il était parti. Où était-il allé ? Il lui posa la question.

– Je ne sais pas...

– Vous ne savez pas ?

– Je vais annuler la vente, dit-elle comme si elle venait de trouver la solution miracle.

– Ça va le faire revenir ?

Elle haussa les épaules en soupirant. Il faillit lui demander pourquoi elle capitulait si facilement, mais au lieu de ça, il dit :

– Vous avez peur de votre fils.

Elle sursauta et le fixa.

– Pourquoi dites-vous cela ?

– C'est ce que... Il s'arrêta car c'était impossible à expliquer. Je ne crois pas que ce soit la bonne solution, reprit-il.

– Quoi ?

– De lui céder.

Elle se leva brusquement, manquant renverser sa tasse.

– Excusez-moi, sergent, mais ce sont mes affaires.

– Vous pensez que c'est lui qui a tué le chien de votre amie ? Elle le fixa sans répondre. Et vous craignez qu'il fasse pire, n'est-ce pas ?

– Mon fils n'est pas fou. Il est nerveux et angoissé. Il passe un âge difficile.

– Ouais... Il doit revenir chez vous, il est mineur, vous êtes responsable.

Il voulait la protéger et, au lieu de cela, l'accablait.

– Il a dû aller chez un ami.
– Vous savez lequel ?
– Merci de vous inquiéter, sergent, mais...
– Je voudrais lui parler, répondit Stark brusquement en se levant. Savez-vous chez qui il est ?
Elle hésita, cherchant visiblement une réponse.
– Non... Mais il va revenir. Il a des partiels en fin de semaine.
– Qu'en dit votre ami, M. Petrovic ?
– Je ne lui en ai pas parlé.
– Pourquoi ?
– Parce que... parce que ce ne sont pas ses problèmes.
– Ce ne sont pas ses problèmes si vous arrêtez la vente et restez chacun chez vous ?
– Non, ce sont mes problèmes.
– Vous ne croyez pas que de tels problèmes ont intérêt à être partagés ?
De quoi se mêlait-il ? Elle réfléchit, puis :
– Non, je ne crois pas.
Il hocha la tête, furieux contre lui, contre elle, contre tout le monde.
– Bien, j'ai pris assez de votre temps. Soyez gentille de me prévenir si votre fils n'est pas revenu en fin de semaine.
– C'est une obligation légale ?
– Non... Mais je pensais à son jeune camarade qui s'est fait tuer récemment. Je n'aimerais pas savoir mon fils dans la nature.
– Merci de votre sollicitude, sergent, dit-elle en lui tendant la main.
Il la saisit, la garda.
– Quelquefois, il vaut mieux agir avant qu'après. Sinon, on peut s'en mordre les doigts.
– Merci, sergent, répéta-t-elle en se dégageant et en se dirigeant vers la porte. Je ne manquerai pas de vous tenir informé.
Il sortit, entendit qu'elle refermait la porte derrière lui, et eut aussi mal que s'il l'avait reçue dans le dos.

Le quartier était paisible et frais. Les gens qui habitaient par ici avaient de la chance. Il passa devant la maison de la vieille dame qui avait perdu son chien. Les volets étaient clos et la maison paraissait déjà abandonnée.

Adèle Ruffol lui avait dit que son amie avait des enfants qui vivaient au loin. Il était sûr qu'ils vendraient cette maison si jolie et pimpante et une autre famille s'installerait, et de la vieille dame et de son chien ne resterait qu'une histoire que les vieux du quartier se raconteraient avant de disparaître à leur tour.

Il marcha le long du trottoir, faisant crisser sous ses pieds les feuilles calcinées par la canicule. Elles ne tombaient jamais avant fin septembre dans cette région et on était seulement au début de l'été. Il pensa que tout allait trop vite maintenant et qu'il aurait su protéger Alice.

Il arriva à un carrefour et héla un taxi. Il allait rentrer chez lui, fermer les volets et dormir.

JE SORS les affaires de mon sac, assez content du coin que je me suis choisi. Je suis revenu au réservoir parce que c'est super-cool et qu'il y a des emplacements pour les campeurs. Ils viennent le week-end, la semaine c'est super-calme. En plus, depuis que Gros Con s'y est noyé, ça a refroidi les enthousiasmes. Déjà qu'ici c'est pas folichon avec les montagnes et le barrage. On se croirait dans le domaine de Vlad le Vampire.

Ça me fait drôle d'être là. Je suis installé sur l'autre rive, en face de l'endroit où ça s'est passé. J'ai eu envie d'y retourner, mais j'ai eu peur que l'on s'étonne de m'y trouver au cas où quelqu'un viendrait. Et peut-être reste-t-il des traces de sang.

Je sors mon duvet et installe le réchaud que j'ai piqué chez moi dans le garage. J'ai aussi pris mon poignard, style commando para. Il a un manche en résine noire avec des stries, et une lame épaisse, super-effilée d'un côté et crantée de l'autre. Je l'ai acheté l'an dernier en racontant au vendeur que c'était pour offrir à mon père quand il va à la chasse.

– Une arme comme ça, mon garçon, c'est pour la chasse au daim !

J'ai expliqué que c'était exactement pour ça, et lui ai filé l'identité d'un gars de la classe pour éviter les questions. Depuis que je l'ai, je n'arrête pas de le contempler et de m'entraîner. Je me dis que si j'avais prévu le coup avec Jonas, j'aurais pu m'en servir.

Je me demande ce que ça fait d'enfoncer une lame pareille dans le bide de quelqu'un. Ce doit être très différent de tirer une balle. Dans les films, les mecs se collent à l'adversaire, genre sentinelle, et enfoncent leur poignard, ou viennent par-derrière en lui coupant la gorge.

Ça doit faire mal. Ou alors on meurt tout de suite. Je le tiens par la lame et le lance en direction d'un tronc d'arbre. Bingo ! il s'est planté tout droit ! Putain, le pot ! Je recommence. Sur dix lancers, sept réussis. Pas mal du tout. Il est super-beau et super bien équilibré. Je pourrais plus m'en passer. Je ne m'en suis servi qu'une fois jusque-là. Pour le chien de la vieille. Pas facile. C'est pas rien un cou de clébard. Je pense à ma mère. Elle me fera pas rechercher, elle aura trop honte. Elle n'a jamais rien dit. Même quand elle a compris que c'était moi qui avais pendu Pussy et décapité le clébard.

Bon sang ! Va falloir commencer à compter avec moi. Je regarde autour parce que la nuit arrive et j'aime pas trop.

VASQUEZ tendit une liasse de billets à Follinger qui la recompta.

– Merci, dit l'avocat en la glissant dans sa poche. Si j'ai un conseil à vous donner, Vasquez, c'est de vous débarrasser de votre camelote. Vous avez eu de la chance sur ce coup, mais les flics ne vont pas vous lâcher.

– Vous en faites pas, tout part demain.

– Bon. L'avocat ramassa sa serviette sur la table. Pour la poudre, je serais vous je laisserais passer du temps.

Vasquez acquiesça mollement. De quoi se mêlait ce baveux ? Il avait été payé, et après ? Il croyait connaître le milieu, mais c'était rien qu'un péteux de bourge qui se la jouait voyou. Les places étaient chères sur le marché, pas question de se faire oublier. Fallait être là, avec le bon pognon en main, et saisir les occasions. Qu'est-ce qu'il y connaissait ce mec à trois cents biftons de l'heure ? Il croyait que c'était en se les roulant qu'on devenait un caïd ?

– Bon, je vous laisse, dit Follinger en jetant un coup d'œil vers la brochette de tarés affalés contre le mur.

Il ne se sentait jamais à l'aise avec les Hispaniques, d'où qu'ils viennent. C'étaient de grands cinglés qui vous abattaient pour un mot de travers. Les trois quarts sniffaient leur merde et ils étaient toujours à moitié chargés. C'est ce qui les rendait dangereux. Au moins, avec les Ritals, ou ce qu'il en restait, les rapports étaient plus simples. Ils ne se servaient pas de préados pour faire leurs coups. Rien que des adultes, et tenus en laisse.

– Je vous ai entendu menacer ce Stark, reprit Follinger, à votre place je laisserais tomber. Ça coûte cher de s'attaquer à un flic.

Vasquez ricana.

– Pas plus cher que de s'attaquer à moi.

Follinger haussa les épaules et ouvrit la porte. Avant de sortir, il lança :

– En tout cas, si vous le descendez, ne comptez pas sur moi pour vous défendre. Je ne veux pas pourrir ma vie.

Vasquez eut un geste négligent de la main.

– Relou ce mec, grogna Cordo, le nouveau lieutenant qui remplaçait Bosco, descendu par les flics.

Vasquez haussa les épaules. Le problème, une fois la marchandise évacuée, ce serait de reconstituer sa petite armée. C'était pas bon d'être en minorité dans le coin. Ces putains de flics l'avaient saigné à blanc. Ils avaient gardé la came comme pièce à conviction. Pièce à conviction contre qui, puisque le baveux les avait blanchis du chef d'accusation avec son irrecevabilité à la con ? N'empêche, ces gringos avec leurs droits de la défense et tout le tralala sur les droits civiques, ils l'avaient dans le cul plus souvent qu'à leur tour.

Il avait bien fait de se tirer de chez lui où il risquait une balle à tous les coins de rue avec sa ville devenue un vrai champ de tir. Là-bas, à Bogota, les droits du citoyen, on savait même pas ce que c'était. Des gars de son genre avaient de la chance s'ils atteignaient leurs quinze ans. Ou tu dirigeais le Cartel, ou tu te tirais ailleurs. Par exemple, chez les gringos et leurs lois formidables.

En quittant la maison, j'ai piqué quelques billets dans le sac de ma mère, ce qui m'a permis de tenir à coups de sandwichs et de sodas.

Je ne pense plus à rien ni à personne. C'est comme si j'étais devenu un autre. J'ai même envie de changer de nom et recommencer en vivant ailleurs.

Je me baigne et nage jusqu'à l'endroit où j'ai noyé Jonas. L'eau est glacée et sombre et je me file une putain de secousse parce qu'à un moment je regarde sous l'eau et j'ai l'impression de le voir flotter, ses yeux tout blancs fixés sur moi. Ça me fout une telle frousse que j'avale une tasse énorme et manque me noyer. Je regagne le bord comme un dingue et, en sortant de l'eau, je me dis que j'ai eu une sacrée veine de m'en tirer. C'est ce soir-là que je décide de revenir chez moi. D'ailleurs, j'ai plus rien à manger et plus un rond.

– MAMAN, MAMAN ! s'exclame ma sœur.

Elle se fige au milieu du salon quand je pousse la porte.

– Qu'y a-t-il ? demande ma mère qui est sur le point de sortir en compagnie de son mec.

Elle a pris la ligne. Elle, toujours à se surveiller pour ne pas grossir de trois grammes, sur ce coup, ma fugue lui a réussi.

Elle s'arrête, me regarde, et l'autre pomme de Petrovic qui se tient à côté d'elle attrape la main de ma frangine quand celle-ci veut venir vers moi.

– Salut, dis-je.

– Où étais-tu ? me demande ma mère avec les yeux qui lui sortent de la tête.

Je hausse les épaules.

– Je t'ai entendu téléphoner aux agences.

– Donc, tu es parti sans prévenir ta mère, intervient l'autre gland de Petrovic. Tu te fiches pas mal de son inquiétude ? Tu vois, là, on allait à la police. C'était chouette, hein, d'être rattrapé par les flics ? Ça fait caïd ! (Je ne bronche pas.) Je me fous de ce que tu penses ! reprend-il en s'excitant. Je vais épouser ta mère, et si ça te plaît pas, c'est pareil. Et toi, tu sais ce qui va t'arriver ? Tu vas aller en pension ! Comme ça, on n'aura même pas besoin de déménager, on aura assez de place.

– Peter, dit ma mère en lui posant la main sur le bras.

J'adore son air contrarié.

Il la regarde.

– On en a parlé pendant que monsieur jouait les fugueurs, chérie. Il n'y a pas d'autre solution. Je ne veux pas que ce gosse nous bouffe la vie !

– Peter, je voudrais te parler en privé, répète-t-elle d'un ton super-sec.

Fatigué de leurs histoires, je monte l'escalier et, sans les regarder, je lance :

– Quand vous vous serez mis d'accord sur mon sort, vous savez où me trouver.

Puis, comme je sens la fringale, je redégringole les marches, passe devant eux comme s'ils n'existaient pas et sors du frigo une assiette avec un gros morceau de poulet.

– À plus ! dis-je en remontant dans ma chambre.

– Annie, va dans ta chambre, ordonna Alice. Il faut qu'on parle, dit-elle à Peter.

Elle sortit de la maison, s'installa au volant de sa voiture, attendit que Peter la rejoigne et démarra pour s'arrêter cent mètres plus loin. Elle coupa le contact et se tourna vers lui.

– Peter...

– Je sais, je ne suis pas son père, renvoya-t-il, avec colère en fixant le pare-brise.

– C'est vrai, mais ce n'est pas ça. Il est revenu et tu l'as inutilement agressé.

Il la regarda, tête de côté.

– Inutilement agressé ? Jusqu'à quand tu vas t'aveugler, Alice ? Ce type... ton fils ne cherche qu'à nous séparer. Tout ce qu'il veut, c'est foutre le bordel !

– Ne parle pas comme ça !

– Il se tire sans te prévenir, tu passes une semaine abominable, donc, NOUS passons une semaine abominable ; Annie ne travaille plus en classe, je néglige

Edwards, mon travail, toi. Nous. Et il rapplique, et c'est merveilleux. Et pourquoi il est parti ? Parce que tu as prévenu les agences que tu voulais vendre ta maison ? TA maison.

– C'est aussi la sienne, protesta Alice, mollement.

– Non. Il habite chez toi ! Et nous voulons vivre ensemble. Est-ce trop lui demander de nous foutre la paix ?

Furieux, il sortit brusquement de la voiture. Alice garda les coudes appuyés sur le volant, crispée sur un souffle qui ne sortait pas. Peter fit le tour et se pencha vers sa vitre.

– Nous avions décidé que tu le mettrais en internat, lui rappela-t-il. Pourquoi as-tu changé d'avis ? C'est nécessaire pour lui comme pour toi. Il t'échappe, tu ne peux plus rien en faire. Tu joues sa vie à la roulette par ton indécision. Et je ne parle pas de nous.

Elle ne répondit pas, et Peter vit des larmes briller au coin de ses paupières. Il posa sa main sur le bras d'Alice.

– Je sais ce que tu penses. Tu crois que c'est parce que j'ai débarqué dans ta vie et que nous avons décidé de vivre ensemble qu'il est perturbé ? Alors laisse-moi te dire que tu te trompes. Vous avez toujours eu des difficultés avec lui, mais il était jeune. À présent, il se prend pour un homme, et il devient dangereux comme un homme. Je sais que tu m'as caché beaucoup de choses le concernant. Alice, pense à lui, pense à toi, à Annie. Pense à nous. Il faut l'éloigner.

Sur le trottoir opposé passa un couple de voisins qui les examina sans discrétion. Alice les connaissait. C'étaient des fielleux. Un couple de petits employés qui partaient ensemble le matin travailler dans la même entreprise, et revenaient le soir, bras dessus, bras dessous, comme s'ils ne s'étaient pas lâchés de la journée. Ils ne fréquentaient que le club d'astrologie qu'un vieux fou avait créé une douzaine d'années auparavant et qui attirait tous les gogos du quartier moyennant une coûteuse inscription. Le vieux fou, avait décidé Alice, était le moins fou de tous.

– Je ne sais pas quoi faire, murmura-t-elle.

– Tu veux que l'on vive ensemble ? Elle lui caressa la joue en souriant. Alors, si tu le veux, on n'a pas d'autre solution. Dans moins d'un an, il sera majeur. Tu as des ados plus difficiles que d'autres, c'est aux adultes de s'en occuper, martela Peter.

– Je sais, soupira Alice, tu as raison. Mais l'idée de le mettre en pension, de le couper de ses habitudes, de ses repères, de sa maison, de sa famille, tout ça pour que nous puissions vivre à notre guise...

– Pour nous protéger, la coupa Peter, pas seulement pour vivre à notre guise.

AU TÉLÉPHONE, Sanström l'envoya promener. Stark venait de lui demander où ils en étaient dans l'affaire Stipol.

– Tu crois que t'es parti depuis un an ? s'effara son adjoint. Que veux-tu qu'il y ait de nouveau ? Tu devrais pas appeler ici, Stark.

– Prononce pas mon nom. Rien, d'aucun indic ?

Il sentit Sanström hésiter à l'autre bout.

– Rien, confirma-t-il.

– Tu me cacherais pas quelque chose ?

– Écoute, vaut mieux que tu te fasses oublier. On n'a rien. Si Belley apprend que tu continues de te mêler des affaires, il va te bouffer la rate. Je l'ai entendu se faire engueuler par le chef de la police qui s'est spécialement dérangé.

– O.K. Alors on laisse courir ? T'as pensé à faire surveiller le petit-fils ?

– Non, et je le ferai pas parce qu'il est juste témoin.

– Il est peut-être dans le coup. C'est le seul à avoir un mobile.

Il entendit soupirer Sanström.

– Tu dérailles. Ce crime a tout du crime crapuleux qui a mal tourné. Le type a tué la pauvre vieille, peut-être pour lui faucher cinq dollars ! Ça se voit tout le temps, des meurtres pour le prix d'un bifton de cinéma.

Moi je veux atteindre ma retraite peinard. J'ai pas envie d'être viré avec ma femme malade. Des tordus, il y en aura encore quand toi et moi on mangera les pissenlits par la racine. T'es à moitié déglingué, ça te suffit pas ? T'en as pas marre de t'user à cavaler pour te retrouver où tu es ? Vasquez nage dans l'opulence et toi tu te retrouves seul comme un chien avec un blâme qui, si t'insistes, peut te faire sauter ta pension. Alors très peu pour moi. Encore cinq ans, et j'ai fini. Un mec comme Henley a tout compris. Tu devrais le voir. Dans moins de dix ans il sera adjoint ou même chef de la police, et toi et moi on bouffera des plats surgelés devant la télé. Y aura personne pour nous rendre visite parce qu'on sera deux cons aigris. Le dimanche, j'irai porter des fleurs sur la tombe de Meryl et je lui raconterai ma flamboyante semaine parce que j'aurai personne d'autre à qui parler. Et toi ? Toi, tu parleras à ton frigo parce que ce sera le seul à supporter tes bavardages. Mais je veux pas d'emmerdes en attendant. Excuse-moi, mon pote, je t'aime bien, mais tant que t'es dehors, j'peux rien pour toi.

– Pas grave, Sanström, merci quand même, et porte-toi bien, lui dit Stark en raccrochant.

DEUXIÈME PARTIE

STARK se morfondit en fin de compte pendant six longs mois avant de rentrer en grâce. Pendant cette période il fut entendu par la commission de discipline de la police urbaine qui retint seulement la faute de procédure sans intention de nuire, mais ce fut la direction des affaires internes de la police fédérale qui lui causa le plus d'ennuis et exigea sa suspension pour quatre mois, dont deux sans solde. Un autre que lui aurait profité de cette mise à pied pour prendre le large, mais Stark n'était pas du genre à transformer un ennui en plaisir.

Sur les injonctions de la commission il rendit deux fois visite à la psy avant de se fâcher définitivement avec elle. Il occupa le reste de son temps à jouer au poker avec des types de chez Pitt et à descendre sa demi-bouteille de whisky journalière.

Il utilisa aussi ses loisirs forcés pour retrouver d'anciens amours tarifés, mais il allait « aux putes » comme on va se faire pendre. Il en connaissait des wagons, de toutes les couleurs, de toutes les tailles, à tous les prix, ayant passé lui-même beaucoup de son temps sur les trottoirs.

Avant d'être amoureux d'Alice, il avait aimé deux femmes, les deux histoires couvrant une période d'à peine plus d'un an. Le reste du temps, c'étaient ses copines les putes qui se chargeaient de lui. Depuis son accident au genou, c'était la première fois qu'il y retournait. Il avait perdu une partie de sa libido en même temps que sa rotule.

Une demi-douzaine de fois, peut-être moins, peut-être plus, il alla se balader dans le quartier où habitait Alice, et eut ainsi l'occasion de la rencontrer. Une fois, fortuitement, avec son ami Peter Petrovic qu'il avait entrevu à l'enterrement de Lucy Laygues. Les deux hommes ne sympathisèrent pas, et Stark s'arrangea ensuite pour la voir quand elle sortait du lycée ou faisait ses courses.

Il l'observait de loin, simplement content de la regarder. Elle représentait l'avers de sa vie. Ce qu'il aurait pu vivre si le destin en avait décidé autrement. Il réussit à l'inviter à prendre un café et lui raconta sa mésaventure dont elle se montra navrée. Il ne comprit pas lui-même pourquoi il s'épanchait ainsi. Elle lui apprit par la même occasion que, depuis la rentrée scolaire, son fils Joseph était interne dans un très bon collège et que son ami s'était installé chez elle avec son fils.

En la quittant, il rentra se saouler chez lui, vomit sur le tapis, arracha le rideau de douche en titubant dans le bac, et resta un temps indéfini sous le jet d'eau qui, par chance, ce jour-là, avait décidé de jouer son rôle de jet d'eau.

Trois semaines plus tard, il recevait une lettre officielle des services de la police l'avisant que sa suspension prenait fin au trentième jour du mois en cours.

– Allô ? Pourrais-je parler à Mme Cage ?

Alice fit des efforts pour sortir du sommeil.

– Oui... c'est moi... de la part de qui ?

– Je suis le directeur de l'Institut Mancroft, madame Cage, où votre fils est pensionnaire.

– Monsieur Kenneth ? Oh, bonjour... Que puis-je pour vous ? demanda-t-elle, surprise et angoissée en jetant un coup d'œil sur le réveil qui affichait sept heures quinze.

À ses côtés, Peter, réveillé, s'était hissé sur un coude et écoutait.

– Je suis désolé, madame, de vous téléphoner à une heure aussi indue pour vous apprendre que votre fils a quitté clandestinement notre établissement hier soir après l'étude. Par un malheureux concours de circonstances le surveillant, qui est un nouveau, ne l'a pas signalé, ne le connaissant pas physiquement. C'est seulement ce matin que le responsable des études s'est aperçu de son absence. Craignant un éventuel accident nous avons effectué à l'intérieur de l'école des recherches qui n'ont rien donné. Nous pensons qu'il a profité de la sortie des externes à six heures pour partir avec eux. À cause de toutes ces raisons je n'ai été mis au courant que ce matin.

Alice sentit une main lui serrer l'estomac. Il avait recommencé. Durant les quelques mois écoulés où il avait été interne dans cette institution dont la réputation n'était plus à faire et qui coûtait les yeux de la tête, Joseph avait refusé non seulement de rentrer chez lui les fins de semaine, mais encore de les voir.

Elle avait fini par se rendre aux raisons de Peter quand Joseph était revenu après sa fugue, et contacté sans trop d'espoir le collège Mancroft qui, réputé pour la sévérité de sa discipline, exigeait des postulants de meilleurs livrets scolaires que ceux de son fils. À sa surprise, M. Kenneth, le directeur, avait néanmoins accepté de soumettre la candidature de Joseph au conseil de surveillance, et à sa non moins grande surprise l'honorable institution l'avait accepté.

Deux mois après l'admission de Joseph, Peter s'installait avec Edwards, mettait en vente sa maison. Alice et lui avaient décidé de régulariser leur union à la majorité de Joseph.

– Et que comptez-vous faire ? demanda-t-elle d'une voix mal assurée.

– Compte tenu que votre fils n'est pas encore majeur, nous sommes obligés, si nous ne le revoyons pas aujourd'hui, de signaler sa disparition à la police.

– Ne faudrait-il pas attendre un peu ? C'est sa première fugue, mentit-elle.

Elle sentit à l'autre bout du fil l'embarras du directeur.

– C'est que... notre établissement n'a pas l'habitude de ce genre de problème. Je le dirige depuis plus de quinze ans... et..., reprit-il après un silence, dans le cas de votre fils le problème est majoré par son attitude... dont je voulais précisément vous entretenir avant ce malheureux incident.

– Quelle attitude ?

– Vous n'êtes pas sans savoir que votre fils s'est montré si insolent et même agressif avec certains de ses professeurs que nous l'avons exclu deux fois quatre jours... mais vous êtes au courant, bien sûr.

Alice se redressa d'un bond et regarda d'un air effaré Peter qui écoutait en essayant de comprendre.

– Bien sûr..., bégaya-t-elle.

Elle ne savait rien de ces exclusions.

– Vous étiez au courant ? s'inquiéta le directeur devant son hésitation. Votre fils nous a dit que vous étiez venue le chercher.

– Bien sûr...

– Malheureusement, depuis, d'autres faits graves se sont produits, mettant en cause son attitude vis-à-vis de ses camarades, faits si graves que nous avons été dans l'obligation, croyez que je le regrette, de l'exclure définitivement.

Alice, cette fois, resta sans voix.

– Madame Cage... votre fils vous a prévenue ? Nous vous avons d'ailleurs envoyé une lettre vous en avisant... J'étais étonné, je ne vous le cacherai pas, de ne pas recevoir de vos nouvelles...

– Je... j'ai été absente un moment...

– J'en suis désolé. Mais, tout comme vous, nous sommes responsables de sa sécurité et sa récente fugue nous oblige à prévenir les services concernés... Pris d'un soupçon, le directeur demanda : Excusez-moi d'insister, mais vous étiez bien au courant pour ses autres renvois ?

Elle ne répondit pas.

– Madame Cage, reprit le directeur d'une voix blanche, ce que je comprends m'effraie. Où était donc votre fils pendant ces journées où il n'était ni chez vous ni chez nous ? Et qu'est-il advenu des lettres que nous vous avons envoyées ?

Alice étouffa un sanglot et serra la main de Peter.

– Où est mon fils aujourd'hui ? répondit-elle.

– Madame Cage, avez-vous eu des difficultés avec votre fils que vous nous auriez dissimulées ? Et comme elle restait coite : Madame Cage, je vous demande de venir le plus tôt possible. Je vais faire ouvrir son casier et son armoire personnelle et j'aimerais que vous soyez là.

– Je vais venir, monsieur. Je voudrais juste attendre un moment pour le cas où mon fils reviendrait. Puis-je vous demander de ne pas prévenir immédiatement les services de police ?

– Non, madame, je regrette. Et ce que je crois comprendre ne m'y incite pas.

STARK, ce matin-là, lisait d'un œil vague un rapport du gros Ho concernant des cambriolages perpétrés dans les entrepôts des grandes surfaces par des équipes utilisant la technique de la voiture-bélier pour défoncer les portes. Le dernier avait coûté ses deux jambes au vigile.

Des affaires en cours au moment de sa mise à pied, les commerçants abattus par la bande de Vasquez, les assassinats de Mara Stipol et du jeune Spasky, ne restaient que des dossiers et les noms inscrits en rouge remontés en haut de la colonne.

Belley l'avait prévenu de ne plus s'en occuper et de passer à autre chose. La ville s'emballait dans le crime. Ses banlieues étaient le théâtre d'affrontements journaliers entre les forces de l'ordre et des bandes d'ados survoltés désireux d'avaler en entier le gâteau de la réussite sociale, sans vouloir ou sans pouvoir s'en donner les moyens.

Les transports en commun s'apparentaient à la traversée de territoires hostiles où régnait l'ordre du plus voyou, et des quartiers entiers devenaient le fief de mafias venues de l'Est ou du Sud de l'univers, qui, après en avoir chassé les mafias autochtones, y avaient établi leurs dictatures.

– Notre monde part en c..., avait clamé Belley, on a

de moins en moins de moyens et de plus en plus de crimes. Alors dès qu'une affaire traîne, faut passer à autre chose ! De toute façon, j'ai mis Henley sur le coup avec Sipovich. Pendant ton absence Sanström s'est marié avec Ho et ça marche bien.

– Et moi, je taille les crayons et je sers le café ! avait protesté Stark.

– Toi, tu prends les nouvelles.

Et c'est ainsi que, lorsque M. Kenneth, le directeur de l'Institut Mancroft, débarqua au commissariat accompagné d'un quidam déguisé en prof, costume de velours fatigué et chaussures non cirées, ce fut lui qui les reçut.

– Oui, qu'est-ce que je peux faire pour vous ? demanda-t-il aux deux hommes plantés devant son bureau.

– Je m'appelle Stephan Kenneth, dit le premier, engoncé dans un costume triste comme sa figure en jetant un coup d'œil sur la plaque d'identification de Stark posée sur le bureau. Je suis le directeur de l'Institut Mancroft. Et M. Ross, ajouta-t-il en désignant son accompagnateur, est responsable des études. Je viens signaler la fugue d'un de nos élèves et...

Il s'arrêta, fixant Stark pendant que sa pomme d'Adam s'agitait.

– Une fugue... Stark soupira et posa négligemment le dossier qu'il lisait sur son bureau. Vous savez certainement qu'avant d'entreprendre des recherches nous laissons un laps de temps de quarante-huit heures pour permettre au fugueur de revenir de son plein gré, répondit-il pour couper court à toute demande pressante. Cette fugue date de quand ?

Ross se pencha vers Stark, non sans en avoir demandé la permission d'un coup d'œil à son supérieur.

– C'est plus grave qu'une simple fugue, sergent.

Stark haussa un sourcil.

– Beaucoup plus grave.

Ross se recula, redonnant le premier rôle à Kenneth

maintenant qu'il avait exécuté sa prestation de hallebardier.

– C'est-à-dire ?

Kenneth se pencha à son tour, regarda alentour.

– Nous avions supposé que l'interne Joseph Vanloo avait quitté l'établissement hier soir, profitant de la sortie de dix-huit heures. Par un malheureux hasard nous ne nous en sommes aperçus que ce matin. Et ce matin, nous avons retrouvé un de ses camarades âgé de douze ans, caché dans une cabane au fond du parc, grelottant de froid et de terreur, une phalange de son petit doigt tranchée.

Stark croisa les bras et se renversa sur sa chaise, sentant un malaise s'insinuer.

– Ce malheureux enfant, après que nous l'avons réchauffé, pansé et fait admettre à l'hôpital Saint John où ses parents l'ont rejoint, a nommément accusé Joseph Vanloo d'être l'auteur de ce forfait. Kenneth leva la main pour stopper Stark qui s'était brutalement dressé. Attendez. Ce Vanloo venait d'être renvoyé pour brutalité envers ses camarades et un de ses professeurs, après avoir été exclu deux fois quatre jours pour le même motif, sans que sa mère apparemment en soit avertie.

– Nous allons faire rechercher cette petite crapule ! cracha Stark en se levant.

Kenneth lui posa la main sur le bras.

– Sergent... Il hésita. Il y a encore autre chose.

– Quoi ? aboya Stark.

– En l'examinant, les médecins de Saint John ont constaté que la jeune victime de ce Vanloo, Ottis Mathew, avait également subi des sévices sexuels.

Stark ouvrit des yeux comme des soucoupes. Qu'allait-on encore lui annoncer ? Que cette pourriture faisait partie des terroristes du 11 septembre ?

– Sergent... Kenneth plongea son regard dans celui du policier. Seuls M. Ross, le gardien qui a découvert le malheureux enfant, et moi sommes au courant du... du viol. Pourrais-je vous demander de faire preuve de la plus grande discrétion ? La pauvre mère de ce Vanloo n'est pas au courant des derniers... de ce récent... forfait de son fils. Elle doit venir à l'école ce matin, voudriez-vous nous y accompagner ?

Stark resta silencieux, l'esprit vide. La douleur qu'allait encore endurer Alice le poignait. Le directeur se trompa sur son attitude.

– Mme Cage, sa mère, est une personne tout ce qu'il y a de plus honorable, et son père, dont elle a divorcé, est un homme honnête et travailleur.

– Je sais, murmura Stark, je la connais.

– Ah ?

Il hésita à lui raconter l'histoire du chien, et renonça. Pas la peine de charger la barque.

– Je vous accompagne.

– VISE UN PEU c'que j'vois là ! s'exclama un Black au crâne rasé enfoui dans un jogging flashy taillé pour un éléphant.

– C'est quoi c'tas de merde ? lui renvoya son compagnon, plus grand et coiffé rasta, en balançant son pied dans un corps étendu à l'abri d'une poubelle.

Ils se trouvaient tous deux dans une des ruelles crasseuses qui formaient, avec une dizaine de blocs, le royaume dont ils se voulaient les souverains. Pour servir leur ambition ils avaient recruté une demi-douzaine de traîne-savates pour qui l'école constituait un obstacle à ne pas franchir.

La troupe avait délimité un quadrilatère où vivait une population d'exclus chroniques qu'ils rackettaient, et remis l'octroi en vigueur pour ceux qui s'aventuraient dans leur territoire. Bien sûr, cette politique leur valait de nombreuses campagnes de castagne.

Ils se faisaient appeler les Chiens de la Rue, et leur crapulerie leur permettait de jouir d'une certaine réputation qui, espéraient-ils, les propulserait un jour dans les premiers rangs du crime. Mais la concurrence était rude et il leur fallait sans cesse surenchérir.

Ce qu'ils désignaient en des termes si élégants était un garçon correctement habillé qui, réveillé en sursaut, les regarda d'une si étrange façon que l'un et l'autre en ressentirent un malaise.

– Qui t'es toi ? Qu'est-ce tu fous là ? cracha le rasta, se reprenant.

Sans répondre, le garçon ramena ses jambes et se redressa en s'époussetant.

Énervé, celui au crâne rasé voulut l'empoigner par l'épaule mais, aussitôt, sauta en arrière en glapissant, contemplant d'un air effaré sa main dont dégoulinait une rigole de sang qui glissa à l'intérieur de sa manche violet et argent.

– Putain, l'emmanché ! éructa-t-il, sur le point de tourner de l'œil.

Incrédule, son compagnon leva les yeux vers le type qui tenait à la main un large poignard à la lame rougie et regardait d'un œil indifférent sa victime sauter sur place en beuglant.

– Je m'appelle Jo, leur dit-il alors. Et je n'aime pas être réveillé brutalement.

Les deux Blacks se demandèrent qui était ce Martien qui débarquait chez eux.

En arrivant à l'Institut Mancroft, Stark pensa que les gosses de rupins avaient bien de la chance d'étudier dans un pareil lieu, même s'il semblait s'y produire les mêmes horreurs qu'ailleurs.

Le bâtiment principal, construit en pierres de taille soulignées de briques rouges, avait, avec son imposante porte en verre et en cuivre précédée d'une volée de marches en marbre et ses larges ouvertures arrondies, l'assise puissante que donne l'assurance d'une pérennité qu'aucun événement tragique ne saurait troubler.

Derrière, bâtis dans les mêmes matériaux et distants d'une centaine de mètres, étaient érigés, au milieu d'un parc planté d'arbres centenaires et de pelouses que l'on aurait dit passées à l'aspirateur, le bâtiment administratif et celui où logeaient les élèves, ainsi que les réfectoires, piscine d'hiver, salles de sports, bibliothèques.

Stark alla d'abord voir la cabane où l'on avait découvert Ottis Mathew et dont se servaient habituellement les jardiniers. À l'endroit où l'enfant s'était couché, des traces de sang coagulé maculaient le sol. Stark monta ensuite dans la chambre qu'occupaient Vanloo et deux garçons qui se trouvaient en cours. Il fureta mais ne vit rien qui lui indique où s'était enfui le jeune tortionnaire.

Il redescendit jusqu'au bureau du directeur et y trouva Alice qu'accompagnait Peter Petrovic.

En l'apercevant, elle eut un geste de surprise. Il s'avança et leur serra la main.

– C'est une coïncidence, c'est moi que M. Kenneth est venu voir, expliqua-t-il en hochant la tête, essayant de lui faire comprendre qu'il n'avait rien trahi.

– Vous allez nous aider à retrouver mon fils ?

Il haussa les épaules.

– Je n'ai pas le choix.

Il s'était efforcé de parler calmement pour désamorcer la crise qu'il pressentait.

– Voulez-vous vous asseoir ? les pria le directeur en leur désignant les chaises qu'il avait fait placer devant son bureau.

Ils s'installèrent, Peter près d'Alice, à qui il prit la main. Le directeur eut un coup d'œil surpris.

– M. Petrovic et moi allons nous marier, expliqua Alice. Nous attendons la majorité de Joseph.

– Bien, bien, bien, répondit le directeur, pensant peut-être que l'arrivée du futur beau-père avait pu précipiter les choses.

Il déplaça quelques objets sur son bureau, redressa un cadre, se racla la gorge et, croisant les mains sur sa table, se tourna vers Alice :

– Madame Cage, monsieur, je ne vous cacherai pas mon... embarras devant ce que je vais devoir vous apprendre...

– Monsieur le directeur, je comprends que la fugue de mon fils et ses mensonges concernant ses différents renvois soient très graves, et cela me rend perplexe quant à ses motivations. Mon fils a toujours été un grand anxieux, mais...

– Madame, coupa le directeur, nous n'en sommes plus à une histoire de mensonges ! Il avait élevé la voix, visiblement énervé. Nous sommes beaucoup plus loin.

Stark vit Alice se raidir et son ami se pencher en avant comme pour amortir ce qu'elle allait entendre.

– Avant de venir chez nous, votre fils s'était-il déjà montré agressif vis-à-vis de vous ou de ses camarades ? A-t-il suivi une thérapie ?

Alice, yeux exorbités, resta muette. À Peter qui voulait intervenir, elle posa la main sur la sienne pour le faire taire. Le manège n'échappa pas au directeur.

– Pourquoi, dans ce cas, ne pas nous avoir prévenus ? Le ton était devenu sévère. Je ne vous cacherai pas que le conseil de surveillance a longtemps hésité à l'accepter. Et si nous avons décidé de le prendre, c'est parce que nous vous savions enseignante et vous croyions seule à l'élever, ce qui apparemment n'était pas le cas. Nous acceptons parfois des élèves que nous estimons méritants avec des coefficients moins élevés pour les amener à de meilleurs résultats.

– Monsieur le directeur, intervint Peter, Mme Cage vous a été infiniment reconnaissante d'accepter son fils qui, à son sens, perdait son temps par manque de discipline personnelle dans les écoles publiques. Elle a cru sincèrement que les quelques problèmes qu'elle avait avec lui allaient se résoudre, d'autant qu'ils nous paraissaient liés, pour la plupart, à son divorce survenu quand Joseph avait quatorze ans, qu'il a moins bien admis que sa sœur, et peut-être à mon arrivée dans leur famille. Même si, d'un commun accord avec Mme Cage, nous avons décidé, non seulement de lui demander son avis pour nous installer ensemble, mais aussi d'attendre pour le faire sa majorité. C'est vrai que Joseph n'a pas un caractère facile...

– Monsieur..., excusez-moi, je n'ai pas retenu votre nom, le coupa le directeur.

– Petrovic. Peter Petrovic. Je suis veuf avec un jeune garçon de douze ans.

– Je suis désolé. Monsieur Petrovic, quand je demande à Mme Cage si son fils n'a pas manifesté plus jeune de tendances gravement agressives, c'est parce qu'il s'est rendu coupable cette nuit d'un acte odieux.

Stark retint son souffle en voyant Alice se raidir. Ses mains serrèrent le bras du fauteuil jusqu'à blanchir.

– Expliquez-vous, monsieur, intervint Peter d'un ton sec.

Le directeur les regarda l'un et l'autre, passa à Stark, et dit :

– Votre fils, madame, a battu, violé et mutilé un de ses camarades âgé de douze ans.

Alice poussa un cri en portant les mains à son visage et serait tombée si Peter ne l'avait retenue.

– Vous rendez-vous compte de quoi vous venez d'accuser le fils de mon amie ! s'exclama-t-il d'une voix courroucée en se levant brusquement. Quelles preuves avez-vous dans un lycée qui compte des centaines d'élèves ?

– Le récit de la victime, laissa tomber le directeur d'une voix blanche. Il a tout raconté aux médecins, à part... à part son viol que ceux-ci ont découvert à l'examen. Le pauvre enfant est ensuite tombé dans un état proche de la catatonie.

– Il a pu mentir ! s'insurgea Peter, qui voyait s'effondrer sa vie avec Alice.

– Des camarades ont vu Joseph Vanloo s'éloigner avec sa victime, reprit le directeur. Nous savons maintenant qu'il n'a quitté notre établissement qu'au milieu de la nuit, et pas hier soir comme nous l'avions d'abord cru. Ottis Mathew est externe et il aurait dû rentrer chez lui à dix-huit heures. Par un malheureux concours de circonstances, ses parents étant absents, le jeune Ottis devait dormir chez un camarade. Ne le voyant pas arriver, celui-ci a cru qu'il y avait un changement et ne s'est pas inquiété. C'est ce matin que, apprenant au téléphone que leurs amis n'avaient pas vu leur fils, les parents d'Ottis se sont affolés et sont rentrés précipitamment. Ils sont venus au collège et, à ce moment-là, le gardien a trouvé le jeune Ottis dans la cabane au fond du parc.

Le silence qui suivit le récit du directeur avait ce poids insupportable propre à toute manifestation où la vie semble suspendue. Pétrifiés, Alice et Peter se tenaient serrés l'un contre l'autre, leurs visages aussi figés que des mannequins de cire.

Ce fut la sonnerie du téléphone qui les sortit de leur torpeur. Le directeur décrocha, écouta, répondit, remercia. Il se leva, fit le tour de son bureau pour se rapprocher du couple.

– Je suis absolument désolé, madame Cage, mais je viens de parler à l'avocat de M. et Mme Mathew. Bien sûr, ils portent plainte contre votre fils. Je ne saurais trop vous conseiller de prendre un avocat qui se mettra en rapport avec le leur. Ils nous attaquent en même temps que vous et ont déjà pris contact avec nos propres avocats. Je suis vraiment désolé. Tout cela porte en outre un énorme tort à notre établissement. Il se tourna vers Stark. C'est à vos services, je pense, que va revenir la charge de retrouver Joseph Vanloo...

– Oui, répondit Stark d'une voix si atone que le directeur lui lança un regard étonné.

Le policier savait qu'il avait laissé passer quelque chose, des mois plus tôt. Le chien, le jeune Spasky, souffre-douleur de Vanloo. Sa brutalité vis-à-vis de sa mère. Pourquoi n'avait-il pas réagi ? La balle de Nick La Rosa, en emportant son genou, avait-elle bousillé aussi son instinct ?

Il regarda le couple effondré. Comment ces gens reprendraient-ils le cours de leur vie ? Il aurait tout donné pour qu'Alice ne connaisse pas ça.

JE SUIS NONCHALAMMENT enfoncé dans un fauteuil aussi crade que le reste, entouré des « hommes » de la bande de Chico et Russel, quand les deux débiles débarquent.

Le nègre tondu revient du dispensaire où on lui a recousu la main. Ils écarquillent les yeux quand ils me repèrent.

– Qu'est-ce tu fous là ? hurle-t-il en tenant sa main bandée devant lui comme un candélabre.

Il doit salement dérouiller, je lui ai ouvert la paume en deux. En plus, son autorité en a pris un coup. C'est jamais bon pour un « chef » de se faire avoir par le premier pékin venu. Un des mômes, qui doit pas avoir plus de douze ans, et qui a un bec-de-lièvre qui le fait zézayer, lui raconte :

– Il a dit qu'il t'attendait pour te proposer un marché, et il nous a donné cinq biftons pour de la bière...

– Et vous y êtes allés ! rugit le tondu au nez du môme qui recule.

– Ben... heu.

Chico me lance un regard meurtrier et je vois Russel opérer un mouvement tournant. Je porte la main à la ceinture où est glissé mon poignard.

– Tu manques pas d'air, fumier de blanco ! Tu veux une nouvelle boutonnière à ta veste ! éructe-t-il.

Je lève la main dans un geste apaisant.

– Je voudrais bosser avec vous. Je ne te cache pas que je suis en cavale. J'ai besoin d'une planque. C'est pour ça que je me suis énervé ce matin, j'avais peur que vous préveniez les flics.

– T'es louf ! Tu m'ouvres la main et tu voudrais bosser avec nous ! gueule-t-il.

Mais je vois que je l'ai impressionné.

– Justement. Vous avez une sacrée réputation, les gars. Ce matin, je ne vous ai pas reconnus. Bonne réputation, mais vous avez besoin d'un mec comme moi qui sait jouer du couteau et qu'en a plus rien à foutre. Avec moi, les autres bandes vont vous respecter.

– On s'en branle de tes histoires, crache Chico.

– Je crois savoir que la bande à Vasquez vous bouffe l'oxygène. Il est en cheville avec des caïds et vous empêche de sortir la tête de l'eau, je continue sans me démonter.

Cette histoire, je l'ai reprise des journaux. Ils n'arrêtent pas de déblatérer sur les bandes des quartiers nord, où par hasard j'ai atterri après m'être enfui de l'internat. Et c'est pas difficile de comprendre que les paumés que j'ai rencontrés en font partie.

– Qu'est-ce tu débloques ? Qui c'est qui nous bouffe l'oxygène ? Qu'est-ce que c'est que cette histoire d'eau ?

– T'aimerais pas devenir le caïd à la place de ce Colombien de merde ? Ça te semble pas relou qu'un putain d'Espingouin joue les seigneurs ? Moi, ça me ferait gerber !

Ça y est, j'ai pris leurs tics de langage. Si ma mère m'entendait ! Pas dur de les imiter, ces singes. Ils m'ont toujours paru grotesques avec leurs grimaces de babouin. Ils se croient des durs, mais pour moi c'est rien que des vers de terre. Je parie qu'ils n'ont jamais tué.

Chico me regarde d'un air ahuri. Il est furieux mais plus encore intéressé. Il doit penser que je vais m'occuper de tout et qu'eux vont tirer les marrons du feu. Il se tient la main avec tendresse. Ce gars s'adore.

– J'ai pas besoin d'un pédé de blanchaille pour m'occuper de mes affaires ! Vasquez, il a sa place. Moi, la mienne, et toi, t'en as pas !

Je grimace un sourire en désignant la bande de morveux qui nous entoure.

– Réfléchis, lequel d'entre eux pourrait buter Vasquez, si nécessaire ?

Chico ne répond pas. Il doit se demander qui c'est ce louf qui lui propose de buter un grossium comme le Colombien dont les journaux ont fait leurs choux gras, qui s'est sorti tout propre d'une confrontation avec les Swat et les flics, et qui, d'après ce qu'on en sait, avec sa bande d'allumés qui n'hésitent pas à soutenir un siège contre la police, fout la trouille même aux Mexicains. Avant de prendre racine le temps qu'il réfléchisse, j'en remets une couche :

– Par exemple, d'abord on négocie. On se partage le quartier avec lui, et après on s'en débarrasse.

– Et comment tu comptes t'y prendre, ducon ? ricane-t-il sans conviction.

– Je lui propose une affaire. Il a la came, nous les clients. On traite, après je l'embroche et on a la came et les clients.

– Tu l'embroches et on a la came et les clients... ?

J'espère ne pas en avoir trop fait. Mais ce nègre est tellement con que je pourrais lui vendre des skis dans le désert.

– Ouais...

– Et Vasquez, y va te laisser l'approcher ? Tu sais combien y sont ?

– On peut toujours essayer. J'ai jamais vu quelqu'un refuser une bonne affaire.

– T'as quel âge ? me demande-t-il soudain.

– Dix-neuf, je mens.

– Qu'est-ce t'as fait pour que les flics te cavalent après ?

– J'ai tué, je réponds le plus sobrement possible.

Bon plan. Il y a un super-silence. Tuer, tous doivent

en parler, sinon en rêver. C'est le passage obligatoire pour des tocards comme eux. Pour moi, c'est différent. C'est un choix. J'ai essayé et ça m'a plu. Ce n'était pas un entretien d'embauche.

– T'as tué qui ? me demande Chico.

Mais il n'a déjà plus le même ton.

– Un homme... Des animaux... J'ai aussi violé et mutilé.

Là, c'est plus un silence, c'est un abîme. Ils me regardent comme si j'étais Dieu en personne.

– Violé ? Quel genre de meuf ? demande Russel timidement.

– Jeune, très jeune. Bon, c'est fini l'interrogatoire ? C'est un examen ou quoi ?

– T'as pas peur que les flics te poissent ? hasarde un des garçons d'un ton plein de respect.

– Non.

C'est chouette d'être respecté. Même de types comme eux. D'ailleurs, ils sentent intuitivement la différence. Ils seront toujours en bas quand moi je serai au sommet.

– Bon, vous êtes d'accord ou pas ?

Chico grimace et se met à marcher en faisant mine de réfléchir comme s'il était un putain de P-DG à qui on vient d'offrir une affaire à trois millions de dollars. Les autres, par habitude, attendent qu'il ait pris sa décision. Il doit pas être très à l'aise le tondu qui s'est fait ratatiner la main par un gars qui lui propose maintenant de travailler pour lui. Je peux entendre ce qu'il pense. Il va accepter comme s'il se forçait.

– On va bien voir si t'as autant de couilles que tu le dis, lâche-t-il enfin. J'vais réfléchir. Tu feras rien sans que j'te l'dise ! C'est moi qui décide. T'as juste le droit d'obéir, vu ?

– C'est clair, je réponds.

Compte là-dessus, je me dis à moi-même.

DÈS QU'IL REVINT au bureau, Stark lança un avis de recherche dans tout l'État. Alice lui avait confié une photo de son fils vieille de trois ans. Comme il s'en étonnait, elle lui avait dit que Joseph refusait de se laisser photographier. Le problème était qu'un adolescent change beaucoup en trois ans, et Stark compléta la photo par un portrait-robot qu'il élabora avec elle.

Il s'en voulait à mort de ne pas avoir compris la dangerosité du garçon lorsqu'il l'avait rencontré. Mais comme tout adulte, même ceux les plus au fait de la perversité humaine, son esprit refusait qu'un adolescent soit davantage que « difficile ou perturbé ».

Il avait oublié ou seulement négligé que chaque individu naît avec sa potentialité de bon et de mauvais, et que, chez un certain nombre, le mauvais l'emporte largement. Sinon, comment expliquer que, dans des situations identiques, des hommes et des femmes restent neutres, deviennent des héros ou des criminels ?

Durant le quart de siècle de sa carrière consacré à démasquer le mal chez ses contemporains, Stark avait pu constater que l'éducation ou le milieu n'étaient pas forcément les facteurs déterminants de telle ou telle conduite. La notion d'égalité chère aux démocraties était un leurre. Dans une même fratrie, un individu choisissait la délinquance quand son frère ou sa sœur respectait ou même servait la loi. De même, l'un serait brillant et l'autre stupide.

Les hommes naissaient égaux devant la loi, mais se montraient inégaux les uns par rapport aux autres. Et c'était une grave erreur de penser que si Hitler avait été un peintre talentueux au lieu d'un barbouilleur du dimanche, des millions de gens ne seraient pas partis en fumée.

Sanström arriva vers lui alors qu'il tapait son rapport.

– Dis donc...

– Ouais ? répondit Stark sans cesser de taper.

Les rapports avec son ancien coéquipier s'étaient détériorés. Il avait mal digéré son refus de l'aider durant sa période de disgrâce. Stark s'était souvent arrangé pour que son adjoint, enquêteur moyen, profite des bons coups de son chef, même s'il n'y était pas pour grand-chose. Il lui avait toujours laissé le temps, parfois au détriment de son propre repos, pour s'occuper de sa femme. Il en avait été plus peiné que déçu. L'aphorisme qu'il préférait était qu'on n'exigeait pas d'un percheron d'être un cheval de course.

– La compagnie d'assurances qui détenait le contrat vie de Mara Stipol, expliqua Sanström, nous a avertis il y a quelque temps que, faute que l'enquête aboutisse et sous la pression des avocats de la vieille dame, elle a payé la prime à son petit-fils.

Stark ne put retenir une grimace de contrariété qu'il ne s'expliquait pas vraiment. Normal que le petit-fils touche l'assurance vie que sa grand-mère lui destinait. Pas normal en revanche que son assassin continue de courir.

– Et alors ? dit-il.

– Alors, parce que toi tu l'aurais certainement fait, quelque temps après j'ai vérifié son compte en banque, et comme je suis doué, quoi que tu penses, j'ai constaté qu'une somme de vingt mille dollars avait été retirée, en liquide, à peine quinze jours plus tard.

– Il s'est peut-être acheté une voiture.

– Non, vérifié.

– Parti à Rome, Las Vegas, faire le tour du monde... Qu'est-ce qu'on peut faire encore avec vingt mille dollars en liquide, hein ? Hein, mon gros ? Payer une dette ?

Sanström secoua la tête avec un sourire sinistre.

– C'est ce que j'ai pensé.

– À qui ? Une dette de vingt gros billets, c'est le prix de quoi ? Un book ? Ils n'attendent pas si longtemps. Il joue au poker, le minet ? Et l'appart de sa grand-mère, il l'habite ?

– Ouais.

– Eh ben, ça nous dit déjà où le trouver.

– Tu sais très bien que, faute d'un fait nouveau, Belley ne nous laissera pas repartir en campagne.

– C'est pas un fait nouveau ces vingt biftons ?

– Non. Il peut s'être torché avec. Y a aucune loi qui l'interdise.

– Alors quoi ?

– J'sais pas quoi faire, c'est pour ça que je t'en parle. Avec Ho, on serait d'accord pour t'aider.

– C'est trop gentil. Mais pour l'instant je suis en train de rechercher un autre gosse adorable. Tu te souviens de Joseph Vanloo, celui qui n'aimait pas Jonas Spasky, ce môme noyé dont on n'a jamais dégotté l'assassin ? Eh ben cette fois, il a cogné, mutilé et violé un de ses copains d'une douzaine d'années. Après ça, il s'est fait la malle. Ils sont mignons ces petits jeunes, aujourd'hui...

– Y sont pas tous comme ça, protesta Sanström. Moi, j'ai des neveux...

– Pas tous, mais un paquet. Tu leur colles dans la tronche qu'il n'existe qu'un seul pays chouette ou qu'un seul dieu, et que c'est justement les leurs, et ils te dévastent un continent. Les découpeurs de Tutsis, les SS, les nouveaux dingues qui font sauter les autobus et eux avec étaient sans doute des enfants au sourire édenté qui faisaient fondre d'amour leurs géniteurs. Ces géniteurs, tellement fiers de les avoir pondus, que même si leurs lardons foutent le feu à des chiens ou à des immeubles, ça les fait pas broncher.

Sanström fut choqué du discours et du ton âpre de son chef, comme s'il avait été personnellement concerné par le problème. Il s'avisa fugacement qu'il ne savait en réalité rien de la vie de Stark. Il n'en parlait jamais. Avait-il été marié, était-il divorcé ? Avait-il eu des enfants ?

– Bon, alors ? soupira-t-il. Tu crois que c'est ce Vanloo qui aurait tué Jonas Spasky ?

– J'ai pas dit ça. Pour l'instant je lance un avis de recherche parce qu'après son exploit il a disparu. Pour Carlson, tu suis l'affaire. Tu vois à qui il aurait pu filer le blé.

– Comment, c'est du liquide ?

– J'sais pas, fais jouer tes neurones. Dès que j'en ai fini avec Vanloo, je vous donne un coup de main.

– Tu vas pas te faire allumer d'être sur cette affaire où t'as déjà fouiné ?

– Ça n'a rien à voir. Y a jamais eu d'enquête sur Joseph Vanloo.

JE DÉBARQUE, et tombe sur les mômes de la bande de ce demeuré de Chico, affalés un peu partout à cuver le crack et les saloperies qu'ils s'empiffrent.

Je n'irai pas loin avec ces larves. Mais pour l'instant j'ai les flics qui me cavalent derrière. J'aurais aimé voir la tête de ma mère et surtout celle de ce connard de Petrovic quand ils ont appris ce que j'ai fait à ce pédé en herbe de Mathew. Il l'a bien cherché, ce vicieux. Une semaine à me faire les yeux doux. Eh ben, il a été servi. Ou il est guéri, ou il y a pris goût. Je suis pour la manière forte. De toute façon, ça m'a permis de me tirer de ce piège à cons qu'est l'Institut Mancroft.

Qu'est-ce qu'elle a cru, ma mère, en me collant là ? Que j'allais devenir comme eux, une espèce de marionnette ?

« Nous formons les meilleurs, ici, monsieur Vanloo, avait pontifié ce gnome de Kenneth à mon arrivée. C'est un honneur d'être admis à Mancroft. Nous espérons que vous vous montrerez digne de notre confiance. »

Un honneur ? À condition de vouloir ressembler à ces singes qui se prennent pour les maîtres du monde et n'en sont que les esclaves. Moi j'ai pas envie de trimer comme un robot pour enrichir les autres ni d'épouser une abrutie dont la seule ambition sera de ne pas vieillir et de pondre des imbéciles qui reproduiront l'enfer dans lequel ils vivent... Mais ils ont la trouille. De tout. De perdre la vie, leur misérable situation, d'être seul. C'est pour ça que c'est tellement facile avec eux. Ils passent leur vie à trembler.

La chatte était terrorisée quand je l'ai plaquée au sol et hissée jusqu'au nœud coulant. J'ai dû faire attention à ne pas me prendre un coup de griffes tellement elle agitait ses pattes en ouvrant sa gueule rose pour respirer, ses yeux affolés lui sortant de la tête. C'est pas spécialement après elle que j'en avais, mais je savais ce que ça ferait à ma mère. Ensuite, le clébard. Tenir sa gueule fermée pendant qu'il se tortillait comme un fou pour m'échapper, et réussir à cisailler son cou jusqu'à le détacher. Coup double. Je n'avais pas prévu.

Puis Gros Con, le meilleur. Le plus difficile, parce qu'il était quand même costaud. À côté, la fiotte de Mathew c'était presque un plaisir. L'idée de lui couper le petit doigt m'est venue après que je l'ai niqué. Marque d'infamie à la yakuza qui lui rappellera toute sa vie qu'il s'est fait mettre. Petit con à rôder dans les vestiaires en minaudant et qui attendait que je sorte de la douche.

Je m'assois à la table et repousse, dégoûté, les canettes de bière et les restes de pizza qui ont accompagné l'orgie de ces minables. Je ne suis pas là depuis une semaine que déjà on a fait un gros coup.

Une expédition contre un bureau de book que j'avais remarqué. Un truc qu'aurait pu faire un enfant de cinq ans. Des caisses, pleines de l'argent des paumés qui chaque jour perdent un pan de leur chemise à parier sur le canasson qui porte leur misère, et qui attendaient qu'on les soulage.

Ils n'ont eu qu'à se pointer. Moi, je surveillais du bistrot d'en face.

Têtes encapuchonnées, battes de base-ball en main, des mômes qui arrivaient à peine à la hauteur du comptoir ont obligé des types en âge d'être leur grand-père à se coucher au sol en piaillant de trouille.

Ensuite, les poches débordantes de billets, ils ont fêté leur victoire à coups de hamburgers et de bières pour les trois plus jeunes, et au crack pour les autres. Et maintenant ils ronflent, comptant sans doute sur moi pour leur indiquer un nouveau coup.

Je dois me faire un nom que tous prononceront en tremblant. Comme cette espèce de noiraud de Vasquez qui doit à peine savoir lire et écrire et qui joue les caïds en gagnant des tonnes d'argent. Moi, c'est pas seulement l'argent qui me motive. Je ne veux pas leur ressembler. Je tuerai Vasquez pour leur prouver que je suis le plus fort. Je fais ce que je veux. Je déteste Petrovic.

ALICE était revenue chez elle désespérée. Elle se sentait coupable de la conduite odieuse de son fils et craignait de ne pas pouvoir protéger sa fille des règlements de comptes que ses camarades ne manqueraient pas de lui faire subir à l'école. Elles seraient toutes deux jugées par leurs pairs. Mais si elle l'acceptait en tant que mère, elle s'insurgeait qu'Annie le soit.

Elle n'ignorait pas que les gens ont été de tout temps friands du malheur des autres. Ils s'en réjouissaient, se croyant à l'abri. Et à présent que la violence envahissait de plus en plus l'espace de leur vie, ils ne se lassaient pas de la regarder sans imaginer un instant que cette violence, qui allait de l'incivilité à l'agression caractérisée, était le plus souvent le résultat de leur indifférence et de leur lâcheté. Cette agressivité que l'on retrouvait dans le travail où chacun devait se battre. Dans les couples, où le nombre de femmes qui subissaient coups et viols connaissait une courbe ascendante. Dans les écoles, où les enseignants étaient agressés et insultés. Dans le sport, où les supporteurs ne pensaient qu'à étriper ceux de l'équipe adverse. Jusqu'aux lieux de culte que l'on devait protéger de la haine. La violence roulait comme un fleuve fou qui serait sorti de ses rives et se répandrait en balayant tout sur son passage.

– Je vais préparer quelque chose à manger, dit Peter que la fureur n'avait pas quitté.

– Je n'ai pas faim.

– Moi non plus. Mais ça va nous remonter. Il la prit dans ses bras. Il faut que tu sois forte. Tu dois prévenir Robert.

– Oui... il doit aussi prendre sa part. Il ne s'est jamais beaucoup occupé de son fils, c'est peut-être pour ça qu'il est devenu ce qu'il est.

– Jusqu'à quand vas-tu lui trouver des excuses ? Annie aussi a connu la même situation. Edwards a perdu sa mère. Sont-ils pour autant devenus... (il s'arrêta, sur le point de dire « monstres »...) des enfants avec de tels problèmes ? Je sais qu'il est dur d'admettre que son gosse soit un... un sale type. Mais les sales types aussi ont des parents, s'écria-t-il.

– Tu en parles à ton aise, ce n'est pas ton enfant !

– D'accord, mais je veux avant tout nous protéger, nous et les gosses. Ou Joseph peut être soigné et s'en sortir, ou...

– ... Ou finir sa vie en prison, c'est ça ?

– Chérie, tu n'as rien à te reprocher, rien. Tu as fait tout ce que tu as pu. Il sera jugé comme mineur. Il risque au plus quelques mois d'incarcération dans un établissement spécialisé où il sera soigné psychologiquement. À sa sortie, nous serons là pour l'aider. Il aura sûrement compris. On le fera suivre par un psy. Avec le temps, ça s'arrangera. Fais-moi confiance.

Il l'embrassa, mais elle resta inerte entre ses bras.

– Ils peuvent aussi décider de le confier à sa famille, dit soudain Alice en levant les yeux vers Peter. Avec une surveillance... je ne sais pas comment ils appellent ça.

– Ça m'étonnerait. Et sans vouloir te contrarier, ce ne serait pas une bonne solution.

Elle se dégagea brusquement de son étreinte et alla se servir un plein verre de cognac.

– Qu'est-ce que tu fais ?

Elle leva son verre, et dit d'un ton faussement railleur :

– Je croyais que tu voulais nous mitonner un petit repas fin pour fêter les exploits de mon fils. Alors, vas-y.

Sa voix tremblait et elle but son verre cul sec. Elle se cramponna d'une main à la table.

– Qu'est-ce que la vie est belle, Peter ! Qu'est-ce que je suis fière de moi ! J'ai mis au monde un sadique. Un salopard de sadique ! Et même l'homme que j'aime ne me le pardonne pas !

JOSEPH VANLOO avait disparu de la circulation. Volatilisé. Stark ne décolérait pas. Comment un môme de cet âge pouvait-il narguer la police de toute une ville ? Une ville pas si grande que ça. C'était à se demander s'il existait encore une police. Les patrouilles circulaient avec sa photo parmi celles d'autres types recherchés, elles en retrouvaient certains, mais pas lui.

– T'es sur quoi, Stark ? demanda Belley qui, depuis le retour de son inspecteur, avait tendance à le surveiller.

– Sur ce salopard de gosse qui en a agressé un autre.

– T'as pas mieux à faire ? Y a pas une brigade qui s'occupe des délits sexuels, ou j'ai forcé sur la bière ?

Stark soupira ostensiblement.

– C'est pas seulement un délit sexuel, Belley. Vanloo, je le suis depuis un moment. À mon sens dans l'assassinat du jeune Spasky, celui qui a été noyé, il n'est pas blanc.

– Tu vas encore nous dégotter quel genre de preuves, Stark ? C'est toi et Sanström qui étiez sur le coup, alors où t'as foiré ?

– Pas de preuves, juste des présomptions et de l'intuition, et je sais que t'aimes pas ça, Belley. Il est aussi certainement responsable de la mort accidentelle d'une vieille dame à qui il a tué le chien. Là encore, pas de preuve.

– Dis donc, c'est Al Capone, ton gars !

Stark se leva et fit le tour de son bureau.

– Tu veux quoi, Belley ? Ma peau ? T'as un neveu à mettre à ma place ? Quand on m'a viré, j'étais sur trois affaires, quand je suis revenu tu me les as sucrées en disant que c'étaient Henley et les autres qui s'en occupaient. Il se trouve que c'est moi qui ai enregistré la déposition du directeur de l'école où ce Vanloo a commis ses exploits. Et c'est encore moi qui ai commencé l'enquête. Moi encore qui connais la famille. Alors j'attends qu'on le localise, j'irai le chercher et je le livrerai à la justice. C'est good ? J'ai rien oublié ? La procédure est correcte ?

– Alors, va dans la rue et cherche, Stark, parce que là, tu vois, tu me pompes l'air !

Je descends du vélo que j'ai piqué dans la rue, et l'appuie contre un arbre. Comme je m'y attendais, pas un pékin et aucune lumière. C'est un coin de vieux et de couche-tôt. À deux heures du matin, personne pour faire la fête, et les gens qui promènent leurs clébards sont tous rentrés.

J'espère qu'un clebs n'aura pas la chiasse, parce que je me souviens de l'histoire d'un cambrioleur que personne n'avait pu identifier, et qui s'est fait gauler parce qu'au milieu de la nuit le vieux chien d'une mémé avait eu la courante, qu'en le baladant elle a vu le type escalader une grille, prévenu la police, et le pauvre mec s'est fait choper. On devrait noyer tous les clebs à la naissance, et foutre les vieux à l'hospice !

Je reste un moment à examiner les environs, je ne suis pas très à l'aise. La lune est haute et je me méfie des insomniaques. Enfin je prends l'allée jusqu'à la porte et enfonce doucement la clé dans la serrure. Exprès, je pense à rien. Elle se bloque, et je me demande pourquoi on ne l'a jamais changée. Je la secoue doucement et elle cède.

Malgré la fraîcheur, je sens la sueur me dégouliner partout et j'abaisse ma cagoule qui me coupe la respiration. J'ai les mains trempées, en même temps qu'une brusque migraine m'enserre les tempes, un spasme me tord les boyaux. Je m'appuie contre un arbre et m'oblige à respirer lentement. Si je me casse, je reviendrai pas. J'suis pas très en forme.

J'attrape mon poignard et ça me fait du bien. Il est lourd au creux de ma main. On a déjà fait pas mal de choses ensemble, on est potes.

Je pousse la porte qui cède brusquement et je manque m'affaler. Mon cœur cogne jusque dans mes mâchoires. Je m'appuie au chambranle et examine l'intérieur de la pièce. J'ai envie de vomir. La rangée de casseroles en cuivre, la pendule avec son perroquet à la con qui sort toutes les heures, les posters de légumes et de confitures, la liste des courses collée sur la porte du frigo. Bordel, tout est à sa place !

J'ai les jambes qui flageolent, j'ai dû manger une saloperie. J'avance avec précaution mais je connais tous les pièges de la maison. L'emplacement de la table basse, là où le parquet craque, la carpette qui glisse devant l'escalier. Et bien sûr où sont les chambres.

Je m'arrête. Je crève de chaud. J'ai la tête qui tourne et je m'appuie à la table. C'est plus dur que je le pensais. La chaîne hi-fi est en veille, ils ont dû écouter de la musique.

Je repars. J'arrive au pied de l'escalier. Je monte les marches. J'ai les jambes dures comme du bois et ma tête va éclater. Les marches semblent se dédoubler, le palier s'éloigner.

STARK dormait. Il dormait comme on se noie. Il rêvait. Au travers d'une fumée transparente et mouvante, il courait à grandes et souples foulées comme ces danseurs si aériens et si légers qu'ils ne semblent pas toucher terre.

Il riait, et les éclats de son rire déchiraient la brume ténue qui l'entourait, la découpaient en lambeaux. Proche, une sonnerie stridula, d'abord faible puis de plus en plus forte. Il se réveilla. L'esprit encore confus, il tendit la main vers le téléphone.

– Sergent ? C'est moi, Henley. Il faudrait que vous veniez. À la maison d'Alice Cage.

– Quoi ?...Ouais...

Il respira pour chasser le sommeil qui le plombait. Cela faisait des mois qu'il n'avait si bien dormi. Des mois qu'il n'avait rêvé. Il se souvint de son rêve. Il courait. Il courait sans effort, sans douleur. Un rêve, quoi.

– Sergent... La voix d'Henley, insistante, hachée : Vous devez venir maintenant.

– Oui, oui...

– Il faut que vous veniez chez Alice Cage.

– On a retrouvé l'affreux ? Il est rentré chez lui ?

– Non, sergent. Vous verrez sur place. Je vous en prie, venez tout de suite !

– Pourquoi ?

Mais Henley avait raccroché.

Il grogna et s'assit sur le bord de son lit à s'examiner vaguement. Il se pinça les tétons qui tombaient comme deux accents circonflexes. Faudrait qu'il travaille ses pectoraux. Son bidon aussi se relâchait. Il regarda sa jambe couturée, traversée de cratères boursouflés. C'était vraiment qu'un rêve, son rêve.

Il s'étira, se sentit fatigué. Pourtant il avait si bien dormi. Il pensa à Henley. Qu'est-ce qui lui prenait de le réveiller si brutalement ? Qu'avait encore fait le fils d'Alice ? Il devait l'attraper, la débarrasser de lui. Il aurait voulu la préserver de tout.

Il alluma le gaz sous la bouilloire et alla sous la douche. L'eau coula après les habituelles contorsions des tuyaux et il faillit se rendormir. Soudain, il sursauta. Jamais Henley ne l'aurait appelé si tôt avec cet accent de panique s'il ne s'était produit quelque chose de grave.

Il sortit rapidement, se sécha, enfila ses vêtements de la veille, éteignit la bouilloire qui sifflait et se rua dans l'escalier. Il arriva sur le trottoir au moment où un taxi passait. Il l'arrêta, donna l'adresse, lui ordonna de se presser.

– Il est quelle heure ? demanda-t-il au chauffeur.

– Six heures quarante.

Ils mirent moins d'un quart d'heure pour arriver en vue de l'avenue où résidaient Alice Cage et sa famille. La voie était bouclée, un ruban jaune tendu entre les trottoirs. Des voitures de police étaient garées en travers, gyrophares virevoltants.

Il descendit en trombe, manquant laisser un pan de sa veste dans la portière. Il se glissa sous le ruban, cavala vers la maison d'Alice devant laquelle stationnaient deux ambulances. Il vit des hommes en blanc, des flics en bleu. Et Sanström et les autres. Des voisins aux fenêtres ou plantés en tenue de nuit sur le seuil des portes. Des flics encore, au visage grave et au teint verdâtre qui murmuraient entre eux, et il savait que plus d'un se demandait pourquoi il avait choisi ce putain de métier. Parce que, maintenant, il comprenait pourquoi Henley l'avait appelé.

Il courut jusqu'à la maison, le trouva qui l'attendait sur le seuil et le regardait de cette façon qu'ont les médecins qui ne savent comment annoncer à leur patient une mauvaise nouvelle. Il lui demanda l'heure, sans raison.

– Sept heures, lui répondit Henley.

Il voulut entrer, mais Henley lui mit la main sur la poitrine. Il vit Ho sortir et vomir contre un arbre de l'allée. Il repoussa Henley.

– Sergent, ce sont les parents ! Dans leur chambre ! cria Henley alors qu'il cavalait dans l'escalier. Attendez-moi !

Il s'arrêta à la porte de la chambre. À l'intérieur, les techniciens travaillaient. Ils avaient délimité un étroit passage couvert de cartons pour arriver près du lit parce qu'il n'était pas question de patauger dans le sang qui inondait le sol.

Il vit le corps d'Alice étendu sur les draps ravagés. D'où il était, il lui parut formé de deux parties. Celle du haut, indemne jusqu'à la taille, avec les bras allongés le long du corps. Le bassin, les jambes, les pieds étaient vernissés de sang.

Peter Petrovic était par terre, recroquevillé contre le mur. La gorge ouverte, le corps déchiré de blessures si profondes qu'elles laissaient apparaître ses viscères. Et s'ajoutant à cette scène d'horreur, l'odeur suffocante, insoutenable, habituelle des abattoirs. Sang corrompu mêlé aux excréments dont l'expulsion est une des dernières manifestations de la vie.

Stark, chancelant, s'appuya contre le chambranle. Son cœur cognait entre ses côtes et il tremblait comme un enfant. Henley lui mit une main sur l'épaule.

– Vous les connaissiez bien, n'est-ce pas ? Qui a pu commettre cette boucherie ?

Stark le regarda sans le voir. Il avança dans la chambre en suivant l'étroit passage délimité par les techniciens. Il s'approcha d'Alice, étendue sur le dos, sans doute surprise dans son sommeil. On lui avait pieusement fermé les paupières mais son visage exprimait l'horreur.

Il resta un moment près d'elle, indifférent au légiste et aux techniciens qui s'affairaient et qui, pour une fois, travaillaient en silence, incapables de servir les habituelles plaisanteries destinées à alléger l'atmosphère.

– Il a dû vouloir se lever pour se défendre, murmura le légiste en désignant Peter Petrovic. Il n'en aura pas eu le temps. Le tueur a commencé par lui. Il s'est acharné. C'est effrayant.

Stark ne répondit pas. Son esprit pourtant rompu à la barbarie avait du mal à accommoder. Il ne pouvait pas détacher son regard du visage d'Alice. Il ne pouvait admettre qu'elle fût morte de cette façon.

On l'avait tuée alors qu'il dormait. Une fois de plus il n'avait pas été là pour la protéger. Soudain, il eut un haut-le-corps. Il cria vers Henley qui discutait sur le palier :

– Et les enfants ?

Henley eut un signe apaisant de la main.

– Partis en classe Découverte. Le directeur les fait revenir.

Stark sentit une peur rétrospective tordre son ventre. Si les petits avaient été là, nul doute que le monstre leur aurait fait subir le même sort qu'à leurs parents. LE monstre ? Pourquoi était-il si sûr du singulier ?

Il sortit de la pièce, alluma une cigarette, aspira une bouffée qu'il fit descendre au tréfonds de ses poumons. Ho remontait l'escalier. Stark lui fit signe de faire demi-tour.

– Laisse-les travailler, murmura-t-il.

Il pompa sur sa cigarette comme un malade pour faire passer sa nausée. Il était trop vieux pour ce boulot. Trop crevé. Pour le premier crime de sa carrière qui n'avait pourtant rien à voir avec celui-là, il avait dégueulé tripes et boyaux. À cause de l'odeur. Ensuite, il avait pris l'habitude de se coller un mouchoir sur le nez dès qu'il devait aller sur une scène de crime. Ce matin, ce n'était pas l'odeur.

Le légiste sortit de la chambre. C'était le remplaçant de Chopper et il n'avait pas beaucoup de métier. Il était vert et parlait tout seul.

– Alors ? demanda Stark entre ses dents.

– Ils ont été frappés chacun de plusieurs coups de couteau, comme si on s'était acharné. Mon Dieu ! Le médecin avait du mal à reprendre son calme. Je ne sais pas encore combien de fois faudra laver les corps. Mais j'ai pu constater que les coups ont été portés avec un poignard à lame épaisse, crantée sur une face, genre couteau de chasse. Je fais enlever les corps, ils ont terminé là-haut. J'ai prévenu le Dr Chopper.

– Merci. Il nous faut très vite vos conclusions, souffla Stark.

Le médecin hocha la tête, étonné du ton du policier. Ce n'était pourtant sûrement pas la première fois que ce vieux briscard se trouvait devant pareil spectacle. Mais il n'eut pas envie de s'attarder davantage et descendit chercher les brancardiers qui attendaient dans le jardin.

– On a trouvé l'arme ? demanda Stark à l'un des policiers de la brigade technique qui sortait pour respirer.

– Que dalle. On ratisse tout ce qui traîne mais, avec ce sang, on peut laisser passer des choses. On prend notre temps.

– Tout le temps qu'il vous faudra. Comment est-il entré ?

– Par la porte, et sans effraction.

– Sans effraction ? Sa voix lui parut étrangère, comme venant de loin. Vous êtes sûr ?

Le technicien acquiesça.

– Des traces de pas ?
– Non. Le sol était sec dehors et il a suivi l'allée.
– Ne laissez rien passer. Il nous faut des indices.
– Je comprends. À mon avis, celui qui a fait ça connaissait la maison.

Stark hocha la tête. Putain, oui, il la connaissait.

Avant de redescendre, il retourna dans la chambre et resta un moment près d'Alice, insensible à la présence des autres. Il avait l'impression qu'une page de sa vie se tournait, comme lorsque l'on perd quelqu'un qui en a fait intimement partie. Pourtant il n'avait rien été pour Alice. Il avait tout inventé, tout espéré. Il avait été tout seul sur ce coup-là.

Dehors, il retrouva Belley qui arrivait. Ils se serrèrent la main.

– Qu'est-ce que c'est que cette histoire ? On m'a dit que ce sont les parents du jeune que tu recherchais ? Qui a découvert les corps ? demanda le capitaine en pénétrant dans la maison.

– Le livreur de lait, répondit Henley. Il passe à six heures moins le quart. La porte n'était pas fermée. Il a appelé. Comme personne répondait, il est monté. Il les a trouvés et il a tourné de l'œil. On l'a envoyé à l'hôpital où un officier prend sa déposition.

Stark ralluma une cigarette. Il n'arrivait pas à se débarrasser de l'odeur, au point qu'il croyait la mâcher. Elle s'infiltrait partout, imprégnait les vêtements et les muqueuses, mais surtout sa tête.

Il repensa à Alice, son sourire toujours un peu triste et son regard perplexe devant ce monde. Comme il l'avait aimée. Il s'était cru définitivement à l'abri de l'amour et du chagrin parce qu'il croyait détester la vie. Mais c'est elle qui décidait.

Henley, Ho et Sipovich parlaient ensemble. D'où il était il ne les entendait pas, mais leurs visages livides étaient éloquents. Sanström demandait aux flics de contenir les curieux.

La timide apparition du soleil fit briller la rosée sur la

pelouse. Au loin, la circulation urbaine s'intensifia. La vie reprenait comme un cadavre qui se réveille.

– Drôlement amochés, grogna Belley, surgissant à ses côtés. Bon Dieu, quel est le cinglé qu'a pu faire ça ? C'est pas le quartier où vivait le gosse qu'a été noyé ?

– Si. Et à côté, c'est la maison de cette vieille dame qui est morte d'avoir trouvé son chien décapité dans la poubelle, murmura Stark.

– Ah ouais ? T'as une idée ?

Henley et les autres les rejoignirent. Ils restèrent sans rien dire, comme si parler en ce moment eût été indécent.

– Putain, dit soudain Sipovich, j'ai jamais vu ça, jamais vu ça ! Vous avez déjà vu ça, vous ? demanda-t-il à ses copains.

Ils se contentèrent de hocher la tête. Oui, ils avaient déjà vu ça. Des corps amochés, livides, décomposés. Ils avaient déjà tout vu. Mais qu'est-ce que ça changeait ?

– Ce gosse que tu recherches, dit Belley, leur fils, il va l'apprendre par les journaux, la mort de ses parents ?

Stark le fixa sans répondre. Belley leva un sourcil étonné.

Les brancardiers sortirent alors avec les corps et tous se tendirent. Leur trajet jusqu'aux ambulances fut accompagné d'un silence qui gagna de place en place. Des exclamations d'incrédulité horrifiée fusèrent du côté de la foule massée sur les trottoirs. Ils hissèrent les brancards et refermèrent les portes. Il n'y eut personne pour les accompagner. Alice et Peter n'avaient plus besoin de rien.

Ils regardèrent les véhicules s'éloigner en faisant hurler leur sirène. Stark observa la foule des voisins pressés sur le trottoir opposé derrière le ruban jaune, et aperçut Adèle Ruffol. Il se tourna vers Belley.

– Je crois que c'est lui qui les a tués.

Le poste était en effervescence quand l'équipe débarqua. Ils s'installèrent dans la salle des interrogatoires.

Les flics s'appuyèrent contre les murs d'un air épuisé, mais Belley tira la chaise où s'asseyaient habituellement les suspects et posa ses coudes sur la table. Malgré sa jambe douloureuse, Stark resta debout, le regard vague. La nausée ne l'avait pas quitté, et ses mains glacées lui semblaient étrangères. Comme son corps, comme ces gens.

– Bon, commença Belley en levant les yeux vers lui. C'était quoi, ce que tu m'as dit tout à l'heure ? Ce serait le fils qui les aurait tués ? Tu te bases sur quoi ? C'est un peu gros...

Il ne répondit pas immédiatement, sortit une cigarette de sa poche qu'il alluma. Il tira quelques bouffées, souffla la fumée par le nez. Comme il l'avait espéré la nicotine lui piqua le cerveau.

– J'aurais dû m'en méfier. Les flics durent tendre l'oreille tant sa voix était basse. Une des voisines de sa mère est venue porter plainte parce qu'on avait décapité le chien de son amie, et elle pensait que le choc l'avait fait mourir. Elle voulait que j'aille dans le quartier pour que celui qui avait fait ça prenne peur. J'y ai rencontré Alice... Mme Cage, et son fils, pour la première fois. Il m'a paru tout de suite bizarre. On le sentait mauvais et elle paraissait le craindre. Ensuite, avec Sanström, on a enquêté sur la mort du jeune Spasky. Les parents nous ont parlé d'un de ses camarades qui l'avait pris en grippe.

Il s'arrêta, tira la deuxième chaise de la pièce, s'y assit sans cesser de fixer le mur devant lui.

– On est allés à son école et le directeur nous apprend que Joseph Vanloo est une petite brute que ses camarades craignent, et qu'il s'en était souvent pris à Spasky. Ils sont tous les deux dans la même classe. Plus tard, je revois Alice Cage qui m'avoue, bouleversée, que son fils refuse qu'elle épouse Peter Petrovic et qu'ils vivent ensemble. Elle se dit prête à lui céder et je lui demande pourquoi. Je comprends alors qu'elle a peur de lui. Ensuite, elle se décide à le mettre en pension où il fait cette saloperie à son copain.

Les flics s'entre-regardèrent. Stark avait débité son histoire sans reprendre souffle, comme par cœur.

– Ça prouve pas qu'il ait massacré sa mère et son petit ami, objecta Belley. De ce que tu racontes, t'as des preuves ?

Stark écrasa sa cigarette dans une soucoupe de tasse à café qui traînait sur la table. Il se tourna vers Belley.

– Il a tranché le doigt d'Ottis Mathew et, d'après le légiste, Alice et Peter Petrovic ont été tués avec un poignard cranté.

– Et alors ? Ce genre de poignards, y en a partout, répliqua Belley d'un ton têtu. Et on n'a pas retrouvé l'arme. Et un môme aurait pu faire ça tout seul ? Ou tu crois qu'ils étaient plusieurs ?

Stark ralluma une cigarette.

– C'est lui, tout seul. Et il a sûrement gardé le poignard pour s'en servir encore. Il a décapité un chien, coupé un doigt, pour ça, ce genre d'arme est tout indiqué.

– Tu charges pas un peu pour faire briller ta théorie ? grogna Belley, que la pensée du double parricide gênait. Et le mobile ?

– Tu sais bien, Belley, que les tordus n'en ont pas besoin. Les raisons qu'ils se donnent leur suffisent. Il pouvait pas encadrer son futur beau-père.

– Mais sa mère... bon Dieu.

– Je peux ? intervint Henley. Si la phalange du doigt de Mathew présente les mêmes particularités d'entaille que les plaies des victimes de cette nuit, on pourra penser qu'elles ont été faites par la même arme.

Stark tourna lentement la tête vers lui.

– Quel con je fais !

Il attrapa un téléphone et demanda le numéro du Saint John Hospital.

– Saint John ? Sergent-chef Stark, de la brigade des

homicides. Je voudrais rencontrer le médecin qui s'est occupé d'Ottis Mathew, âgé de douze ans, admis chez vous il y a trois jours pour une phalange coupée et... des contusions. Comment ? Docteur Verloten ? Oui... pouvez-vous lui dire que j'arrive ? Comment il s'en va ? Dites-lui de m'attendre, je suis là dans dix minutes. Écoutez... il s'agit d'une affaire très grave, alors il peut patienter un quart d'heure, ce monsieur... C'est pas un monsieur, c'est Mme le docteur Verloten ? Dites-lui que j'arrive.

Il raccrocha et courut vers la sortie.

– Où tu vas, Stark ? cria Sipovich.

– Je reviens !

Une voiture de patrouille se garait, Stark sauta dedans.

– Ben quoi ? s'effara le chauffeur qui arrivait d'un autre commissariat.

– Sergent-chef Stark. Emmenez-moi très vite au Saint John Hospital.

– Mais... c'est que j'ai fini, sergent...

– Pas tout à fait, allez, démarre !

Avec un soupir à fendre un rocher, le gars démarra. Ils furent à destination en un peu plus de quinze minutes, et Stark pria le flic de l'attendre. En faisant la gueule, celui-ci s'installa et fit mine de s'endormir.

– C'est ça, mon gars, lui dit Stark. Dans notre boulot faut profiter de tous les instants pour décompresser. J'en ai pas pour longtemps.

Il se rendit à l'accueil et annonça que le Dr Verloten l'attendait.

– Ah bon, je vous l'appelle, dit la grosse dame assise devant son standard.

Stark attendit à peine trois minutes avant que n'apparaisse le Dr Verloten, visiblement sur le point de partir.

– Docteur Verloten ? Excusez-moi, sergent-chef Stark, salua-t-il en exhibant sa plaque.

Elle ne lui tendit pas la main et ne se donna pas la peine d'esquisser un sourire.

– Bon, merci de m'avoir attendu. Le médecin ne broncha pas. Voilà ce qui m'amène. Vous avez eu à vous occuper d'un blessé, Ottis Mathew, qui a eu une phalange du petit doigt coupée. Le médecin acquiesça, le regard toujours méfiant. Je voudrais savoir si vous avez pu remarquer l'aspect de la blessure quand vous l'avez soignée.

– C'est-à-dire ? demanda le médecin d'un ton congelé.

– C'est-à-dire...

Elle ne l'aidait pas à s'expliquer. Il se demanda pourquoi cette femme à l'aspect quelconque se montrait si hostile.

– De vous à moi, sergent, reprit-elle sèchement, quand on nous amène un préado violé, battu, mutilé, on ne se penche pas sur les aspects techniques. On agit très vite pour arrêter la douleur et calmer le stress. En ce qui concerne la mutilation, j'ai dû, après anesthésie locale, réséquer les bords de la section afin d'éviter tout risque d'infection.

– Mais cette section, diriez-vous que celui qui l'a faite s'est servi d'une lame crantée, d'un rasoir...

– Je n'en sais rien et je ne m'y suis pas intéressée.

– Et maintenant, comment est-elle ?

– Enfermée dans un pansement qu'on ne touche pas, répondit-elle d'un ton sec.

Énervé par le ton du médecin, Stark dit :

– Vous me répondez comme si c'était moi qui avais battu cet enfant, alors que je cherche à coincer le salaud qui a fait ça...

– Et moi je cherche à comprendre comment des salauds pareils inscrits dans une école ne sont pas plus vite arrêtés, renvoya-t-elle.

Comprenant qu'il n'obtiendrait rien de plus, Stark la salua et tourna les talons. Cette rencontre n'améliora pas l'opinion qu'il se faisait des médecins. Il regagna la voiture où il trouva le chauffeur, les bras appuyés sur le toit, en train de fumer. Ça le rasséréna un peu et il lui offrit une de ses clopes.

– On n'est plus nombreux à vouloir attraper le cancer, hein ?

– Sûr. Où on va, maintenant ?

– On rentre. Et après vous êtes libre.

Ils mirent moins de dix minutes pour revenir.

– Merci, officier, je vous revaudrai ça, dit Stark.

Il rejoignit Belley et lui expliqua qu'il avait fait chou blanc.

– Ç'aurait été trop beau, grogna Belley. Ben, il reste plus qu'à retrouver ce dingue, mais il faut suivre d'autres pistes. Ta théorie, elle fuit un peu beaucoup. Y a toujours ces meurtres non élucidés... Alors si maintenant on a un cinglé sur les bras.

– De quels meurtres tu parles ? demanda Stark, aux aguets.

– Peut-être que celui de la femme Stipol a été commis par ton gars...

– Non. Rien ne les relie.

– À part que c'était un crime gratuit.

– Pas gratuit. Il a rapporté.

– À qui ?

– À son petit-fils. Timothy Carlson. Dix-neuf ans. Lui aussi, Belley, je le filoche depuis un moment.

Belley sembla tomber des nues. Il écarquilla les yeux.

– Qu'est-ce qui se passe dans les familles, Stark, ils deviennent dingues ou c'est nous ?

– Le monde, Belley, c'est le monde qui devient dingue.

À cet instant-là, le planton de garde à l'extérieur ouvrit la porte et cria à la cantonade :

– Les vautours sont arrivés !

Tous comprirent que les journalistes s'étaient abattus sur le poste comme un vol de gerfauts. Tout le monde se marra, sauf Belley qui l'engueula. C'était pas le moment de se mettre les journalistes à dos. Jusque-là, probablement occupés à autre chose, ils avaient été relativement soft quant aux piètres résultats de la police. On leur avait donné quelques os à ronger, deux viols assez vite élucidés, une bagarre raciale bien maîtrisée, un réseau terroriste démantelé, où la brigade avait eu sa part. Mais la liste des homicides ne cessait de s'allonger, et les noms écrits en rouge sur le tableau n'étaient pas légion à être remplacés par le crayon noir des succès.

Le maire et le préfet avaient fait tampon, mais les élections approchaient et les flics savaient qu'on allait leur demander des comptes. Un maire n'aime rien tant que claironner à ses concitoyens et électeurs que leur ville est un havre de paix et de tranquillité. Et le chef de la police, nommé par le maire, est son plus fidèle écho.

– Bordel, grogna Belley, qu'est-ce que je vais leur dire ? T'as rien pu tirer de cette toubib à la con ?

– Rien. Et en fin de compte je crois qu'on s'est emballés pour des prunes. Ces toubibs ne sont pas des légistes, ils ne recherchent pas d'indices. Je n'ai même pas demandé s'ils avaient récupéré sur le gosse des traces du sperme de Vanloo.

– Merde ! Mais où est passé ce cinglé, si c'est bien lui ?

– Tu finis par croire ce que je dis ?

– J'en sais rien. Ça me semble gros ! Il faut prévenir le FBI. Ils doivent activer le Vicap. Ils feront la gueule quand ils vont voir que t'es encore là.

– Les anciens ont peut-être été lourdés. Et à quoi ça sert, le Vicap, si j'ai raison ? objecta Stark. Joseph Vanloo n'est pas fiché, que je sache ?

– Qu'est-ce t'en sais ? Il en est peut-être pas à son premier meurtre. Quoique j'aie du mal à croire qu'un gosse de son âge fasse autant de dégâts...

– Faut vivre avec ton époque, Belley. Qu'est-ce que tu penses quand tu vois les gosses poser devant les caméras avec des kalachnikov plus grosses qu'eux ou exhiber leurs ceintures d'explosifs, la bouille fendue de rire ?

Belley serra les mâchoires sans répondre.

– Je vais faire rechercher où ce couteau a été acheté, dit Stark.

– On sait même pas à quoi il ressemble !

– Le légiste a parlé d'un couteau de chasse cranté. Vu la taille, tu trouves pas ça au supermarché du coin. Je lance les gars là-dessus.

Ho fit alors signe à Stark qu'on l'appelait au téléphone.

– Je peux prendre ici ? demanda-t-il à Belley.

– Vas-y.

– Ici, sergent Stark, annonça-t-il. Docteur Verloten ? Il regarda Belley. Oui, re-bonjour, docteur. Il écouta un moment et Belley vit ses lèvres se détendre dans une ébauche de sourire. Je vous remercie, docteur, dit-il en raccrochant. Il se tourna vers Belley.

– ... Cette charmante dame a bien voulu se souvenir qu'elle a remarqué en soignant le doigt du gosse que les bords de la chair et l'os avaient été hachés, comme si on les avait tranchés avec une scie ou un couteau-scie. C'est la raison pour laquelle elle a été obligée de les régulariser. J'aime bien ce terme. C'est lui, Belley, c'est ce petit fumier qui a massacré ses parents.

– Alors, vas-y, mon pote, donne-nous de quoi coincer cette ordure !

Il le regarda sortir. Il se sentait mieux. Son meilleur flic semblait redevenu lui-même. Il suffirait d'un succès pour qu'il raccroche.

Il tourna brusquement la tête vers l'entrée du commissariat. Une horde de journalistes vociférants envahissait la place. Ils cherchèrent Belley des yeux et il avança vers eux, un sourire aimablement crispé aux lèvres.

Des micros se plantèrent sous son nez tandis que des caméras se pointaient et que les premières rafales de questions arrivaient en piqué.

– Capitaine, que pouvez-vous dire sur le double assassinat de Mont Royal ? Avez-vous relevé des indices ? S'agirait-il d'un tueur en série ? On a dit que d'autres meurtres tout aussi horribles auraient été commis, que la police aurait tenus secrets. Doit-on penser qu'un fou criminel se promène dans notre ville ? On a parlé d'un petit garçon assassiné dans son école... d'animaux mutilés... Quand allez-vous bouger ?

STARK sauta de l'autobus et lâcha un juron sonore qui fit marrer le chauffeur.

Il avait déjà démarré qu'il riait encore. Pas Stark, qui rigolait de moins en moins parce que sa vie ne l'amusait plus du tout.

Il se sentait rompu et amer. Plus rien n'allait. Les gars de sa brigade avaient passé des jours à rechercher le vendeur du poignard. Sipovich l'avait trouvé mais la piste tournait court car les indications fournies avaient mené à un nom et une adresse qui n'étaient pas ceux de Joseph Vanloo.

Sipo y était allé et avait appris par des voisins que ces gens avaient déménagé depuis un moment déjà et s'étaient installés dans l'Est. Têtu, il s'était alors rendu à l'école de Vanloo où le directeur lui avait confirmé que le jeune censé avoir acheté le poignard avait été son condisciple deux ans de suite, période qui recoupait celle de l'achat du poignard.

– On le tient ce fumier ! avait jubilé Sipovich.

Mais Stark avait tempéré son triomphalisme :

– On le tient dans la mesure où on le coincera avec ce couteau, Sipo. Sinon, on l'a dans l'os.

Et Joseph Vanloo n'était pas réapparu.

Le quartier où Stark avait atterri était chic, à en juger par les enseignes internationales qui le ponctuaient.

Une clientèle huppée venait s'y habiller et s'y meubler. La boutique qu'il cherchait s'appelait NewFashion, Timothy Carlson en était le propriétaire.

Sanström avait facilement remonté sa piste et prévenu Stark du changement d'orientation de l'héritier qui était passé des études cinématographiques aux fringues de luxe. En effet, fort des deux cent mille dollars de l'assurance vie, Carlson avait décidé d'ouvrir une enseigne où viendrait s'habiller une clientèle qui dépenserait sans compter.

Stark savait se servir de cette affaire comme d'un dérivatif. Son but était de coincer ce fumier de Vanloo. Il était sûr à présent qu'il avait au moins trois meurtres à son actif. Ce n'était pas un criminel ordinaire, il était devenu un tueur en série, un tueur particulier, qui tuait autour de lui.

Il s'arrêta devant les vitrines de NewFashion où deux mannequins anorexiques en plastique, aux visages fermés, portaient des vêtements dont il sembla à Stark qu'ils leur dégoulinaient dessus comme des vieux chiffons.

Il poussa la porte et entra dans un espace gris argent, quasi désert, où sur moins d'une dizaine de portemanteaux étaient suspendues des robes que Stark n'avait jamais vu porter par aucune femme.

Une vendeuse, coiffée d'une coupe en brosse orange, vêtue d'une jupe qui couvrait juste son nombril, juchée sur des compensés de drag queen, vint vers lui en balançant les hanches.

– Oui ? murmura-t-elle dans une moue.

– Je voudrais voir Timothy Carlson.

– Oui... ?

– Oui. Allez le chercher, s'il vous plaît.

La jeune femme passa lentement la main sur sa brosse, examina Stark, hésita, pour finalement se diriger en balançant ses hanches maigres vers un escalier de Plexiglas qui s'élevait en colonne.

Elle grimpa les marches avec aisance et poussa la

porte d'un bureau qui s'ouvrait sur une galerie en fer forgé et Plexi où apparut quelques instants plus tard Timothy Carlson, qui, s'étant penché sur la rambarde, reconnut Stark avec un haut-le-corps.

– Qu'est-ce que vous faites ici ? aboya-t-il.

Stark lui sourit.

– Je peux monter ?

Carlson hésita. La présence de sa vendeuse dut le dissuader de faire des histoires, car d'un bref mouvement de tête il lui fit signe de monter.

Ce fut au tour de Stark d'hésiter à s'engager sur ces marches fragiles que nulle structure apparente ne semblait soutenir.

– Ne craignez rien, railla Carlson, je le monte plusieurs fois par jour.

Stark agita la main et grimpa en évitant de regarder où il posait les pieds. Il arriva devant Carlson dont l'aspect le surprit.

Le jeune homme avait changé ses lunettes rondes pour une monture carrée, tricolore, aux couleurs italiennes. Sa peau ne ressemblait plus à une réclame de boutons. Il était habillé d'un pantalon et d'une veste verte en tissu à trame lâche qui évoqua à Stark une serpillière. Au lobe de son oreille gauche brillait un triple anneau torsadé en or.

– Vous êtes drôlement tendance, dit Stark.

Le jeune Timothy, en réponse, jeta un coup d'œil peu flatteur sur son costume et l'invita à entrer d'un mouvement du menton.

– J'en ai pour quelques minutes, dit-il à la vendeuse, qu'on ne me dérange pas.

Sans attendre qu'on l'y invite, Stark s'installa sur l'unique siège placé devant le bureau, lui aussi en Plexiglas, dont un ordinateur dernier cri et un téléphone jaune se partageaient la surface vierge.

Carlson en fit le tour, s'assit sur un siège qui paraissait bien plus confortable que celui réservé aux visiteurs, posa ses coudes sur la table, joignit le bout des doigts en pyramide et fixa Stark en silence.

– Surpris de me voir ? commença Stark dans un sourire aimable. Dites-moi, on vous a fait un prix pour tout ce Plexi ?

Carlson ne répondit pas. Stark regarda autour de lui.

– C'est bien, ici. Vous êtes vendeur, gérant, comptable ?

Carlson se contenta de lui lancer un regard méprisant qui fit glousser Stark.

– Bien sûr, je plaisante, je sais que vous êtes le patron. D'ailleurs, ça s'entend. « J'en ai pour quelques minutes, qu'on ne me dérange pas », singea-t-il d'un ton précieux. C'est mieux que d'aller livrer des bouteilles d'eau à des vieilles dames. Surtout des vieilles dames qui foutent les alibis en l'air.

Carlson tendit la main vers le téléphone.

– Qu'est-ce que vous faites ?

– J'appelle mon avocat.

– Déjà ! Vous ne savez même pas pourquoi je suis là.

Carlson le regarda en laissant son geste en suspens.

– Alors pourquoi êtes-vous là ?

– Ça vous intrigue, hein ?

– Pas vraiment. Mais vous voir réapparaître après tout ce temps est une mauvaise surprise.

– Sûrement. Vous pensiez être débarrassé de moi.

– Je ne pensais plus à vous depuis longtemps.

– C'est tout le contraire pour moi. Votre pensée ne m'a pas quitté.

– Dites-moi ce que vous avez à me dire, je n'ai pas de temps à perdre à vous écouter. J'ai entendu à la télé que vous recherchiez un type qui a fait un carnage dans un quartier bien tranquille. Alors vous ne manquez pas de travail ?

– Oh non ! Des tordus, y en a tous les jours des nouveaux. C'est pas pour ça qu'on doit négliger les anciens.

Carlson se raidit.

– C'est pour moi que vous dites ça ? cracha-t-il.

– Les vingt gros billets que vous avez retirés de votre compte dès que vous avez récupéré l'assurance vie de votre pauvre grand-mère qui ne pensait sûrement pas, en vous en faisant le bénéficiaire, qu'elle signait son arrêt de mort, qu'en avez-vous fait ?

Carlson plissa les yeux.

– Je ne vois pas de quoi vous parlez, et c'est pas vos affaires. Je vais porter plainte pour diffamation, siffla-t-il, je vais vous faire bouffer votre insigne.

Il commença de composer un numéro sur le cadran. Stark plaqua la main sur la sienne.

– Vous n'avez aucun témoin, ça ne marchera pas, sourit-il. Vous êtes drôlement nerveux.

– Je n'ai pas besoin de témoin. Mes avocats savent votre obstination à m'empêcher de toucher l'assurance vie. Ça a dû vous faire un choc quand vous avez appris qu'elle m'avait été payée. Qu'avez-vous contre moi ? Vous n'avez pas été fichu de retrouver le coupable et vous avez un quota de résultats à tenir, c'est ça ? Mais je ne suis plus le petit étudiant timide que vous avez connu, sergent ; en revanche, vous êtes resté le flic minable qui boitille à courir après des innocents parce que vous n'êtes pas capable de faire votre boulot !

Stark eut du mal à se retenir de le frapper. Mais c'est ce que Carlson attendait.

– Étudiant innocent ? Il se renversa sur sa chaise. Je sais que c'est toi, salaud, qui as fait tuer ta grand-mère, dit-il en revenant brusquement vers lui. Je sais que ces vingt mille dollars t'ont servi à payer un tueur. Et t'en fais pas, je vais trouver qui c'est.

– Vous avez trente secondes pour vous lever et quitter ce bureau, dit Carlson d'une voix glaciale, passé ce délai j'appelle les flics. La vendeuse me servira de témoin. Elle tient à sa place. Je me cognerai la tête contre le mur et je dirai que vous m'avez frappé. Vous l'avez dans l'os, Stark. Sergent Stark qui s'est fait virer pour incompétence.

Stark se leva lentement, gardant les mains enfoncées dans ses poches.

– Profites-en. Profites-en de ta fortune pendant que tu peux encore. Je t'aurai, même si je ne dois m'occuper que de toi. T'as pensé à ce qu'a dû endurer ta grand-mère quand on lui a tapé dessus ? T'imagines la scène ? Elle ouvre, croyant que c'est toi, et se trouve face à une brute qui la jette par terre et la roue de coups jusqu'à ce qu'elle en meure. Il lui a peut-être même dit que c'était son petit-fils chéri qui avait tout manigancé. T'as pensé à son chagrin, à sa terreur ? Tout ça pour vendre des bouts de chiffon ? T'es le pire de tous. Parce que toi t'es pas dingue, t'es juste une crapule !

Carlson fit mine de taper un numéro.

– Vas-y, appelle tes avocats, appelle les flics, rien ne te sauvera. J'suis un pitt-bull, faudra me tuer pour que je lâche.

– Me tentez pas, grinça Carlson.

Stark fit demi-tour et sortit. Son cœur cognait à tout rompre. Il avait failli l'assommer à coups de poing. Fallait qu'il se calme.

Il redescendit. La vendeuse le regarda passer sans dire un mot. Arrivé sur le trottoir il jeta un œil à travers la vitrine. Carlson était sorti sur la mezzanine. Leurs regards se croisèrent. Carlson, avec un sourire, leva le médius.

CHICO repoussa son assiette et jeta un coup d'œil sur le journal qui lui avait servi de nappe. Russel était parti avec les gars repérer une station-service ouverte jour et nuit.

Il lisait juste assez pour comprendre, en ânonnant, le sens du titre qui barrait le journal, mais reconnut surtout la photo qui l'accompagnait.

– Nom de Dieu ! cracha-t-il en se relevant brusquement.

Ce salaud qui s'était installé chez eux après l'avoir tailladé et s'était barré en leur chouravant les thunes qu'ils avaient soulevées au book était recherché par toutes les polices de l'État. L'article ne disait pas clairement pourquoi, mais les autorités offraient cinq mille dollars à celui qui fournirait des renseignements permettant de l'arrêter.

– Nom de Dieu ! répéta-t-il, abasourdi.

Ce fumier n'avait pas menti. Il les intéressait drôlement, les keufs ! Voilà que ce connard valait cinq gros formats. Putain ! dix fois plus que le casse de cette station-service où ils risquaient de laisser des plumes. Davantage que n'importe quel casse ! Bon, mais quoi dire aux flics ? et est-ce que des gars comme eux pouvaient parler aux flics ? Ce serait la honte !

Nerveux, il arpenta le squat qui leur servait de repaire.

Il devait admettre, même si ça lui en coûtait, qu'il avait espéré un moment que ce tordu les sortirait de là. Personne dans la troupe n'avait assez de tripes pour s'attaquer au gros gibier. Et il s'était vanté de suriner Vasquez, le caïd absolu du coin, après lui avoir pris sa came. Ce putain de Colombien qui empêchait les autres de bosser !

Mais il s'était tiré, comme ça. Un matin au réveil, il n'était plus là. Ils l'avaient attendu et avaient compris qu'ils ne le reverraient pas. Mais de là à être recherché par tous les flics du coin ! Au début, Chico avait douté. Mais après l'attaque du PMU il s'était dit qu'il valait mieux le garder avec eux.

Il s'assit pour réfléchir. Il n'y avait que lui qui pensait, dans cette turne. Il demanderait quand même à Russel, c'était son lieutenant. Mais quoi dire aux flics ? Pas que l'autre l'avait tailladé, sûrement pas ! Pour qu'ils se foutent de lui ! Alors quoi ?

Il se releva et se remit à marcher de long en large. Cinq mille putains de dollars pour leur balancer où se trouvait ce connard ! Bon, mais lui, Chico, n'en savait foutre rien.

Il aurait bien pu être dans la lune que ça n'aurait rien changé. Où est-ce que ce mec avait pu aller ? Il se frappa le front. Mais oui, il voulait dealer avec Vasquez ! Cependant, si les keufs le recherchaient, il devait pas se balader dans le coin ! Quoiqu'il était grave louf !

Russel et les autres débarquèrent au moment où la calebasse de Chico allait éclater à force de réfléchir. Il les mit rapidement au courant.

– Vous rendez compte, cinq mille dollars !

Les mômes arrondirent les yeux.

– On n'a qu'à dire qu'on sait où il est, et on refile l'adresse de Vasquez, suggéra le jeunot qui avait acheté les bières avec l'argent de Jo.

– Et ils vont nous refiler le blé comme ça ? objecta Chico. Tu rigoles ! S'ils le trouvent pas ?

– Le temps qu'ils vérifient, on prend le fric et on se casse ! poursuivit le gosse qui tenait à son idée.

– Ils filent pas la fraîche avant d'avoir vérifié, cracha Russel. Et tu veux que je te dise, ils la filent jamais, ces enculés. Tout ça, c'est des craques ! Laissez tomber.

Ils repartirent dans leurs pensées. Jamais, même en rêve, ils n'avaient gagné cinq mille dollars sur un coup. Pourquoi ce connard s'était-il cassé ! Il serait resté, qu'ils auraient amené ce naze aux flics sur un plateau ! Discret, bien sûr. Pas la peine d'alerter l'arrière-ban. C'était jamais bien vu de causer aux flics. Mais qui c'est qui cracherait sur cinq gros billets ?

– Alors qu'est-ce qu'on fait ? s'énerva Chico.

Il avait défait le pansement de sa main et, depuis, il avait en permanence sous les yeux, comme un rappel de sa honte, la coupure boursouflée qui séparait sa paume en deux. Cette putain de blessure l'handicapait grave. Et plus ça allait, plus ça lui faisait mal. Il n'osait rien en dire aux autres qui l'avaient traité de chochotte quand il s'était plaint. Mais ça lançait drôlement et ça prenait une sale allure.

– Tu sais quoi ? dit Russel. C'est nous qu'on va se renseigner. On va le chercher.

– Tu seras pas tout seul, objecta un des gars qui avait eu la polio et boitait bas.

Il faisait le guet parce qu'il ne pouvait pas courir.

– Ouais, mais peut-être que les autres s'en foutent ou ne savent pas !

Il n'osa pas ajouter que peut-être les « autres » n'auraient pas osé jouer les balances aux flics.

L'HIVER fut rude cette année-là, autant que l'été avait été chaud et humide. Il commença de bonne heure. L'automne à peine achevé, le ciel se boucha et la première neige tomba alors que des fleurs fanées pendaient encore aux branches des arbres. Et à Halloween, les gosses auraient pu aller en ski carillonner aux portes.

Le vent furieux s'engouffrait dans les larges avenues, s'enroulait autour des réverbères qu'il glaçait et transformait en sucres d'orge géants. Il dessinait sur les vitrines des arabesques de givre et plaquait contre les façades des monticules de neige sale. Il gelait les rues mouillées que les passants traversaient avec des contorsions de funambule instable. L'air sentait mauvais de toutes les cheminées qui tiraient, et le gas-oil plaqué au sol faisait tousser les asthmatiques.

Comme en images accélérées, les nuages convulsés et noirs, gros de ventre, se couraient derrière, et les couleurs du ciel se modifiaient si vite que parfois les gens oubliaient l'heure.

De nouveaux gangs étaient apparus, envahissant les quartiers périphériques. Ils logeaient dans d'anciens entrepôts que la ville avait préféré oublier. Des lignes de chemins de fer désaffectées les bordaient, et au-dessus d'eux s'entrecroisaient des autoroutes qui leur fermaient le ciel.

TROISIÈME PARTIE

JE M'APPELLE Jason Ford. J'ai terminé ma métamorphose. Lors de ma cavale, je me suis perdu des mois durant dans des territoires que fréquentent seuls les fantômes. Leur économie parallèle m'a permis ce changement d'identité que j'ai renforcé en modifiant mon aspect.

Je me suis rasé le crâne et laissé pousser la barbe. Je m'habille à la mode de la rue. Même ma mère me reconnaîtrait pas. Ma mère... J'aime bien voir les gens détourner les yeux quand ils me croisent.

Je suis revenu et j'ai imposé ma loi à des hommes qui ont choisi comme moi la fuite dans la mort pour vivre leur vie. La sélection naturelle a joué et je suis devenu leur chef.

Ce sont des mauvais, qui s'appuient sur leurs ethnies pour justifier leur criminalité. Ils ont besoin d'un prétexte. Pas moi.

Pour les mater, je les ai conduits là où l'on se remplit les poches. Maintenant ils me font confiance et me respectent. Ma bande fait la loi dans tout un quartier et moi je fais peur. On dit que je suis sans pitié, et c'est vrai. Pitié de qui ? Pour quoi ?

Je sais que les flics enragent de ne pas m'avoir coincé. J'ai toujours pensé qu'il fallait juste être un peu plus intelligent qu'eux. Ils n'ont pourtant pas lésiné sur les moyens. Je fais partie à présent des criminels les plus recherchés de l'État et des États avoisinants. C'est assez jouissif et ça me donne un sacré statut.

Il n'y a pas que les flics qui pensent à moi. Pour passer à la télé, une armée d'experts en tous genres se perdent en explications oiseuses sur ce qui peut pousser un adolescent à tuer. Les nuls. J'ai parfois envie de téléphoner aux studios pour leur répondre. Mais je laisse tomber, ils ne m'intéressent pas.

Ce soir, j'ai décidé de coincer Chico et ses Blacks dans un bar qu'ils fréquentent en dehors de leur territoire, à l'instar de ces animaux qui chient loin de leurs terriers.

J'embarque avec quatre de mes hommes dans deux camionnettes qu'ils ont volées dans le stock d'un marchand de voitures d'occase. On arrive tous feux éteints devant le Paseo Loco, un bastringue crade où la tequila coule abondamment dans les gorges et enflamme si bien les têtes que les bagarres constituent l'essentiel des plaisirs de la clientèle.

Des filles font la retape à l'extérieur. Le Paseo n'est qu'un hangar posé au milieu d'un terrain vague. Le parking est le reflet de sa clientèle : camionnettes à plateau, vans déglingués, Mustang des années soixante-dix surchargées de chromes, Dodge avec des autocollants de filles à moitié à poil sur les portières et des cornes de buffle sur la calandre, motos harnachées comme des pur-sang. Ça me fait gerber ce besoin qu'ils ont tous de se ressembler. Ils appartiennent à des familles, comme dans les jeux de cartes.

Je désigne à Knife, mon second, deux filles qui attendent le client. Ce sont toujours les mêmes et elles connaissent tout le monde. Elles ne sont que deux parce qu'elles défendent rageusement leur bout de terrain, aidées par un Mexicain brutal à la gueule pourrie de vérole.

– Va avec Pedro les occuper, j'ai pas envie qu'elles se souviennent de moi. Vous nous rejoindrez si vous entendez du grabuge.

– Tu veux dire qu'on va faire les clients ?

– Tu passes tes loisirs comme tu veux.

En s'esclaffant, Knife fait signe au gars derrière, et ils descendent rejoindre les deux putes.

J'attends qu'ils s'éloignent derrière le hangar et, suivi des trois autres, j'entre dans le bar.

Je reçois en pleine figure la fumée qu'on penserait échappée d'un incendie, et j'ai aussitôt les yeux qui piquent. Je ne supporte pas la fumée. Ma mère empêchait les gens de fumer à la maison, bien avant que ce soit la mode.

Je repère Chico et son abruti de second assis à une table avec deux de leurs gars. Trois filles du même tonneau que celles du dehors leur tiennent compagnie.

Je me dirige vers le comptoir, suivi de mes hommes, en me taillant le chemin à coups de coude. Je remarque, pas mécontent, les coups d'œil furtifs de quelques-uns. Je commence à être une célébrité.

Je commande de l'alcool pour mes gars et une bière pour moi. Entre les beuglements des clients, la télé et un juke-box qui marchent à fond, on s'entend pas à vingt centimètres.

Nez, un de mes gars surnommé ainsi parce qu'on lui en a coupé la moitié si bien qu'il ressemble à un bouledogue, se penche à mon oreille.

– J't'ai pas demandé pourquoi tu les veux ?

Je pose mon verre et le regarde. Ses yeux cillent.

– Faut que je te donne une raison ?

– Non, non, bégaye-t-il, c'est comme ça...

Je le fixe et il n'aime pas ça. Moi j'adore. Enfin, je lâche :

– Ils m'ont balancé aux flics.

– Non !

Je leur recommande à boire mais je ne quitte pas des yeux la table de Chico. Russel est en train d'embarquer une des filles et je comprends que l'autre Négro ne va pas tarder à en faire autant.

Je balance un billet sur le comptoir et sors une bouteille d'un demi-litre d'essence de mon blouson. Nez remarque la manœuvre et fait signe aux deux autres.

On se propulse jusqu'à la table des Nègres, et je me plante devant Chico en train de bouffer la bouche d'une des putes. Il sent ma présence, me jette un coup d'œil mais ne me reconnaît pas. Les autres nous toisent férocement.

– Qu'est-ce tu veux ? grogne Russel en se levant à moitié.

– Tu me remets pas ?

Je parle sans forcer et, avec le vacarme, il ne m'entend pas. Chico s'est arrêté de brouter, et je me penche vers lui.

– Toi non plus tu ne me reconnais pas ? Tu devrais pourtant, je t'ai rendu presque manchot.

Une lueur s'allume dans son œil, et il se dresse en repoussant brutalement la fille. Il met la main à l'intérieur de son blouson, mais j'ouvre le flacon que je tenais à la main et asperge tout le monde. En même temps, Nez balance sur la table un briquet enflammé, et en une seconde tout s'embrase. Je profite de l'affolement pour poignarder plusieurs fois Chico, qui, la tête auréolée de flammes, s'écroule sur la table, pendant que Nez décharge son arme sur Russel qui tentait d'échapper au feu.

En un instant c'est la panique, tous foncent vers la sortie en se piétinant et en renversant tout sur leur passage comme un troupeau de buffles. On sort tranquillement avec mes gars et on rejoint les autres qui ont terminé leur petite affaire.

On embarque, et mes hommes fêtent la victoire une grande partie de la nuit.

STARK, cette fois, fut réveillé par Sanström. À croire que ses hommes ne se couchaient pas, ou que lui dormait trop.

– C'est moi. Y a un lieutenant du 7e district qui vient d'appeler d'un rade sur Oliver et Pierce qui a pris feu en fin de nuit. Les pompiers les ont prévenus quand, en déblayant, ils ont trouvé deux cadavres dont la mort n'était pas due à la chaleur.

– T'arrêtes tes devinettes ?

– Les dénommés Chico et Russel, des tordus grande largeur, étaient venus nous balancer Vanloo qui avait un temps fait partie de leur bande.

– Oui... alors ?

– Faut que tu rappliques parce que ça pourrait bien être Vanloo qui a décidé de régler ses comptes.

Stark sentit un frisson lui parcourir l'échine. C'était la première info depuis sa disparition.

– Il a été reconnu ?

– Non. Et faut pas trop s'exciter parce que le genre de témoins qu'on trouve dans ce rade... Mais enfin, deux types ont dit avoir remarqué qu'un mec était allé les rejoindre à leur table, y avait mis le feu et les avait froidement descendus...

– Et pourquoi on pense que c'est Vanloo ?

– Parce que le légiste a remarqué que les coups de

poignard qui avaient lardé salement le Chico avaient été probablement portés avec un couteau de chasse dentelé.

Stark, assis sur son lit, siffla entre ses dents.

– Pas possible ! Il en est sûr ?

– Il a pas l'air plus abruti qu'un autre.

Stark se mit à réfléchir. Vanloo, ce gosse surdoué pour le crime, avait disparu sans laisser de traces. Stark, qui en avait fait une affaire personnelle, l'avait poursuivi avec hargne au point d'empiéter sur son temps libre pour le retrouver. Il n'était pas tout seul. Le double assassinat avait fait grand bruit. Les polices fédérales l'avaient traqué dans plusieurs États, sans résultat. Parallèlement, des familles d'accueil s'étaient proposées par centaines pour adopter Edwards. Annie était allée vivre chez son père.

Pour Stark, davantage que ses autres échecs, la disparition du fils d'Alice avait sonné comme un glas. Il ne pouvait oublier cette femme et son propre aveuglement.

Il s'était persuadé qu'en ne prêtant pas attention à Adèle Ruffol qui avait fait preuve d'une perspicacité qui lui avait échappé, il avait condamné Jonas Spasky, Alice et son ami. Et peut-être d'autres.

– J'arrive, grogna-t-il.

Les pompiers avaient fini d'éteindre l'incendie. L'intérieur du bar ressemblait à une grotte. Faute d'extincteurs, ou par indifférence, personne n'avait tenté d'arrêter le feu. Sur la façade, la peinture pendait par lambeaux, et de la porte dégondée par les clients ou les pompiers il ne restait que le cadre.

Mais à part la mort de Chico et Russel et un de leurs hommes grièvement brûlé et dans un état très critique, on ne déplorait qu'une dizaine de blessés légers.

Le lieutenant du 7e serra la main de Stark.

– On vous a réveillé ? Vous avez compris pourquoi ?

– Ouais... les blessures. L'arme du crime. Où sont vos témoins ?

– Là-bas, répondit le lieutenant en désignant deux tordus qui essayaient de se faire oublier. Sont pas très fiables. Ils disent avoir vu un barbu, ce que n'était pas le jeune Vanloo. Mais n'importe qui peut se laisser pousser la barbe. C'est plutôt ce qu'a déclaré le légiste sur l'aspect des blessures de Chico qui m'a décidé à vous faire prévenir. Ce sont les mêmes que celles retrouvées sur Alice Cage et son compagnon. On sait qu'il a travaillé avec cette bande. Nous aussi, vous vous en doutez, on a participé à la chasse à l'homme. Il n'y avait pas un seul de mes gars qui n'aurait donné un mois de sa solde pour mettre la main sur lui. Depuis, on a eu connaissance d'agressions perpétrées par une nouvelle bande installée dans le coin des docks. Personne ne les connaît ou personne ne veut parler. Leur chef serait un barbu costaud et mauvais comme la gale, qui jouerait facilement du couteau. Il s'est débarrassé des « petits » dealers en leur foutant une trouille bleue. Il fait la loi entre les docks et Raspail. Il n'a pas mis six mois pour s'installer et personne ne sait d'où il vient. Les indics ont la bouche cousue. On est dans un brouillard total. Je ne serais pas fâché que vos gars nous donnent un coup de main.

– J'apprécie, lieutenant, mais vous ne craignez pas des histoires de hiérarchie ou de je ne sais quoi ?

– Mon capitaine est copain avec le vôtre, ça ne devrait pas poser problème si nos gars sont d'accord. Je sais que vous suivez ce Vanloo depuis le début et que vous en savez pas mal sur lui.

– Effectivement. Moi, je n'y vois pas d'inconvénient. Le jour où je poisserai ce salopard sera un des plus chouettes de ma vie. J'ai vu comment il avait arrangé sa mère... Son regard se perdit, et le lieutenant lui jeta un coup d'œil surpris. Ce garçon est un détraqué, reprit Stark au bout d'un moment, et si on ne lui met pas la main dessus rapidement je peux vous dire qu'on va suivre sa trace en pataugeant dans le sang.

– Je suis de votre avis. Au fait, je m'appelle Tom Neal.

– Enchanté, dit Stark.

– Vous étiez déjà une vedette quand j'étais encore à l'école de police, sourit Neal.

– Vous m'avez dépassé, grimaça Stark. Faut pas partir trop vite.

– Faut surtout être prudent dans ce métier, corrigea le flic en lançant à Stark un coup d'œil entendu.

– Ouais. On va parler aux témoins ?

Les deux types étaient des métis, mais aucun ne portait une quelconque marque l'assimilant à un gang.

– C'est vous qui avez remarqué le barbu devant la table de Chico ? commença Stark.

Ils acquiescèrent.

– Vous êtes des habitués du bar ?

– Non, dit l'un d'eux, on passait seulement.

– Bien sûr. Comment vous vous appelez ? Toi, dit-il en désignant le plus jeune.

– Ramon Mercado.

– Et toi ?

– Moi ? Moi... Jésus Mercado. Je suis son cousin.

– Alors, comment il était ce type ? À quoi il ressemblait ?

– Ben, vous l'avez dit, il était barbu.

– Qu'est-ce qu'il avait encore ?

Les deux gars se regardèrent en haussant les épaules.

– Ben... rien.

– C'était un Blanc ?

– Ouais. Un Blanc. Avec pas de cheveux.

– Pas de cheveux ? Chauve ?

– Rasé.

Stark fit une grimace. Barbu, rasé, pas le look de Vanloo.

– Pas difficile de se raser la tête, dit Neal qui avait suivi les pensées de Stark. Et ça change drôlement une physionomie.

– Quel âge ? demanda Stark.

Les types haussèrent les épaules.

– Pas savoir.

– Pas savoir ? Vous pouvez pas savoir s'il était jeune,

vieux, vingt, trente, cinquante ? Ils sont comment les mecs dans votre pays ? Tous le même âge ? Les vieillards, les mômes, ils se ressemblent tous ? s'énerva Stark.

– Vingt ? hasarda Ramon.

– Vingt. Bon, un type de vingt ans avec une barbe et le crâne rasé. Il était tout seul ?

Jésus fit une grimace et secoua la tête.

– Tu veux dire quoi ? Il n'était pas seul ?

– Nan. Pas seul. D'autres types. Blancs. Métis peut-être. Celui qui a tiré. Blanc.

– Celui qui a tiré, c'était pas le barbu ?

Jésus secoua la tête.

– Nan.

– Qu'est-ce qu'il a fait, le barbu ?

Nouveau haussement d'épaules.

– J'sais pas. Il parlait.

– Comment vous avez vu tout ça ?

– On n'était pas loin. À une table.

– À une table. Et vous l'avez vu poignarder Chico ?

Les deux types ne bronchèrent pas plus que si Stark n'avait rien dit.

– Vous voulez répondre ! insista-t-il, menaçant.

– Heu... Oui.

Stark se tourna vers le lieutenant Neal.

– En tout cas, on sait à quoi ressemble celui qui a assassiné Chico.

– Oui... et Vanloo avait de bonnes raisons de lui en vouloir.

– Vous savez exactement où il crèche, ce barbu ?

– Exactement, non. Et jusque-là on n'a pas pu l'arrêter faute de témoins. J'économise l'énergie de mes hommes quand je sais que je vais dans le mur.

Stark le regarda. Est-ce que le lieutenant faisait allusion à la catastrophique arrestation de Vasquez qui lui avait valu sa suspension et dont l'histoire avait dû faire le tour des commissariats ?

– On travaille dans le coin le plus hard de la ville, reprit Neal avec une grimace. On dirait que les bandes en ont pris possession et en ont chassé tous les honnêtes gens. Alors dès qu'on bouge une oreille, tous sont au courant.

– Maintenant qu'on a des témoins, on va y aller, dit Stark avec excitation. On boucle tout le coin et on tire le filet !

Le lieutenant se tourna vers les deux abrutis.

– Vous seriez prêts à témoigner que vous avez vu le barbu mettre le feu et poignarder Chico ?

Jésus, qui semblait un poil plus malin que son cousin, roula des yeux effarés.

– Capitaine, on n'est pas assez sûrs !

– Vous avez dit avoir tout vu. Vous étiez à une table à côté.

– On croit, capitaine, on croit. Avec la fumée, on voyait pas exactement. Et puis on a eu peur de brûler avec mon cousin, alors on s'est sauvés !

– Vous venez de dire que vous l'aviez vu ! se mit à gueuler Neal en attrapant Jésus par le col.

Sans se démonter, Jésus secoua énergiquement la tête.

– On l'a pas vu. On croit, c'est tout. Mais on témoigne pas.

Neal, hors de lui, se mit à secouer Jésus jusqu'à ce que Stark intervienne.

– Laissez tomber. Il ne changera pas d'avis. Il sait ce qui l'attend s'il balance. On y va, c'est tout.

Le lieutenant lâcha Jésus à contrecœur.

– Si je te revois dans le coin, je te bousille, siffla-t-il. Barrez-vous.

Il n'avait pas terminé sa phrase que les pseudo-cousins étaient déjà à cinquante mètres.

– Putain, grommela-t-il d'un air épuisé, comment vous voulez faire votre boulot avec de pareils clowns ! Il aurait à peu près quel âge, Vanloo ?

– Autour de dix-huit.

– Et on est très barbu à cet âge-là ?

– Je l'ai connu quand il avait seize ans, je crois. C'était déjà un solide gaillard, brun de peau et de poil, à se demander comment avait fait sa mère qui était blonde, fine, et le teint clair.

– Le père ?

– Je l'ai aperçu à l'enterrement d'un gosse qui aurait très bien pu être déjà une de ses victimes. Il était châtain clair et assez pâle. À se demander d'où sort leur rejeton.

– Adopté ?

– Non, je ne crois pas. Mais pour la barbe, ça ne m'étonne pas. J'avais remarqué, la première fois où je l'ai vu, qu'il semblait déjà se raser.

– Bon, alors espérons que ce soit lui. Mais sans témoin ni arme du crime, on n'ira pas devant un tribunal. Ce qui m'étonne, c'est que, sachant qu'on lui court après, il soit revenu.

– C'est un mégalomane. Un psychopathe mégalo. La pire espèce, parce qu'il veut toujours se surpasser. C'est un pervers narcissique qui se croit au-dessus des autres. Il veut nous prouver qu'il est plus fort que nous, plus gonflé que n'importe qui. Son cerveau n'est pas terminé. Il a l'inconscience des jeunes qui mésestiment le danger. C'est peut-être notre chance. Mais il est malin, on doit se montrer prudent

– J'enverrai mon rapport à mon chef et à Belley. Faites pareil, dit Neal en lui tendant la main. Je suis content de travailler avec vous. On va le coincer, ce fumier !

– Que le diable vous entende.

JE RELÈVE la tête quand Knife débarque en traînant une espèce de zombie derrière lui.

– Jason, ce type insiste pour te parler.

J'examine la loque qui essaye de rester debout à côté de Knife. Je le connais, on l'appelle l'Aristo. C'est un déchet qui hante les égouts à ciel ouvert des dix blocs d'immeubles qui constituent le quartier des Chemins du Paradis, une enclave de bâtiments déglingués où les moindres recoins sont squattés par les camés, les putes, des gangs de mômes, et rassemblent tout ce que la ville compte de paumés. C'est mon royaume.

La police, quand elle n'a rien à faire d'autre, y lance des rafles surprises. Faut les voir débarquer de leurs fourgons comme s'ils allaient tout casser. Mais comme on est prévenu avant, ils ne ramassent que quelques dealers qu'on leur laisse, histoire d'avoir la paix, des pédophiles qu'on peut pas encaisser et les clients des pornos hard. De toute façon, tout le monde ressort quelques jours plus tard, voire quelques heures. Les officines des payeurs de caution ne désemplissent pas.

Le cas de l'Aristo est particulier. C'est un fils de riche famille, si riche que telle Patty Hurst, des décennies plus tôt, il a décidé que sa trop riche famille était responsable des plaies de l'univers. Mais au contraire de Patty qui avait choisi l'idéal de la lutte des Noirs comme forme de rédemption, la sienne passe par sa propre destruction.

Des types de son acabit il n'y en pas beaucoup dans le quartier, et parfois j'aimerais bien parler avec des gens comme lui. Ce qui m'est le plus dur dans ma nouvelle vie, c'est mon environnement. Les mecs ont pour la plupart le QI d'une huître. Tout ce qui les intéresse, c'est d'avoir du blé plein leurs poches pour s'offrir du crack, des filles et des voitures. Je sais que je ne resterai pas là. On ne peut pas avancer avec des types qu'on méprise.

– Que me veux-tu ? je demande à l'Aristo.

– J'suis venu vous dire..., crachote-t-il.

Je le regarde, dégoûté, se gratter avec des doigts sales recourbés comme des griffes. S'il arrête de se gratter, c'est pour essuyer son nez morveux et ses yeux larmoyants. Son corps dévasté par la drogue se secoue comme s'il était sur une piste de danse.

J'ai envie de lui cracher dessus.

– J'voulais vous dire...

Knife vient à son secours :

– Paraît que des balances auraient parlé aux flics pour le coup du Paseo Loco. Ils ont donné des signalements...

– Qu'est-ce que t'as entendu ? je demande à l'Aristo.

Il se tortille comme une larve et j'ai envie de lui mettre le pied dessus. Il s'arrache les mains à force de se les tordre, mais n'en sort pas une.

– Sûrement qu'en lui filant une petite dose sa mémoire reviendrait, intervient Knife qui a peur que je m'énerve.

– Ouais... alors ?

– J'sais pas, m'sieur... Des témoins ont vu un barbu balancer de l'essence et poignarder Chico...

Il a la voix d'un vieillard et me fixe avec espoir et terreur. Il a sans doute peur que je confonde le messager et la nouvelle. Il a pas tort.

Je me lève et feuillette en réfléchissant le cahier de compte sur lequel j'étais en train de travailler quand ils sont entrés. Les chiffres sont bons et seront encore meilleurs quand je m'emparerai du territoire de Vasquez. Son seul atout, c'est le deal avec les fournisseurs de son pays qui l'approvisionnent en drogue. Ce pourri contrôle la quasi-totalité du marché de la coke dans la ville. Je l'ai approché mais j'ai vite compris que je ne traiterais jamais avec lui. On n'est pas du même monde. Mais s'il disparaît, je sais que la mafia travaillera avec moi.

L'Aristo me fixe d'un air implorant, et à cet instant, j'ai une fugitive pensée pour mon père et j'éclate de rire. Il aurait proposé un contrat santé à l'Aristo. Suivre le chemin, ne pas s'en écarter. Son chemin de merde qui l'emmenait tous les matins à sa chaîne. Un bœuf qui aimait son licol.

Je regarde l'Aristo qui s'est affalé sur le tapis, incapable de tenir sur ses guibolles. Voilà, voilà le résultat de leur morale. Un fils de famille transformé en cloporte par dégoût de ce qu'il voit. Moi aussi j'aurais pu devenir un cloporte.

– Bon, et tes balances, qui c'est ?

– On sait pas... Des bruits qui courent, ils auraient quitté la ville... seraient rentrés chez eux...

– Où, chez eux ?

Il se tord les mains, bave, agite ses jambes comme s'il était branché.

– Ils ont lâché un nom... ?

– Noon... oh, oh, j'sais pas... juste un barbu... un barbu du quartier... oh...

Un barbu. Je ne suis pas le seul à porter la barbe, mais on ne prête qu'aux riches. J'ai peut-être fait une connerie en m'en prenant à Chico. Cet abruti n'en valait pas la peine. Si les flics s'énervent et font le rapprochement...

Je marche de long en large. Knife se coupe les ongles selon son habitude avec son couteau, et l'autre déchet pleure par terre. Merde. Je vais être obligé de filer. Je n'ai confiance en personne. Knife, qui doit son surnom à la lame qu'il trimbale tout le temps et qui joue les durs, ne tiendra pas trois minutes devant les flics. Je rage parce que j'ai mis plusieurs mois a monter mes circuits, et au moment où ça commençait à bien marcher je vais devoir encore une fois tout lâcher. Si je retrouve ces balances...

– M'sieur... m'sieur... s'il vous plaît...

L'Aristo me supplie des deux mains. Comment un homme peut-il descendre si bas ? Je regarde Knife qui me fait comprendre que ce serait bien que je donne une dose au gars. Une idée me vient. J'acquiesce et montre mon poing serré. Dans le charabia des dealers, ça signifie une dose d'héro presque pure, donc mortelle.

L'Aristo qui a vu le geste, visiblement, s'en fout. Il a peut-être envie d'en finir.

Knife ouvre grand ses yeux de veau comme s'il n'était pas sûr d'avoir compris.

Je confirme. Je sens sa désapprobation et ça m'amuse. Que Knife ait pitié de l'Aristo, c'est trop !

– Allez, viens, l'invite-t-il gentiment en le relevant. Je vais t'en donner.

– Merci, m'sieur, oh, merci, m'sieur, balbutie l'autre crevard en me regardant comme si j'étais le Messie.

Ils sortent. Je reste un long moment à réfléchir. J'ai fait une connerie, c'est sûr. Si j'ai été balancé, les flics vont rappliquer très vite. M'étonne qu'ils ne soient pas encore là. Ou alors ils ont compris qui je suis et se montrent prudents.

Perdre ma place pour avoir supprimé une vermine comme ce Chico ! Cette ville est ma ville. J'y suis né, ma mère y a enseigné... ma mère. Parfois je pense à elle. Et puis je passe à autre chose. Si j'en suis là, c'est à cause d'elle.

Je prends mon carnet, le fourre dans ma serviette et entre dans la soupente où je me suis installé et que ma mère trouverait sûrement sordide. Je n'ai aucun goût pour les lieux, les objets. Elle, elle aimait son intérieur au point de ne pas voir ce qui s'y passait. Les gens sont parfois plus attachés à leur frigidaire qu'à leur propre vie.

En Louisiane, alors que les flots emportaient tout, il y a eu des habitants qui refusaient de partir de chez eux à cause de ce qu'ils possédaient. C'étaient toujours les plus paumés. Après, on a appris que tout avait été englouti, eux avec. Ça m'a fait marrer.

Je prends mon coupe-chou et, devant le morceau de miroir appuyé sur le lavabo, je me taille la barbe. Puis je nettoie soigneusement pour éviter que les flics comprennent que j'ai changé de look. Pour les cheveux, c'est autre chose, je ne peux pas les faire repousser. Je vais mettre un bonnet et ne plus le quitter.

J'enfile un jean, un pull et un blouson matelassé. Je pousse mon lit et soulève deux lattes du parquet où j'ai ma cache à billets qui n'est pas très garnie parce que je viens juste d'acheter un lot de came qui n'a pas été toute revendue.

Je m'efforce d'éviter les regrets. De toute façon, un jour ou l'autre, les flics me seraient tombés dessus. Je ne me fais pas d'illusions. Quand on a choisi de braver leur morale imbécile, on n'a jamais la paix.

Je fourre les billets dans ma poche et prends quelques affaires de première nécessité. J'entends à l'étage au-dessous les gars s'engueuler. De vrais débiles. Alcool et castagne, mais des projets, nada ! Je ne vais pas les regretter. D'ailleurs, je n'ai jamais rien regretté... même pas...

Un dernier coup d'œil, et j'ouvre la fenêtre. L'échelle d'incendie rouillée se balance à portée de main. Je vais retourner là où j'étais lors de ma première cavale. Dans ma cachette du désert. J'y attendrai qu'ils m'oublient et je reviendrai.

LE LIEUTENANT Neal avait donné rendez-vous à Stark dans un bar du centre éloigné de leurs commissariats respectifs.

– Bonjour, dit Neal en lui serrant la main et en s'asseyant en face de lui.

– Ça va ? renvoya Stark.

– Je crois. Je viens d'avoir l'info par un de mes indics. Le barbu se fait appeler Jason Ford. Il a l'habitude de déjeuner avec son lieutenant dans un restaurant de Main Street, Le Paris. Il s'assoit face à la porte, contre le mur du fond. Tout près des cuisines. Dans la cuisine, une porte s'ouvre sur la rue derrière. Bolland Street. Très fréquentée, surtout à l'heure du déjeuner en raison des nombreux bureaux et ateliers de la rue.

– Trop beau. Vous prenez le plat du jour ?

– C'est quoi ?

– Pommes de terre au lard.

– Non, je surveille ma ligne. Un soda.

Ils passèrent commande et attendirent que la serveuse s'éloigne pour reprendre leur conversation.

– Comment vous voyez la chose ? demanda Stark sans pouvoir retenir son excitation.

– Si c'est Vanloo, il vous connaît. Donc, c'est moi qui entre par-devant avec deux de mes hommes. Pas davantage. Il y a beaucoup de gens qui déjeunent là, on n'aura pas beaucoup d'espace. Vous, vous couvrez la porte sur Bolland. Faites gaffe, il va sûrement tenter de fuir par là. Ne le laissez pas sortir dans la rue, à cause des passants. C'est le genre à tirer dans le tas.

– On peut sécuriser avant.

– Non. Il est bien trop méfiant. Le moindre changement d'habitude peut l'alerter.

– Et vous verriez ça pour quand ? demanda Stark d'un ton jubilatoire en attaquant son plat de pommes de terre.

– Demain. J'ai peur des fuites. D'après ce que m'a dit mon indic qui a quitté la ville jusqu'à ce que l'autre soit cravaté, ce cinglé s'est imposé par la terreur. Toujours d'après mon indic, c'est un sadique qui a plaisir à tuer. Il a « exécuté » un de ses gars coupable d'être monté sur un coup, gonflé aux amphèts, et qui l'aurait fait foirer, en le pendant sans lui attacher les mains après lui avoir tranché les pouces. Un dingue. Le pauvre type a mis dix minutes avant d'y passer, avec Vanloo assis devant à siroter un verre. Alors tout le monde se couvre.

– Putain ! s'exclama Stark en repoussant son assiette. Vous avez le chic pour couper l'appétit. Si on réussit à le coincer, on se paye la plus belle java que cette ville n'a jamais vue, lieutenant !

– La plus belle, Stark, en tout cas la plus arrosée !

STARK sortit de chez Pitt en titubant légèrement. Il picolait depuis un bon moment, et ses jambes lui parurent s'apparenter davantage à du pâté de foie qu'à des muscles. Il n'avait pas eu envie de passer cette soirée seul. L'idée d'enfin coincer Vanloo l'excitait tellement qu'il aurait voulu accélérer le temps.

Il avait tout préparé avec son équipe. Ils seraient en soutien, comme l'avait indiqué Neal. Normal. C'est lui qui avait eu l'info. Bien beau qu'il les associe.

Il remonta le col de son pardessus. La nuit était si froide que l'air semblait trembler. La température avait chuté vers six heures et n'était pas remontée depuis. Le quartier était désert, chacun se calfeutrait chez soi. Quelques rares voitures qui circulaient balançaient des jets de neige noirâtre.

– Y a que des connards comme moi pour être dehors par un temps pareil, grommela-t-il.

Il avait préféré ce mot à « paumé ».

Il passait devant un réverbère quand son œil fut attiré par une masse sombre et immobile. Il tourna lentement la tête pendant que sa main remontait vers son holster. Il arrêta son mouvement, écarquilla les yeux. Un chien. Assis là dans le noir, sur le trottoir gelé. Un putain de cabot qui le regardait comme on observe un poivrot en pariant sur son équilibre.

– Ben, qu'est-ce tu veux, toi ! l'apostropha-t-il. Le chien ne broncha pas. Tu vas te les geler à rester comme ça le cul par terre ! Il s'approcha. C'est pas un temps à mettre un chien dehors.

Le chien se contenta de remuer une de ses oreilles qu'il avait courtes et tombantes. Il était noir de poil, bringé de gris, de la taille d'un labrador, et l'extrémité plus claire de ses pattes lui faisait comme des chaussettes.

– T'attends quelqu'un ? Mon pote, c'est pas un temps à se faire poser un lapin ! Il se pencha et plongea ses yeux dans ceux du chien. Tu sais quoi ? T'as les yeux couleur chocolat ! Tiens, un bon chocolat chaud, qu'est-ce t'en penses ?

Il prit soudain conscience dans son ivresse qui commençait, grâce au froid, à se dissiper qu'il parlait au cabot comme à un homme. Il jeta un regard furtif autour de lui. Manquait plus qu'on le voie tenir la jambe à un clebs.

– Bon, toi, j'sais pas, mais moi j'me rentre !

Il se remit en marche, s'obligeant à ne pas regarder derrière lui. Ses chaussures claquaient sur l'asphalte et il tenta un pas de claquette. La douleur qui lui déchira le genou faillit le faire trébucher.

– Putain, j't'avais oublié, toi !

Il arriva devant chez lui et, prenant son temps, fourragea dans sa poche à la recherche de sa clé. Quand il sentit un souffle chaud sur son mollet, il ouvrit, et sans un mot grimpa ses escaliers. Arrivé à son étage, il se retourna.

– Tiens, tu t'es décidé ? dit-il d'un ton faussement surpris.

Il ouvrit sa porte, s'effaça sur le côté, et invita le chien à entrer. Il dut insister, le clébard restait sur le seuil à examiner l'intérieur d'un air circonspect.

– Je m'appelle pas Cruella, tu peux t'amener !

Le chien franchit prudemment le seuil et s'arrêta au milieu de la pièce en regardant autour de lui.

– Tu trouves pas ça assez chic, hein ?

Le chien alla dans la chambre, en fit le tour, ressortit. Puis il se planta au milieu de la cuisine et fixa Stark.

– Tu sais à quoi tu ressembles ? À un putain d'huissier ! Dis donc, tu dois avoir les crocs...

Sans enlever son manteau, il fourragea dans ses placards à la recherche de nourriture.

– Qu'est-ce que je peux te donner ? Des pâtes, ça te va ?

Il mit de l'eau à bouillir, se déshabilla et chercha une gamelle pour le chien.

– Tu dois aussi avoir la pépie.

Il remplit un bol d'eau que le chien se mit à laper jusqu'à la dernière goutte.

– Putain, t'es aussi assoiffé que moi ! Tu sais quoi, on va casser la croûte ensemble, parce que moi non plus j'ai pas encore mangé.

Il s'activa, versa les pâtes dans la passoire, dégotta un vieux morceau de beurre, mit une assiette sur la table, un bol par terre et servit.

– Bordel, y a rien dans cette baraque, grommela-t-il. Même pas un bout de fromage !

Ils mangèrent tous les deux, le chien plus lentement que Stark.

– Bon, écoute-moi bien, le chien. Tu t'es juste trouvé un asile de nuit, lui dit-il en débarrassant. Demain, tu tailles la route, O.K. ? Parce que moi j'ai un sacré boulot qui m'attend. Tu veux que je t'explique ? Tu lis pas les journaux, j'imagine, mais faut que tu saches que chez les humains t'as des sacrés tordus. Tu le sais ? Bon. Ben, moi, demain, je mets la main sur l'un des plus tarés.

Le chien le regarda en bâillant et s'étira. Puis il remua la queue.

– D'accord. Alors, toi, tu dors ici, et moi à côté. Ben, dis donc, t'es pas gros. Doit y avoir un bout de temps que tu fais carême ! Une vraie pub pour crème amincissante !

Il passa dans le cabinet de toilette, se déshabilla et se fourra au lit.

– Bonne nuit, mec, j'espère que tu ronfles pas.

Dans la nuit, alors qu'il était entre deux sommeils, il sentit le côté du lit s'affaisser légèrement et un corps chaud s'appuyer contre son flanc. Il fit semblant de dormir.

Le lendemain matin, il trouva le chien couché sur la carpette.

– Alors, t'as bien roupillé ?

Il se surprit sous la douche à chantonner, ce qui ne lui était pas arrivé depuis la fin de la guerre du Viêtnam. Il s'habilla, mit de l'eau à chauffer, et croisa le regard du chien qui, assis au milieu de la cuisine, le regardait s'affairer.

– Quoi, qu'est-ce t'as ? T'as faim ? Mais j'ai rien moi ici. Tu veux du jus ?

En fouillant, il trouva un fond de céréales dont la date de péremption devait être largement dépassée.

– Tiens, on va se manger ça, mais avec de l'eau, j'ai pas de lait.

Ils déjeunèrent ensemble, puis Stark s'habilla.

– Bon, c'est la fin de la fête, dit-il en ouvrant la porte. Dehors !

Le chien sortit sans se presser et descendit l'escalier. Stark ferma, descendit à son tour et atterrit sur le trottoir en cherchant le chien des yeux. Le trottoir était vide.

– C'est pas la reconnaissance qui t'étouffe, toi, grommela-t-il.

Il vit de loin arriver son bus et accéléra le pas. Avant de monter, il regarda encore dans la rue, mais le chien avait disparu.

STARK n'était pas le dernier arrivé, mais il était sûrement le plus en rogne. On attendait le chef de la police et l'adjoint au maire pour les affaires de sécurité.

À deux heures et demie du matin l'assaut avait été lancé contre le squat de celui que l'on pensait être Vanloo, et ceux qui s'y trouvaient s'étaient rendus sans résistance. Mais nulle trace de leur chef. L'état-major de la police avait décidé d'avancer l'attaque de plusieurs heures, et Stark et ses hommes n'avaient pu être prévenus. Belley avait eu du mal à calmer Stark.

– De toute façon, on l'avait dans le cul, que t'y sois ou pas ! Vanloo s'était barré la veille !

– C'est pas la question ! On est quoi dans cette brigade ? Des clowns ?

Dialogue de sourds que les deux hommes fatigués avaient rompu.

Lors de l'examen des lieux qui avait suivi, les flics avaient compris que le tueur présumé s'était rasé la barbe. Ils avaient aussi retrouvé le cadavre de l'Aristo, et Knife, bousculé sans amour, avait reconnu avoir donné, sur l'ordre de son patron, une dose mortelle d'héroïne au junkie.

Grâce aux empreintes relevées dans le squat, l'ordinateur central de la police avait confirmé que Jason Ford et

Joseph Vanloo étaient le même homme. Avec une photo d'identité de Vanloo prise l'année de ses quinze ans et le portrait-robot dressé par ses hommes, le logiciel d'identification réussit à tracer un portrait fidèle du tueur.

À sept heures quarante-cinq, le préfet, levé depuis trois heures, fait inhabituel, avait par intranet convoqué au siège de la préfecture les commissaires de tous les postes de police de la ville, l'adjoint au chef d'antenne du FBI, un profileur, et les hommes spécifiquement chargés de la traque de Vanloo. Pour l'instant, il discutait avec les gradés en consultant une carte de la région piquée de points rouges.

Stark se rapprocha de Tom Neal qui sirotait un café froid en compagnie d'un de ses hommes.

– Surprise, surprise, dit-il en lui serrant la main.

– Ouais. Neal s'étira en bâillant. Excusez-moi, mais je ne me suis pas couché.

– Vous auriez dû m'appeler.

– Pas eu le temps. Le chef nous a prévenus une demi-heure avant l'assaut. Ils craignent les fuites au sein même de la police. Le mandat est arrivé pendant qu'on faisait route vers la planque de Vanloo, après, tout a été trop vite.

– Il était parti depuis quand ?

– Knife, son second, ne l'a plus revu après que l'Aristo l'a prévenu que des témoins l'avaient reconnu dans le bar. Il a dû se tirer par les toits. Il a un jour d'avance sur nous. Il peut être n'importe où.

– Il n'est pas loin, murmura Stark.

– Qu'est-ce qui vous fait dire ça ? Je serais lui, je serais déjà à l'autre bout du pays.

– Non. Pas lui. C'est ici son terrain de chasse.

– Tant mieux et tant pis. Parce qu'on va encore devoir ramasser des cadavres. Vous avez connu sa famille ?

– Oui, j'allais dire avant qu'il devienne ce qu'il est, mais je n'en suis pas sûr.

– C'est-à-dire ?

– Ce gosse a toujours été un teigneux. Pourtant, rien dans son histoire n'explique sa dérive criminelle. Nous nous trouvons devant un cas qui infirme en partie les travaux des criminologues. Il ne vient pas d'un milieu défavorisé, instable, comptant des cas de maladie mentale ou d'alcoolisme, mais d'une famille unie jusqu'à ce qu'il atteigne ses quinze ans, âge où ses parents ont divorcé sans se déchirer spécialement, d'après ce que j'en ai su. Scolarité suivie dans de bonnes écoles par une mère attentive.

– Et... ?

– Et il commence à tuer. Un chien, dont la mort entraîne par chagrin celle de sa maîtresse âgée et cardiaque. Faut dire qu'elle l'a trouvé décapité dans sa poubelle. Mais aucune preuve que ce soit lui. Un de ses camarades de classe, en le noyant après l'avoir assommé. Là encore, des présomptions, pas de preuves. Et avant de massacrer sa mère et son futur beau-père, il viole et mutile un élève de son collège âgé de douze ans. Mais vous avez dû lire tout ça.

Neal siffla entre ses dents.

– Oui. Un sacré palmarès, en effet. Vous pensez qu'à présent il se moque de semer des indices ?

– Je ne sais pas. Ou il ne maîtrise plus sa folie criminelle.

À ce moment, un brouhaha annonça l'arrivée du chef de la police accompagné de l'adjoint au maire. Les conversations cessèrent graduellement pendant que les arrivants s'installaient sur l'estrade après avoir serré des mains.

La presse était maigrement représentée par les seuls journalistes habilités, et il n'y eut pas la marée de flashes habituels dans ce genre de réunion. Les responsables de la police étaient décidés à mener leurs actions dans la plus grande discrétion.

Le préfet se leva et s'empara du micro.

– Messieurs, mesdames, tout d'abord vous voudrez

bien excuser cette procédure inhabituelle, mais comme vous le savez, nous nous trouvons devant une urgence. Joseph Vanloo, un criminel des plus dangereux, est probablement encore dans notre région. Il a tué plusieurs fois et tuera encore. Le FBI, représenté ce matin par l'agent spécial Flynn, a d'ores et déjà actionné les différentes cellules fédérales de notre État et des États voisins. Nos forces de police leur prêteront main-forte, d'autant que plusieurs d'entre vous ont déjà eu à faire à l'individu, je pense tout particulièrement au sergent-chef Stark qui a été un des premiers à soupçonner sa véritable nature. À partir de maintenant, et jusqu'à la localisation et l'arrestation de Vanloo, les autres enquêtes en cours devront être suspendues. Voilà. Je me garderai d'être solennel, mais je vous demande de faire le mieux et le plus vite que vous pourrez.

L'adjoint au maire se leva à son tour et déclara à peu près la même chose. Puis la profileuse prit la parole et Stark ne put s'empêcher d'intervenir lorsqu'elle évoqua la possibilité d'un désordre mental ou d'une enfance perturbée chez le tueur.

– Madame, je connais ce garçon depuis un bon moment, dit-il en s'avançant vers l'estrade. J'ai connu sa famille, ses enseignants, et à part une propension à la cruauté et un manque de conscience entre le bien et le mal, je crois pouvoir affirmer qu'il ne présente pas de symptômes de maladie mentale.

– Vous êtes expert-psychiatre, sergent ? rétorqua-t-elle, perchée sur ses ergots. Ne pensez-vous pas que ne pas différencier le bien du mal est le symptôme d'une pathologie ?

– Non, madame, pour répondre à votre première question. Je suis seulement flic depuis vingt-cinq ans. Mais je crois avoir rencontré suffisamment de criminels pour être à même de différencier ceux qui présentent un quelconque désordre mental de ceux pour qui la vie d'autrui n'a aucune valeur. Nous sommes dans le second cas. Et ce n'est pas à mon sens le symptôme d'une pathologie, mais plutôt un manque de conscience et de morale ainsi qu'une absence d'inhibition.

– J'apprécie à leur juste valeur vos certitudes, sergent, ironisa la profileuse, mais permettez-moi de réserver mon jugement. Puisque ce garçon ne semble pas avoir connu dans son histoire matière à transgresser la loi, on peut admettre qu'il souffre néanmoins d'une psychopathie qu'on ne mettra en lumière que lorsque de vrais experts l'examineront.

Il y eut un murmure vaguement hostile dans la salle. Les flics de terrain constataient trop souvent que les criminels, ou plutôt leurs défenseurs, se servaient de la médecine psychiatrique pour que leurs cas échappent à la justice. Se mesurer à un tueur en risquant sa vie faisait partie de leur métier, mais voir des scientifiques confits dans leurs labos ou des sociologues naïfs déresponsabiliser un violeur ou un assassin récidiviste, et contribuer à le remettre en liberté quelques années plus tard après une vague expertise de non-dangerosité, avait le don de les mettre en rogne.

L'adjoint au maire perçut la tension et intervint pour interrompre le débat. Il demanda une fois de plus aux policiers d'agir très vite. Il annonça en même temps la suspension des congés pour une durée indéterminée, provoquant une houle de protestations à laquelle il parut indifférent.

Stark, Neal et des collègues, la mine désabusée, se rejoignirent à l'extérieur.

– J'ai bien aimé ce que t'as dit à la bonne femme, Stark, dit l'un d'eux. Ils nous les gonflent, ces cons, avec leurs histoires. Tu veux que je te dise, bientôt on n'aura que des malades à poursuivre et faudra faire médecine pour être flic. Ou curé ! Y se rendent pas compte que notre monde devient une merde et qu'on en est les derniers vidangeurs... Un meurtrier tue une fois, c'est un criminel ; trois fois, c'est un irresponsable ! Tu veux que j'te dise ? Si c'est moi et mes potes qui chopons ce Vanloo, j'lui demanderai pas sa température avant de l'allumer. Je l'allumerai, et je lui ferai l'ordonnance après !

Stark hocha la tête vers Neal.

– Vous avez un plan ? On ne sait même pas où il est. Je ne sais pas à quoi a rimé le pince-fesses de ce matin. On n'est pas des mômes qui ont besoin d'encouragements.

– Les huiles se couvrent, c'est tout, répondit Neal avec un soupir fatigué. Tout le comté va être quadrillé, mais même ça, je n'y crois pas. Faudrait un sacré coup de chance pour tomber dessus.

– La seule façon d'y arriver, c'est d'attendre qu'il recommence de tuer, lâcha Stark. Salut, lieutenant, on reste en contact.

– Salut, sergent, à plus.

En regagnant son bureau Stark aperçut Sanström en grande conversation avec Ho près du tableau des homicides. Son adjoint le rejoignit peu après.

– Du nouveau sur Vanloo ? demanda-t-il.

– Ils ont essayé de le coincer cette nuit et se sont cassé le nez.

– Ouais, j'ai entendu. Je voulais te dire... Sanström hésita. Excuse-moi de t'avoir mis en boîte quand tu as cru que ce petit salopard était un assassin. J'avais tort.

– C'est rien, éluda Stark d'un geste.

– D'accord, mais là je vais t'annoncer quelque chose qui va te remonter le moral.

Stark lui lança un coup d'œil interrogateur.

– Il y a deux jours, pour te dire qu'il y a des moments agréables dans notre chienne de vie, Morrison, tu sais, celui qui est lieutenant au 14e district Sud, a agrafé... tu sais qui ?

– Tu vas me le dire, coupa Stark qui manquait de patience.

– Vasquez. Ouais, monsieur. Alberto Vasquez y Reseda en personne.

– Et alors, il prend maintenant son petit-déjeuner au Plaza ?

– Non, monsieur. Il a été arrêté alors qu'il passait la frontière de l'État en compagnie de Lulu Chavez, recherché dans cinq États pour meurtres aggravés. Ce sont les gardes-frontières qui l'ont cravaté, et dans la bagnole ils ont trouvé quatorze kilos de coke et une mallette avec cent cinquante mille dollars.

– Non ! Ce pourri a été cravaté ? Nom de Dieu, Sanström, j'ai envie de t'embrasser.

– Retiens-toi, parce que y a mieux. Morrison, qu'est apparemment un mec bien et qu'a pas apprécié ce qui t'est arrivé avec Vasquez, nous a prévenus qu'il t'attendait pour l'interroger. Et tiens-toi bien, qui c'est l'avocat ?

– Follinger ?

– T'as tout bon ! Tu y vas quand tu veux, a dit Morrison.

– Bon sang, Sanström, je suis bloqué sur l'affaire Vanloo !

– On assure avec Henley. On expliquera à Belley. Tant qu'y a rien de nouveau...

Stark regarda son adjoint. Se pouvait-il qu'il l'ait mal jugé ? ou celui-ci voulait-il se dédouaner de son lâchage ? Et lui, Stark, n'avait-il pas tendance à jouer les victimes ? Ce Morrison, qu'il connaissait à peine, pourquoi lui faisait-il cette fleur ? Il eut une pensée, qu'il ne comprit pas, pour le chien qu'il avait recueilli. Depuis cette rencontre, c'était comme si une embellie se produisait dans sa vie. Et pourtant quel rapport entre ce clébard et ce qui lui arrivait ?

D'abord, il était remis avec les huiles sur l'affaire Vanloo d'où il avait été débarqué, et le préfet n'hésitait pas à lui faire un coup de lèche. Ensuite un flic arrête Vasquez et lui propose de partager la prise. Il se leva.

– Préviens Morrison que j'arrive. Qu'on arrive, rectifia-t-il.

– O.K., boss, sourit largement Sanström. Je mets des chaussettes propres et je te suis.

J'OUVRE les yeux et mets un certain temps à rembobiner le film. J'écarte le rideau de la petite fenêtre et aperçois trois braillards assis sur des parpaings qui, à une dizaine de mètres de ma caravane, descendent des bières.

La leur est en plus mauvais état que la mienne, les hublots carrément remplacés par des cartons. Une fille aux longs cheveux emmêlés, habillée d'une jupe qui s'arrête au ras de la touffe, tient un des types par le cou en riant comme une hyène. C'est ce rire qui m'a réveillé.

Je suis arrivé la veille au soir en faisant des tours et des détours, et j'ai retrouvé le camping et le mobil-home qui m'avaient abrité quand j'ai lâché Chico et ses clowns.

Ce camp est un lieu de rassemblement pour les paumés. La plupart taillent la route et sont liés par les réseaux de la drogue, du trafic d'armes et des faux papiers. Quand ils sont pas en taule, ils préparent des coups foireux. Tous des braillards et des cons.

Ils vivent de troc, se refilent des adresses de planques, des combines pour passer les frontières, des petits boulots merdiques. Des minables. Terrible d'être obligé de les fréquenter.

C'est grâce à l'un d'eux que j'ai obtenu mes faux papiers la première fois, j'espère qu'il est là.

Une autre partie du camping est occupée par des familles qui y passent les trois quarts de leur vie et pompent sur l'aide publique. Chômeurs de pères en fils et de mères en filles, quand les rejetons ne deviennent pas délinquants ou putes. Les pères et les frères sont souvent les amants de leurs filles et de leurs sœurs. Ça fait de beaux bébés. Les flics leur foutent la paix tant qu'ils se contentent de se tabasser en chœur.

La première période que j'ai vécue ici, je n'ai fréquenté personne. Jusqu'à ce que je rencontre le faussaire.

Je ne connais pas mes voisins actuels, mais je les trouve bruyants et ça me gonfle. J'ose à peine poser le pied par terre tellement c'est sale. En arrivant hier soir j'ai loué les draps en même temps que la clé, et j'étais tellement crevé que je me suis enroulé dedans et écroulé. Il fait un froid de loup et je sais déjà que je ne vais pas faire de vieux os ici.

J'enfile mes chaussures sans mes chaussettes et retourne à la fenêtre. J'ai réclamé ce mobil à cause de son emplacement dans le camp. Il est placé en bout de terrain, collé à des champs qui s'abouchent plus loin sur une forêt sombre et dense où on peut disparaître.

LE 14e DISTRICT Sud ressemble comme un jumeau au 7e. Mêmes murs verdâtres crades, même mobilier obsolète, même lino craquelé et décoloré par les lavages, et même clientèle de menteurs et de paumés en compagnie des mêmes flics désabusés et las.

– On se croirait chez nous, remarque Stark en cherchant le lieutenant Morrison des yeux.

– C'est mieux chez nous, non ? s'insurge Sanström.

– En quoi ? Tiens, voilà Morrison, dit-il en répondant d'un signe à un flic qui se lève et vient vers eux en souriant.

– Bonjour, sergent, dit Morrison en lui tendant la main.

– Bonjour, lieutenant. Sanström m'a appris la bonne nouvelle. Merci de bien vouloir nous mettre dans le coup.

– C'est à moitié intéressé, répond Morrison en hochant la tête et en les entraînant vers son bureau vitré à mi-hauteur. Asseyez-vous, je vous en prie.

Il doit frôler la cinquantaine et le mètre quatre-vingt-dix. Il a le teint coloré d'un homme qui passe sa vie au grand air. Une brosse très courte de cheveux blond pâle couvre sa tête ronde comme une sphère. Des petits yeux vifs et rapprochés coincent un nez court et camard.

Stark et Sanström s'installent.
– Café, jus de fruit ?
– Merci, décline Stark sans consulter Sanström.
– O.K., alors j'attaque tout de suite. On a Vasquez, mais c'est pas encore le bâton de maréchal, commence-t-il en s'installant les coudes largement écartés sur la table. Son avocat va arriver, et je sais déjà qu'il est passé chez le procureur pour contester son arrestation, arguant que les gardes-frontières étaient à la poursuite de Chavez, et que Vasquez, qui se trouvait par hasard en sa compagnie, n'aurait pas dû être interpellé. Je vous dis tout de suite qu'on n'est pas complètement à l'aise dans cette histoire. C'est le FBI qui a insisté parce qu'ils en ont marre de mobiliser depuis des mois deux douzaines d'agents et l'argent des contribuables sans parvenir à coincer cette ordure. C'est même eux qui m'ont suggéré à demi-mot de vous contacter. Ils veulent faire un marché avec lui mais ils ne tiennent pas à lâcher trop de choses. Or, ils savent que vous voulez Vasquez pour d'autres affaires, et ils aimeraient que vous les négociiez pour qu'eux n'aient pas trop à donner. Vous pigez ?
– Ce que je pige, c'est que ces enflés veulent qu'on abandonne nos charges contre Vasquez pour garder tout le bénéfice de son arrestation. Mais ils oublient qu'on n'a aucune charge contre lui. Il est toujours ressorti blanc comme neige.
– Affirmatif, convient Morrison. Aussi, ce n'est pas pour les assassinats de commerçants et les marchandises volées.
– Quoi, alors ?
– Je suis sur l'affaire Vasquez depuis des mois. J'ai étudié son dossier sous toutes les coutures pour trouver une faille qui nous aurait échappé. J'ai lu tous les rapports le concernant. Et voilà-t-y pas qu'en déjeunant avec votre capitaine il évoque, dans la conversation, un pingouin que vous soupçonnez d'avoir payé quelqu'un pour tuer

sa grand-mère. Stark plisse les yeux d'incompréhension. Pour l'aider je fourre tout ça dans l'ordi, vos rapports et tout, je transmets au Central, et j'oublie. Et à ce moment arrive ce fameux coup de chance sans lequel les flics ne seraient rien. On agrafe un photographe ambulant qu'on soupçonne de tourner des films porno hard avec des gosses et de les envoyer sur le Net. On perquisitionne chez lui et on dégotte des clichés à faire dégueuler un régiment de putois. Mais on embarque aussi ses photos commerciales, et qu'est-ce qu'on voit sur l'une d'elles ? L'ami Vasquez en personne qui casse gentiment la croûte avec un autre pékin, style étudiant prolongé, et derrière eux clignote en néon le nom du restau où ils festoient.

» Pris d'une intuition, et curieux de savoir qui est le joyeux compagnon qui ne ressemble pas à ses relations habituelles, j'envoie un de mes hommes interroger la serveuse, qui dit se souvenir parfaitement des deux hommes, pour la bonne raison que ce raffiné de Vasquez lui a fait des remarques si salaces qu'elles ont eu le don, d'après elle, de mettre l'autre en colère tant il semblait craindre de se faire remarquer.

» Mon gars lui demande si par hasard elle se souviendrait de ce qu'ils se sont dit ou de ce qu'ils ont fait, et elle répond benoîtement que oui, parce que le gars a donné à Vasquez la photo d'une vieille dame qui ressemblait à sa propre grand-mère. Ce qui n'était pas logique vu qu'elle est thaïe, et sa grand-mère idem. Bon, à tout hasard, je balance sur la Toile la photo du gars, et au bout d'un moment la Banque centrale me renvoie un fichier avec le nom d'un type accusé d'avoir émis des chèques sans provision. Et je me souviens du nom que m'avait balancé Belley.

– Je ne vois pas où vous voulez en venir, coupe Stark d'un ton impatient.

Morrison eut un large sourire satisfait.

– Vous ne voulez pas savoir le nom du fraudeur qui apparaît sur la photo ? Morrison prit son temps en savourant visiblement l'instant. Timothy Carlson, lâche-t-il enfin. Votre Timothy Carlson !

– Quoi ?

– Comme je vous le dis. Et pourquoi ces deux zèbres se sont-ils laissé photographier ? Troisième coup de chance : le photographe a raté la photo d'un couple de jeunes mariés en prenant Vasquez et l'autre dans le champ, et en oubliant de détruire le négatif.

– Et cette fille se souviendrait de ces types plus d'un an après ! Ça tient pas debout.

– Elle s'en souvient parce que son frère s'est énervé après Vasquez et que l'autre l'a menacé d'un revolver. Tel que. Et que la vieille dame sur la photo ressemblait à sa grand-mère.

– Putain, c'est incroyable !

Stark était partagé entre l'euphorie et l'incrédulité. Il craignait une fois encore de s'exciter pour rien.

– Vous voulez voir la photo ? demande innocemment Morrison en poussant un cliché vers eux.

– Putain, souffle Sanström en regardant un bon cliché de Vasquez et Carlson en grande conversation.

– La date de la photo est derrière, dit Morrison en la retournant. 13 juin. Deux semaines avant l'assassinat de votre Mara Stipol, si je ne me trompe.

Stark regarde Morrison avec un mélange d'admiration et d'incompréhension.

– Ce qui m'épate, lieutenant, c'est que vous ayez fait le lien entre ce que vous a dit Belley, la photo, et l'affaire Stipol dont je m'occupais...

– Pas difficile. Vasquez est devenu mon cauchemar. Je mange avec lui, je dors avec lui, c'est tout juste si je baise pas avec lui ! Alors, dès que j'ai un putain de petit bout de n'importe quoi le concernant, je prends. Si je n'avais pas déjeuné avec votre capitaine, s'il ne m'avait pas parlé de vous, de votre obsession sur ce Carlson, le nom m'aurait échappé. Y a pas de hasard, sergent.

– Bon, mais si je comprends bien, les feds veulent que

je lâche l'affaire Stipol en échange de la totale coopération de Vasquez sur les réseaux de drogue ? Ils me prennent pour un mongol !

– Attendez, sergent. Entre le meurtre d'une vieille dame et l'éradication de plusieurs réseaux de drogue, y a pas photo. Ils veulent retirer ce fumier de la circulation. En échange de ce cadeau, ils vont l'obliger à donner ses fournisseurs. Je sais ce que vous ressentez. Mais si on coupe la route de l'héroïne, c'est des dizaines et des dizaines de dealers qu'on met au chômage, et des dizaines et des dizaines de junkies obligés de se mettre à la méthadone s'ils ne trouvent plus leur saloperie. C'est aussi des centaines d'agressions en moins de leur part. Faut calculer.

Les deux hommes se toisent. Mêlée à la satisfaction d'avoir eu raison, Stark ressent une sensation d'écœurement. Ainsi, son intuition était la bonne. Le petit-fils, propre sur lui, avait payé un tueur pour tuer sa grand-mère et toucher plus vite l'assurance vie.

– Je ne sais pas si je vais accepter, murmure-t-il.

Morrison secoue la tête en pinçant les lèvres.

– Vous aurez ce Carlson sur un autre coup. Ce genre de mec n'en reste pas là.

– Vous êtes en train de me dire qu'en le laissant libre on prend le risque qu'il tue encore ?

Morrison hausse ses lourdes épaules.

– C'est pas à vous que j'apprendrai que c'est le premier meurtre qui est le plus dur. Vous pourrez toujours lui faire comprendre que l'on sait et qu'on le quittera pas de l'œil. Le cynisme du flic laisse Stark, pantois. Si Follinger comprend que son client échappera à la chaise si on ne retient pas ce meurtre contre lui, il l'incitera à nous déballer tout ce qu'il sait sur ses fournisseurs. Follinger est peut-être un salaud, mais il est intelligent et pragmatique.

Sonné, Stark fixe le lieutenant en se demandant de quelle manière il pourra s'en sortir. Il n'en voit pas beaucoup. Jamais les fédéraux ou les chefs de la police ne laisseront passer l'occasion de coincer Vasquez. Et avec cette arrestation rocambolesque, le FBI sera encore obligé de le relâcher.

– Il n'est nulle part interdit de se balader en mauvaise compagnie avec cent cinquante mille dollars. La seule carte que l'on peut jouer contre lui est ce meurtre commandité. Ce crime est à la fois son salut et sa perte.

– Je vais réfléchir, grogne-t-il.

– Vasquez sera là demain matin, pour interrogatoire. Je vous invite à venir, sergent. Il faut faire vite, avant que ses fournisseurs prennent peur et se planquent. Dès qu'il nous donne ses contacts, les feds foncent et ratissent.

– J'ai dit que j'allais réfléchir.

– Sergent, avec ou sans vous on négociera avec le Colombien. Restez avec nous.

Sanström et lui revinrent au bureau en faisant la gueule. Stark trouvait déjà la vie moins belle. En tout cas, elle était redevenue telle qu'il la connaissait. Comment avait-il pu imaginer qu'on lui faisait personnellement une fleur ? On le remettait sur l'affaire Vanloo parce qu'elle était casse-gueule. On lui laissait Vasquez parce qu'il était à l'origine de l'affaire Stipol. Chacun, sans vergogne, se servait de lui. Et pourquoi se servait-on ainsi de lui ? Parce qu'il ne comptait plus. Il était le fusible qu'on faisait sauter en cas de problème. Celui qu'on jetait aux chiens.

Ils gagnèrent leur bureau et firent mine de s'intéresser aux affaires courantes. Prudents ou intuitifs, aucun collègue ne les questionna. D'autant que chacun, avec la chasse à Vanloo, avait ses propres préoccupations. Le commissariat bruissait comme une ruche. La photo du jeune tueur diffusée à la télé et dans les journaux apportait son flot de faux renseignements. Tous les flics étaient accrochés à leur téléphone. On les voyait griffonner, se lever précipitamment et revenir un moment après, la mine sombre. Tous savaient que cette initiative auprès de la presse leur coûterait son lot de kilomètres, de planques et de nuits blanches.

La neige tombée dans la journée rendait la circulation plus difficile et ralentissait encore leur action.

Vers huit heures, épuisé, Stark se prépara à partir. Sanström leva la tête de son bloc.

– Tu rentres ? Tu veux venir boire une bière ?

Stark refusa. Il n'avait pas envie de parler, pas envie de laisser voir son dégoût. Sa bière, il la boirait seul chez lui. Comme tout ce qu'il faisait.

– Non, je suis fatigué.

– Tu veux que je te raccompagne ?

– J'ai envie de marcher.

– Avec ce temps ?

Stark fit un geste évasif de la main et enfila son manteau.

– On se voit demain chez Morrison. J'y serai vers neuf heures.

– O.K., répondit Sanström. Tu sais, en fin de compte, on sera quand même pas perdants sur cette histoire. Je rêve de voir la tronche de Follinger en découvrant qu'on est encore sur le coup.

– Ouais. Moi, je rêve de voir la tête de Vasquez avec la piqûre létale dans le bras. Mais faut pas y compter. À demain.

À peine le pied sur le trottoir, il faillit glisser, et jura en remontant son col de manteau. Il n'eut pas la patience d'attendre le bus et partit à pied. Les rues étaient glaciales et sinistres. Les enseignes commerciales encore allumées étaient les seuls signes de vie. Il se fit bousculer par des gens qui cavalaient pour retrouver la chaleur de leur foyer. Il imagina un bref instant la maison d'Alice et elle l'attendant à l'intérieur. Il décida d'aller se saouler chez Pitt.

À cause du temps, le bar était moins rempli que d'habitude. Quelques clients, toujours les mêmes, voulurent l'accrocher au passage, mais il s'en débarrassa hargneusement et se hissa sur son tabouret habituel.

– Un whisky, commanda-t-il.

Pitt le servit en se penchant vers lui.

– Putain, ça bouge dans le coin. T'es sur l'affaire Vanloo ?

Stark acquiesça.

– Tu crois qu'il est où ?

– Si je le savais, je serais pas ici.

– J'espère qu'il s'est cassé au diable ! répondit Pitt, désarçonné par le ton rogue de Stark.

– Pourquoi ? T'as peur qu'il vienne siroter ta bibine ?

– Eh, ils ont passé des photos de ses parents. Bordel, ils avaient l'air drôlement chouettes ! C'est quoi, ce cinglé ? T'as vu l'âge qu'ils ont maintenant, les tueurs ?

Stark vida son verre et fit signe du doigt à Pitt de le remplir.

– Dis donc, t'aurais pas vu un chien traîner par ici ?

– Un chien ? J'ai pas ça dans ma clientèle. T'as perdu ton chien ?

– Laisse tomber.

Il regarda les types accrochés au bar et qui refaisaient le monde. Certains étaient mariés et il se demanda ce qu'ils foutaient là. Peut-être que passer la soirée avec leurs femmes était encore plus emmerdant.

Au-dessus du bar, à gauche, Pitt avait installé un écran télé branché en permanence sur le foot. Stark détestait le foot, et le sport en général. Voir des rangées de mecs hystériques hurler leur déception ou leur joie devant les défaites ou les victoires de leurs équipes préférées ; échanger les vignettes dédicacées de leurs joueurs favoris qui gagnaient en une semaine ce qu'ils gagnaient péniblement en un an, avec des mines réjouies de mômes devant un sapin de Noël ; se taper dessus pour un désaccord de points, le confortait dans l'idée que cette foutue humanité avait vraiment ce qu'elle méritait.

Il se surprit à lancer des coups d'œil vers la porte vitrée, espérant sans se le dire voir entrer le chien.

Vers onze heures, il demanda sa note du mois à Pitt.

– Tu vas te coucher ? s'étonna l'Irlandais.

Stark renonça à lui expliquer que, le lendemain matin, il lui faudrait toute sa tête et son calme pour interroger l'autre pourri.

– Dis donc, t'as sérieusement biberonné cette fois, remarqua Pitt en la lui donnant. Faut qu'j'te soigne, t'es un bon client. Tiens, j't'en remets un !

– Non, c'est bon. Allez, à plus.

Il serra au passage des mains qui voulurent le retenir, mais s'en échappa. La camaraderie des poivrots n'était pas un vain mot. Il se sentait épuisé comme s'il avait couru un marathon.

Le froid le gifla quand il ouvrit la porte. Malgré la neige, les degrés avaient dégringolé et transformé les trottoirs en patinoire. Il glissa une nouvelle fois, jura, et se rattrapa au réverbère.

Le chien était là, qui l'attendait. Droit sur ses pattes, la tête penchée. Stark trouva que son expression avait tout du reproche. Il se sentit sourire.

– Tiens, le chien ! Qu'est-ce que tu fais là ?

Le chien remua légèrement la queue.

– On rentre ?

Et sans attendre une réponse qui ne viendrait pas, Stark se mit en route, le chien sur ses talons. L'un suivant l'autre ils arrivèrent à l'appartement, et Stark sortit une bière pour lui et remplit une écuelle d'eau pour le chien. Ils burent tous les deux, se lançant des coups d'œil comme pour s'assurer que l'autre était bien. Il constata qu'il n'avait plus rien dans ses placards, même pas un paquet de pâtes, cette fois.

– Merde, le chien, y a rien ! Faut pourtant bien qu'on mange.

Stark savait que s'il n'y avait pas eu le chien, il se serait pris une autre bière et fourré au lit sans manger.

– Tu sais quoi ? On va aller bouffer chez le Chinois. Allez, amène-toi !

Il remit son manteau et ils redescendirent chez le Chinois à un bloc de là.

Stark commanda des crevettes et du riz pour lui, du poulet avec du vermicelle pour le chien. Le Chinois qui connaissait bien Stark rigola comme un bossu en les voyant manger tous les deux. Ils étaient les seuls clients et il leur offrit des beignets en dessert.

– Gentil chien, gentil chien, rigola-t-il, le visage plissé comme un parapluie. Lui aimer nourriture chinoise !

Et il rapporta un bol de riz au chien qui l'engloutit sans coup férir.

Stark alluma une cigarette avec son café. Il se sentait repu et détendu. Le chien, allongé à ses pieds, le regardait par-dessous ses sourcils qu'il avait dorés et en forme de demi-lune.

Le Chinois offrit à Stark un alcool de riz et ferma derrière eux.

Ils rentrèrent et le chien se coucha en boule sur le tapis.

– Tu trouves que la maison est bonne, hein, mon gros ?

Dans la nuit, le chien vint se pelotonner contre Stark qui ne broncha pas.

Le lendemain en descendant, ils virent que la ville ressemblait à une station de sports d'hiver, si ce n'était la chaussée déjà transformée en gadoue. Ils prirent leur petit-déjeuner chez Pitt qui les regarda débarquer sans piper, mais écarquilla les yeux en voyant Stark partager ses muffins et ses œufs avec le chien.

– Merde, Stark, c'est le clébard que tu cherchais hier ? D'où il vient ?

– J'sais pas.

– Tu sais pas ? Il est peut-être à quelqu'un...

– Peut-être.

– Ben, tu peux pas le garder !

– J'sais pas. À ce propos, tu pourrais le surveiller ce matin ? Je repasserai tout à l'heure, mais là, j'peux pas le prendre.

– Le surveiller ? Comment ça ?

– Ben, lui donner à boire, le garder au chaud.

– Ici ?

– Ben, pour ce matin.

L'Irlandais regarda Stark avec l'air de se demander s'il n'était pas tombé sur la tête.

– Et qu'est-ce que je vais en faire ?

– Tu le gardes, c'est tout.

– Faut pas l'emmener à l'école ?

Stark soupira.

– Pitt, je t'ai déjà demandé un service ? Tu dis toi-même que je suis un bon client, alors quoi, tu peux pas me faire une fleur ? Je te le reprends tout à l'heure.

– Et après, qu'est-ce tu vas en faire ?

Stark n'y avait pas pensé. Tout ce qu'il voulait, c'était passer du temps avec le chien. Les yeux de ce clébard, c'était comme une soupe chaude pour un mendiant.

Dans la nuit, en le sentant se hisser, il s'était poussé pour lui laisser de la place, et le chien lui avait posé une patte en travers de la poitrine en soupirant d'aise. Stark n'avait plus osé bouger. Il ne se souvenait plus de quand datait pareille sensation de confiance amicale. Il ne savait pas ce qu'il ferait du chien, pas plus qu'il ne savait si le chien reviendrait l'attendre une autre fois. Tout ce qu'il savait, c'était que ce matin, quand il avait ouvert les yeux et rencontré son regard posé sur lui, il lui avait souri.

– O.K., soupira Pitt. Nom de Dieu, si j'avais pensé devenir la nounou d'un clébard !

– Merci, dit Stark en repoussant son assiette et en se levant. T'es sage, toi, dit-il au chien en lui caressant la tête. Il est bourru, Pitt, mais c'est pas un mauvais diable. L'emmerde pas. Je reviens tout à l'heure. Le chien se coucha sous la table et posa sa tête sur sa patte. Tu vois, l'Irlandais, il a tout compris. T'as rien à faire.

– Ouais, grogna Pitt en regagnant son comptoir. J'avais autant besoin d'un clebs que d'un clou dans ma chaussure...

Stark sauta dans un taxi qui passait à deux à l'heure, et lui donna l'adresse du commissariat du 14e.

– Eh, c'est pas tout prêt. Vous êtes pas spécialement pressé ?

– Si.

– Alors, mon pote, faut y aller en patins à glace !

– Avancez et me cassez pas les pieds, lui renvoya Stark qui appréhendait de se retrouver devant Vasquez et Follinger et d'être obligé de composer avec eux.

Mais il était peut-être encore plus furieux de laisser échapper Carlson. Alors c'était pas ce chauffeur de taxi qui allait en plus lui casser les noix par peur de rayer son carrosse.

Du coup, le chauffeur, vexé, passa de deux à un à l'heure, et ils mirent presque quarante minutes pour arriver. Stark lui paya la course sans lui laisser un centime de pourboire, et fila avant d'entendre ses injures.

Le froid avait ravivé sa douleur au genou, puis il s'avisa que cette même douleur était restée étrangement discrète quand il s'était baladé avec le chien. Il en conclut qu'elle n'était pas seulement sensible aux changements de température.

Sanström était déjà là, à siroter un café avec Morrison. Il les rejoignit et accepta la lavasse du poste.

– Ça lave les intestins, rigola Morrison qui semblait aussi joyeux que s'il avait gagné le gros lot.

Stark s'étonnait toujours de rencontrer des flics heureux.

– Vasquez est déjà dans la cage, lui apprit Sanström qui semblait content lui aussi. Follinger lui tient la main.

– Si vous êtes prêts, on y va, proposa Morrison en

écrasant son gobelet. Je sais pas ce que je préfère dans le café, rigola-t-il encore, si c'est de le boire ou m'en débarrasser !

Ils se dirigèrent vers la salle des interrogatoires, suivis des yeux par les autres flics.

Vasquez et Follinger étaient installés sous la garde d'un policier à qui Morrison fit signe de sortir. Il sourit largement à l'avocat.

– Bien, messieurs, dit-il en s'asseyant pendant que Stark et Sanström tiraient des chaises devant la table. Pas besoin de présentation, on se connaît tous. Alberto Vasquez, ici présent, est un habitué. Tout ce qu'on espère, dit-il en fixant le voyou, c'est ne plus voir ici ta sale gueule !

Follinger sursauta, et fit mine d'être indigné.

– Lieutenant, je vous demanderai de bien vouloir rester correct avec M. Vasquez qui, une fois encore, est ici à la suite d'une erreur. À ce propos, dit-il en tirant un document de son éternelle serviette en cuir pleine peau, monogrammée or, je vous ai apporté le double de la requête que j'ai fait parvenir à M. le procureur et qui conteste la validité et la régularité de l'arrestation de M. Vasquez.

– Merci, maître Follinger, dit Morrison en la prenant et en s'asseyant dessus. Follinger eut un haut-le-corps. Mais ce pourri, dit-il en désignant Vasquez du menton, n'est pas là à cause de ça. Il se tourna vers Stark. À vous, sergent.

Stark, en observant le Colombien qui en étalait un maximum, se répéta que le boulot de flic allait devenir de plus en plus dur avec cette nouvelle génération de jeunes tueurs qui pensaient que le monde leur appartenait et qui n'avaient plus peur de la loi.

Au début de sa carrière, les criminels mineurs étaient la minorité. Les flics avaient à faire le plus souvent à des voyous chevronnés. Les jeunes qui entraient dans les gangs étaient d'abord chargés de tâches subalternes. Pour monter les échelons, ils devaient faire leurs preuves comme dans n'importe quelle activité, à moins d'être l'héritier d'un nom. À présent, un type comme ce Vasquez, qui avait tout juste quitté l'âge de jouer aux billes, était à la tête d'un gang de dealers, de violeurs, d'assassins, dont les joues étaient encore recouvertes de duvet.

Vanloo, qui avait massacré trois personnes, n'avait pas dix-huit ans, et Carlson n'en avait pas davantage quand il s'était avisé que sa grand-mère mettait du temps à mourir.

Dans la plupart des écoles, les gosses passaient maintenant entre des portiques de détection des armes à feu. Des bandes d'ados mettaient des quartiers entiers en coupe réglée, tiraient sur les flics et les pompiers, incendiaient les immeubles et les biens, et les dernières statistiques montraient que plus de la moitié des jeunes emprisonnés l'étaient pour viols individuels ou en réunion, sans parler des enfants soldats dont la violence n'était plus à démontrer.

Ou les adultes avaient failli dans l'éducation, et les élèves avaient dépassé les maîtres, ou les nouvelles générations se montraient surdouées.

– T'es content de me retrouver, le Colombien ? commença-t-il en se levant pour se réinstaller à califourchon sur sa chaise, les bras croisés sur le dossier.

Follinger se dressa.

– Je vous avertis que la moindre allusion raciste sera consignée et inscrite dans le rapport d'interrogatoire.

– C'est pas la peine, on a les magnétos en marche, répliqua Stark. Dire que Vasquez est colombien, c'est une insulte pour vous... maître ?

– Vous savez très bien ce que je veux dire, grogna Follinger.

– Bon, alors Vasquez... serait... voyons... suédois. Je dirais : t'es content de me retrouver, le Suédois, ce serait une insulte pour vous... maître ?

– Vous nous faites perdre notre temps. Ce n'est pas la première fois, d'ailleurs. Mon client a été arrêté d'une manière arbitraire par le Bureau fédéral d'investigation et devrait déjà être sorti d'ici avec des excuses, et voilà que vous venez prendre part à la curée. Vous gaspillez l'argent des contribuables !

– Tout doux, maître Follinger, tout doux. J'aime vous entendre vous inquiéter de ce que coûte un salopard comme votre client. On est d'accord là-dessus. Il a déjà trop coûté à cet État.

Follinger ferma sa serviette, se leva et s'adressa à Morrison comme si ni Stark ni Sanström n'avaient existé :

– Je vous demanderai de procéder à l'élargissement de mon client qui portera plainte pour arrestation et détention abusives. D'ores et déjà l'attorney a été saisi de notre plainte.

Vasquez regarda son avocat, sans doute étonné qu'il ne lui ait pas lui-même ôté ses menottes.

– Asseyez-vous, dit Morrison, d'un ton dur. Faire le guignol ne peut impressionner que les bleus qui sortent tout frais de l'École de police. Moi, j'ai déjà assisté à votre cirque, Follinger.

L'avocat lui lança un regard furieux, mais son expérience lui chuchota que, si Morrison lui parlait sur ce ton, c'est qu'il avait des munitions de rab.

– Vasquez, je vais te faire tomber pour le meurtre de Mme Stipol, une vieille dame inoffensive de soixante-quinze ans que tu as massacrée, lâcha Stark d'un ton uni.

Le Colombien se tourna vers son avocat.

– Quoi ! C'est quoi cette connerie ?

Follinger le regarda en fronçant les sourcils, manifestement plus surpris que son client.

– C'est pas une connerie. On a des preuves, répondit Stark.

– Des preuves ? Le voyou ricana. Vous auriez même pas de preuves si je l'avais fait devant vous ! Alors quoi, maître, vous les laissez débloquer sans moufter ? Je vous paye pour quoi ?

Morrison poussa sur la table le cliché pris au restaurant.

– Tu te reconnais ? T'es photogénique. T'es moins tarte qu'en vrai.

– C'est quoi, ça ? éructa le voyou en se saisissant de la photo. J'fais quoi, là ? J'bois un coup ou j'assassine une vioque ?

– Tu bois un coup en préparant l'assassinat d'une vieille dame. Le jeune homme qui est à tes côtés et qui te regarde intensément s'appelle Timothy Carlson et t'a chargé de tuer sa grand-mère. Ça te revient ? grinça Stark.

– Arrêtez le crack ! cracha Vasquez en se tortillant sur sa chaise.

– ... Et pour ça, t'as touché vingt gros billets. Stark regarda Follinger. Même vous, maître, vous n'auriez pas aimé voir dans quel état votre client a mis Mme Stipol.

Follinger ne releva pas et regarda à son tour le cliché. Il ne comprenait pas en quoi cette photo incriminait son client, mais il se sentait inquiet. Aussi tordus qu'ils soient, les flics ne pouvaient pas inventer pareille histoire.

– C'est quoi cette nouveauté ? C'est décidément une manie de sortir les lapins d'un chapeau, sergent. Vous l'avez fait une fois et ça ne vous a pas réussi, si ma mémoire est bonne. Je vous rappelle que mon client n'était pas né lors de l'assassinat de Kennedy, au cas où vous auriez l'intention de l'en accuser.

– Kennedy, c'était trop dur. Plus facile de fracasser le crâne d'une septuagénaire trop confiante.

– Et c'est cette photo, votre preuve ? ricana Follinger. Je ne vois pas de vieille dame.

– Cette photo et un témoin prêt à affirmer devant le tribunal que Vasquez était bien en compagnie de Timothy Carlson dans ce restaurant, quinze jours avant le meurtre de la grand-mère de ce Carlson qui lui a montré sa photo. Dès que Carlson a touché la prime d'assurance vie de sa grand-mère, il a payé Vasquez. Pour ça, on a un autre témoin, mentit-il. Ça vous suffit ?

– L'arme du crime ? demanda Follinger.

– Tout ça sera évoqué au tribunal, monsieur l'avocat. Avec son pedigree, nul doute que les jurés vont lui faire sa fête. Oh, avec un bon défenseur il sauvera peut-être sa tête, qu'en pensez-vous, maître ? Quoique les gens n'aiment pas beaucoup qu'on assassine des vieilles dames. C'est comme les enfants, on a envie de les protéger.

– De quand date cette photo, sergent ?

– Un peu plus d'un an, intervint Morrison.

– Un peu plus d'un an ? Et vous voudriez faire croire au jury qu'un témoin peut affirmer avoir vu ces deux hommes et surtout s'en souvenir ? ricana Follinger. Vous me mésestimez.

– Notre témoin, intervint Stark, a de bonnes raisons de s'en souvenir. Je vous raconte ?

– Je peux parler en tête à tête avec mon client ? demanda Follinger quand Stark eut terminé.

– Naturellement, maître, sourit Morrison.

– Sans magnéto et sans écoute.

– Tout ce que vous voudrez ? Café, thé, pâtisserie ?

– La discrétion me suffira.

– Alors on est à côté.

Les trois flics sortirent, agités de sentiments divers. Morrison semblait ravi de la tournure des événements, mais Stark, à l'opposé, sentait que les huiles l'avaient manipulé pour que Vasquez accepte l'arrangement, et qu'ils allaient réussir.

Deux criminels, Vasquez et Carlson, allaient se retrouver blanchis pour que les fédéraux obtiennent leur victoire. Pourtant, tous savaient que démanteler un réseau revenait à le remplacer aussitôt par un autre. Tant que les planteurs de cannabis et d'opium gagneraient leur vie dans cette culture et que la demande irait croissante, pour chaque prise, chaque trafiquant arrêté, chaque réseau éradiqué, d'autres naîtraient. Ça revenait à vider l'océan à la petite cuillère.

– Ça prend tournure, hein ? dit Morrison en revenant dans son bureau.

– On peut fumer, chez vous ? demanda Stark.

Morrison grimaça.

– C'est très mal vu.

– Alors je sors.

Sanström et Morrison le regardèrent s'éloigner.

– Un bon flic, dit Morrison. Y a longtemps que vous travaillez ensemble ?

– Depuis qu'il s'est pris sa troisième balle. Un peu plus de deux ans.

– Hein, sale truc. Un flic trop souvent blessé prend la trouille ou la rage.

– Ouais..., éluda Sanström. Alors vous croyez qu'ils ont compris ? demanda-t-il en désignant la salle d'interrogatoire du menton.

– Bien sûr. Si Follinger veut sauver la tête de Vasquez il va vouloir négocier. C'est aussi son intérêt. Les voyous ne plaisantent pas avec les échecs. Il y a quelques avocats qui les ont payés de leur vie.

– Ça encourage à bien travailler !

– Ils gagnent du pognon, mais c'est pas pour rien. C'est pour ça qu'ils sont si mauvais.

– Ou si bons.

Stark revint en se frottant les mains.

– Il fait de plus en plus froid, dit-il.

– Pas un temps à mettre un chien dehors, remarqua Sanström.

Stark lui lança un regard amusé.

– Ben quoi ? dit Sanström.

– Rien. Vous savez où on est mal ? dit-il à Morrison. On n'a pas retrouvé l'arme du crime.

– C'est vrai, répliqua Morrison. Mais on a aussi bien. Des cheveux sur le corps de Mme Stipol et une empreinte de pouce sur sa manche. J'ai vérifié, sergent, détendez-vous. Les cheveux, l'empreinte : Vasquez.

– J'avais consulté les fichiers, objecta Stark, rien n'était apparu.

– Parce que Vasquez, à cette époque, n'était pas fiché. Il l'a été seulement lorsque vous l'avez arrêté. Ça aura au moins servi à ça. On avait ses empreintes, mais dans le fichier de l'immigration. Et là, personne n'y était allé.

Stark laissa fuser de l'air entre ses dents et jeta un coup d'œil à Sanström qui sourit.

– Tu vois, rien n'est inutile dans la vie. Même les conneries.

Follinger apparut dans le couloir.

– Nous sommes à votre disposition, messieurs.

Ils entrèrent dans la salle et reprirent leurs places respectives.

Vasquez, le visage fermé, gardait obstinément les yeux baissés. Sa bouche était tordue par une grimace de dégoût. Ses poings serrés reposaient sur la table et une de ses jambes s'agitait convulsivement. Toute son attitude indiquait une haine brutale dirigée contre ceux qui se trouvaient là.

– Alors, que vous êtes-vous dit ? sourit Morrison, ironique.

– D'abord, je veux avoir toutes les pièces de l'accusation pour préparer ma défense, commença Follinger. Vous ne nous avez pas convaincus.

Morrison fronça les sourcils.

– Ces pièces sont pour l'instant sur le bureau du procureur. Vous les aurez avec l'acte d'accusation dès qu'il sera établi. On dirait que vous débutez, maître, poursuivit Morrison d'un ton joyeux.

– Je veux être mis en présence de vos témoins. Et nous contestons la validité de l'arrestation de M. Vasquez.

– Bien sûr, aussitôt que le substitut aura bouclé le dossier, je vous le promets. En ce qui concerne l'arrestation, il va nous suffire d'arrêter votre client avec un mandat en bonne et due forme, compte tenu des preuves retenues. Considérez, maître, que votre client vient d'être officiellement interpellé. Dès son inculpation et sa mise sous écrou que je me propose d'effectuer dans les minutes qui viennent, votre client sera ramené dans sa cellule, puis présenté au grand jury pour le meurtre de Mara Stipol. Maintenant, si vous voulez nous faire perdre notre temps, je le relâche, et à peine il sera sorti du commissariat, je l'arrête.

– J'ai parlé avec mon client, commença Follinger d'un ton moins assuré. Il dit être totalement innocent de ce dont on l'accuse. Il ne connaît pas de Carlson, et même si une photo le montre en sa compagnie, n'importe quel étudiant en première année de droit prouvera que l'on peut parfaitement boire avec quelqu'un sans pour autant être accusé d'avoir tué sa grand-mère. Mais mon client en a assez d'être arrêté à chaque fois qu'un chien se fait écraser, aussi nous allons attendre la lecture de l'acte d'accusation et ce que vous proposez.

– C'est une sage décision, lui répondit Morrison avec son même sourire crispant. Pour aller vite, l'acte d'accusation retiendra le meurtre avec préméditation de Mara Stipol, sans mentionner les innombrables crimes et délits de votre client qui vont du trafic de drogue au racket, en passant par le crime organisé et le proxénétisme, puisqu'il n'est pas là pour ça. Mais ce crime, à mon sens, suffira à envoyer errer pendant plusieurs décennies dans le couloir de la mort ce digne représentant de la Colombie, en attendant son inévitable exécution. Vous me direz qu'on ne peut mourir qu'une fois. Bien sûr, les choses pourraient être envisagées autrement si Vasquez collaborait.

– Vous parlez aussi bien qu'un avocat, grinça Follinger.

– Merci, encore qu'à la différence, ce que je dis est vrai, sourit largement Morrison.

– Qu'est-ce que vous proposez ?

Morrison eut un coup d'œil vers Stark, qui ne quittait pas le Colombien des yeux.

– Nous pouvons parler au procureur et lui demander de reconsidérer le meurtre au premier degré avec préméditation.

– Contre quoi ?

– Votre client nous livre ses réseaux de fournisseurs de drogue et ses revendeurs. Nous éloignons la piqûre fatale. Prison à vie.

– Vous voulez ma mort ! cracha Vasquez.

– Ça ne me déplairait pas, grinça Morrison.

– Si mon client accepte de coopérer avec les fédéraux, nous voulons homicide involontaire. Cinq ans. Incarcération dans une prison fédérale.

– On peut toujours rêver, maître. Si votre client fait la mauvaise tête, Carlson, lui, parlera, pour sauver la sienne, et à ce moment-là on ne pourra plus rien faire pour celui-ci. C'est le premier qui parle qui gagne le lot.

Un long silence s'installa, suivi d'une explosion, celle de la rage du Colombien qui se leva brusquement. Il renversa la table, se précipita comme un fou sur la porte qu'il ouvrit à la volée malgré ses mains enchaînées, se rua sur le flic le plus proche, lui arracha l'arme de l'étui et la pointa sur sa tête en hurlant :

– Le premier qui pète, je fais sauter la tête de ce pourri !

Des flics et des truands présents, ce furent les seconds qui réagirent le plus vite. L'un d'eux se leva en riant comme un bossu et se dirigea vers le Colombien en ouvrant grand ses bras dans un geste amical.

Vasquez lui logea dans la poitrine une balle qui le fit hoqueter avant qu'il s'affale mort entre les bureaux.

Le bruit assourdissant de la détonation les secoua tous.

– Fumier ! rugit un voyou tatoué de la tête aux pieds qui sauta de sa chaise mais resta prudemment sur place.

Vasquez agita son arme dans sa direction et le type se rassit précipitamment. Un policier se pencha vers son tiroir dans l'évidente intention de s'emparer de son pistolet. Vasquez tira sur lui, le manquant d'un cheveu, mais fit exploser le téléphone sur la table.

On entendit dans les escaliers des cavalcades suivies de cris et de jurons.

Stark, Morrison et Sanström, qui s'étaient rués derrière leur prisonnier au moment où il s'enfuyait, s'immobilisèrent à la porte de la salle d'interrogatoire, leur pistolet au poing. Vasquez retourna son arme vers eux sans lâcher son otage.

– Virez vos armes ! hurla-t-il. Putain, virez-les !

Il semblait avoir perdu la raison. La salive lui coulait au coin de la bouche et ses yeux fous balayaient l'espace. Sa main armée tremblait, et tous pouvaient voir son index crispé sur la détente.

– Putain, ouvrez-moi ces foutues menottes ! hurla-t-il encore.

– Mon pote, j'peux t'aider, proposa un junkie noir comme du charbon en exhibant une double rangée de dents.

– Bouge pas, connard ! cria Vasquez en le visant. Il recolla le canon de son arme sur la tempe de son prisonnier. Détache-moi !

– J'ai pas les clés, murmura le flic étranglé de peur.

– T'as pas les clés ? Putain !

Il pointa son arme sur les flics et tous se recroquevillèrent.

Derrière lui apparurent deux policiers, fusils braqués. Il les sentit plus qu'il ne les vit et s'adossa à un pilier en se protégeant derrière son otage.

– Barrez-vous, bande de fumiers ! brama-t-il sans les regarder. Barrez-vous ou je lui fais éclater la tête !

Indécis, les flics regardèrent Morrison qui, d'un geste, leur ordonna de s'éloigner.

– Posez vos putains d'armes, bande de pourris ! hurla encore Vasquez à Stark et aux deux autres.

Sanström obéit le premier, suivi de Morrison et de Stark. Ils les déposèrent à terre comme des œufs crus.

– Poussez-les du pied ! leur cria le tueur. Puis il dirigea son arme contre le flic le plus proche. Dégotte-moi les clés de ces putains de menottes. T'as trois secondes...

Le flic se leva lentement.

– Un ! hurla Vasquez.

Le flic s'approcha et eut juste le temps d'ouvrir les menottes avant de recevoir sur la tête un coup de crosse qui l'assomma. Le Colombien recolla le canon de son arme contre la tempe de son prisonnier.

– Je sors et je prends une voiture. J'emmène avec moi ce salopard et mon putain d'avocat ! Où il est ? cria-t-il.

Morrison regarda derrière lui. Follinger était resté pétrifié à l'intérieur.

– Il est là !

– Qu'il s'amène ! Trois secondes...

– Allez-y, encouragea Morrison.

Follinger, qui ne bougeait pas, secoua énergiquement la tête.

– Vous plaisantez ! haleta-t-il. Ce cinglé va me descendre.

Morrison eut un bon sourire.

– Me faites pas rêver.

Stark gloussa.

– Ton avocat ne veut pas venir !

– Deux ! hurla Vasquez en enfonçant son pistolet dans la tête de son prisonnier qui se mit à gémir et à supplier.

Stark attrapa l'avocat par le bras et le traîna dehors malgré sa résistance.

– Je te l'échange contre le flic, cria-t-il.

– Amène-le !

Un ou deux flics voulurent profiter de l'instant de flottement pour porter la main à leur arme, mais Vasquez tira au hasard et ils s'immobilisèrent.

Poussant Follinger, Stark avança vers Vasquez.

– Arrête-toi, poulet ! amène-toi, cria le tueur à son avocat.

Celui-ci secoua la tête d'un air affolé.

– Pourquoi voulez-vous que j'aille avec vous ? piailla-t-il.

Vasquez le visa.

– Trois ! hurla-t-il.

Stark le projeta en avant.

Vasquez le rattrapa au vol tandis que le flic libéré s'affaissait sur le sol. Il colla son arme sur la nuque de l'avocat et recula vers la sortie. Dans le couloir, les flics s'étaient massés pour lui bloquer la route.

– Dégagez, bande d'ordures !

Il tira dans leur direction mais la balle alla se perdre dans le mur. Cela suffit cependant à faire débander les flics qui s'écartèrent.

Vasquez, entraînant Follinger qui n'avait même plus le courage de se débattre, dégringola les escaliers qui menaient à la rue, indifférent aux gens qui s'étaient arrêtés et regardaient la scène comme dans une salle de cinéma.

Il ouvrit la portière passager d'une voiture de flic garée là, balança l'avocat à l'intérieur, fit le tour en tirant plusieurs coups de feu qui firent hurler les spectateurs qui se dispersèrent, s'engouffra à la place du conducteur, démarra en trombe en redressant de justesse la voiture qui partait en embardée sur la glace et disparut dans la circulation laborieuse de ce début de matinée.

Dix secondes plus tard, les portes du poste s'ouvrirent à la volée devant une escouade de flics vociférants qui se précipitèrent dans leurs véhicules. Mais Vasquez avait tiré dans les pneus des voitures en stationnement, et au bout d'une vingtaine de mètres les voitures s'affaissèrent. Fous de rage, les flics en sortirent et bottèrent leurs pneus comme le font tous les mâles depuis l'invention du moteur à explosion.

Entre la chaussée glissante, les voitures engluées au milieu des badauds affolés, leurs chauffeurs qui, ignorant ce qui s'était passé, klaxonnaient comme des perdus et injuriaient les flics qui répondaient à leurs insultes par des menaces, le chaos avait pris possession de la rue.

À l'intérieur du poste, les policiers tentaient de reprendre en main leur autorité, et les voyous qui se trouvaient là furent jetés dans les cages grillagées malgré leurs protestations et leurs injures.

Stark, harassé, se laissa tomber sur une chaise et regarda d'un œil morne la folie qui régnait pendant que des policiers évacuaient vers l'infirmerie les collègues blessés. Le flic pris en otage, encore sous le choc, pleurait comme un enfant. Sanström se réfugia près de son chef.

Morrison et deux ou trois de ses hommes étaient déjà accrochés au téléphone. Ils hurlaient l'immatriculation de la voiture volée et sa probable destination, et tentaient de mettre en place des barrages, ce qui, avec les embouteillages de ce matin-là, relevait de la gageure. Et comme pour se tourner un peu plus du côté des truands, la neige se mit à tomber à gros flocons serrés, réduisant en quelques minutes la visibilité à moins d'un mètre.

Les flics rentrèrent en se secouant et en jurant pendant qu'on entendait à l'extérieur les véhicules de dépannage dégager les voitures des flics immobilisées et les klaxons accompagner les engueulades des premiers constats.

Certains conducteurs naïfs voulurent entrer chez les flics pour expliquer leurs déboires. Ils furent refoulés sans ménagement par des policiers verts de rage et d'humiliation.

– Qu'est-ce qui s'est passé ? marmonna Sanström qui regardait le manège d'un air ahuri comme quelqu'un qui se réveille.

– L'évasion d'un dangereux repris de justice accompagné d'un otage, répondit Stark, sarcastique. « Ce matin, alors qu'il était interrogé en présence de son avocat par trois policiers, et ici on donne les noms et les grades, Vasquez y Reseda recherché pour de nombreux crimes s'est échappé du commissariat après s'être emparé de l'arme d'un policier dont il s'est servi comme bouclier humain. Maître de la situation, il a exigé que son avocat l'accompagne dans sa fuite à bord d'une voiture de police volée. Des barrages ont été immédiatement mis en place avec le résultat que l'on sait puisque le dangereux criminel n'a pas été retrouvé. On imagine sans peine la confusion de notre police et principalement celle des trois policiers susnommés qui n'ont pu qu'assister impuissants à l'évasion du malfaiteur. »

– Qu'est-ce que tu racontes ? s'effara Sanström.

– Je te lis l'article qui paraîtra ce soir dans les principaux journaux.

– Ils vont donner nos noms ?

– Ils vont se gêner.

Morrison, qui avait perdu son éternel sourire, se pointa. Il les regarda un long moment sans parler.

– Oui, lieutenant ? demanda Stark aimablement.

– Les feds vont débarquer d'une minute à l'autre, dit-il d'une voix blanche.

– Ah bon ? J'ai pas envie de les voir, je vous enverrai mon rapport, lieutenant. Moi et Sanström on se casse. On a assez fait les guignols pour aujourd'hui. Saluez-les de ma part. Maintenant ils ont une bonne raison de courir après Vasquez et ils n'auront pas besoin que je me couche pour le faire cracher.

– Ce fils de pute est une ordure de bordel d'enfoiré ! gronda Morrison dont le teint coloré avait viré au blanc de la craie.

– Vous parlez de Vasquez ? Voyez, lieutenant, de mon temps, quand on voulait obtenir des renseignements de ce genre de client, on ne négociait pas avec son avocat cousu d'or. On se le prenait à deux ou trois dans un coin et on ressortait très vite avec la liste du bottin criminel. On gagnait du temps car chacun connaissait sa partition.

– Vous croyez que je pense autrement ? cracha Morrison, les mâchoires serrées. Si ça ne tenait qu'à moi j'aurais les noms et les adresses de tous ces fumiers de trafiquants avant même que Vasquez ait éternué !

– Bah, faut vivre avec son temps... Au plaisir de se revoir, dit Stark en lui tendant la main. J'ai pas envie de vous voir aux prises avec ces empaillés du FBI.

– On n'a pas dit notre dernier mot, Stark, ragea Morrison. Restez sur le coup !

– Je reste sur tous les coups, mais je m'use. À plus.

Il sortit, suivi de Sanström qui ne s'était visiblement pas remis de ce qui venait de se passer. La neige tombait maintenant en rideaux épais et ils furent vite transformés en bonhommes de neige. Stark balança la première boule sur Sanström qui ouvrit des yeux ronds et la bouche en même temps et eut ainsi loisir de la déguster.

Stark éclata de rire. Il espérait que le chien ne s'était pas sauvé ou que ce salaud de Pitt ne l'avait pas foutu dehors. Il leva la tête vers le ciel pour avaler les flocons glacés.

Je quitte Brockard que j'ai retrouvé à sa place habituelle. Il est locataire d'une baraque, près de la cafétéria, que les gérants lui laissent contre de menus travaux.

C'est un bossu, presque un nain. Il gagne sa vie grâce à ses talents de faussaire et aux relations qu'il a nouées avec des administrations de qui il obtient, contre je ne sais quels services, des exemplaires vierges d'à peu près n'importe quoi. Pour cette raison il est cher, mais ses faux papiers sont mieux que des vrais.

Quand je l'ai connu, je n'avais pas un sou, mais il a été impressionné par ce qu'il avait lu sur moi dans les journaux et compris que je deviendrais quelqu'un. Il m'a fait crédit et, depuis, je l'ai remboursé avec des intérêts.

Mes nouveaux papiers m'ont coûté cinq mille dollars et je m'appelle John Fitzroy. J'ai une carte de Sécurité sociale et un contrat de travail. Il m'a rempli des feuilles de paie de courtier en assurances. C'est moi qui lui ai demandé. Ça m'a amusé de me donner le même métier que mon père. Du coup, je me suis demandé comment il avait vécu la mort de ma mère et de son petit ami. Ça lui a peut-être fait plaisir. A-t-il réalisé qu'il aurait pu être à sa place ? Faux. Parce que si Petrovic n'avait pas existé, rien ne se serait passé. Je me suis aussi demandé ce que j'aurais fait si les deux gosses avaient été là. Je n'en saurai jamais rien.

J'ouvre ma porte et regarde, dégoûté, autour de moi. Heureusement, j'ai mes papiers en poche et je vais pouvoir recommencer une nouvelle vie. Je me suis fait photographier avec des lunettes à épaisse monture et des gencives en caoutchouc que j'ai achetées chez un marchand de farces et attrapes, ce qui modifie complètement ma physionomie. Mes cheveux ont un peu repoussé et je ne quitte pas ma casquette de base-ball.

Je m'assois sur le lit et frissonne de froid. J'ai acheté un poêle à mazout qui empuantit l'air et j'ai le choix entre crever de froid ou d'asphyxie.

Je m'allonge pour réfléchir et rabats la couverture sur moi. La flotte et le vent secouent la caravane, j'ai l'impression d'être dans une barque au milieu de la tempête.

La semaine dernière, j'ai lu le récit de l'évasion de Vasquez. Il est en cavale et, par conséquent, beaucoup plus vulnérable. Ses hommes doivent espérer un nouveau chef. C'est le moment de se pointer. Je suis optimiste. Je veux tout, tout de suite. Si tu ne prends pas, t'as rien. J'ai compris ça très jeune.

J'ai tué ma mère parce qu'elle m'a trompé. Elle a quitté mon père par pur égoïsme et détruit l'équilibre de notre famille. Puis elle s'est choisi un homme en se moquant de mes sentiments. Et quand elle a jugé que je la gênais elle m'a collé en pension. En faisant ce que j'ai fait, je me suis rendu justice.

Tuer son mec m'a procuré un certain plaisir. Pas celui dont parlent les psychopathes, ces tarés qui décrivent leurs sensations dans des livres ou des interviews, non. Le plaisir d'avoir fait ce que je devais. Je sais que je ne serai pas compris, tuer un parent est tabou. Il faut les respecter, les honorer. Je ne demande pas mieux, à condition que l'on me respecte aussi.

Je ne suis pas un psychopathe. Ils me dégoûtent comme tout le monde quand ils expliquent que le plaisir de tuer vient après le premier meurtre qui est le plus difficile. Thomas Thorpe, qui en avait une vingtaine à son actif au moment de son arrestation, racontait que la première fois qu'il avait tué, il avait vomi toute la nuit. Mais il faut dire qu'il l'avait passée avec le cadavre de sa victime qu'il avait violée de toutes les façons imaginables, avant de lui couper les seins et le sexe. Qu'est-ce que ça à voir avec moi ?

Je ne peux nier avoir ressenti une sorte de frisson en tuant la chatte, le cabot, et ensuite Jonas. Pour Jonas, le frisson n'est pas arrivé tout de suite, d'ailleurs. C'est en revivant la scène. Si j'ai tué ma mère, c'est parce qu'elle a failli à son rôle. On lapide les femmes adultères dans certains pays. Alors celles qui abandonnent leurs enfants !

Et ce monde qui veut donner des leçons. Qui appartient à une poignée d'hommes que les autres servent. Un monde hypocrite et sans avenir, sans espoir ni intérêt. Un monde d'hommes aux nuques courbées comme mon père, qui aiment leurs vies médiocres et aussi identiques que des photocopies.

Je pense souvent à ma mère.

Quand je suis arrivé devant sa chambre, je suis resté un moment sans bouger. J'ai écouté, et tout à coup j'ai réalisé qu'elle faisait l'amour avec ce Petrovic, dans le lit de MON père ! Ça m'a rendu fou. Pour lui. Pour nous !

Je suis entré et j'ai vu Petrovic qui était dessus, et ce crétin, en me voyant débarquer, m'a reconnu à cause de cette saloperie de lune, alors je lui ai sauté sur le dos, et ce salopard s'est laissé tomber par terre en piaillant comme un cochon qu'on égorge, et ça m'a tellement dégoûté que je n'ai pas pu me retenir et je l'ai frappé de toutes mes forces, à ne plus pouvoir lever le bras. Mon couteau s'enfonçait toujours plus loin et plus fort, et j'ai ravagé sa gueule détestée, et ma mère hurlait et me regardait avec des yeux fous. Des yeux qui me JUGEAIENT !

Alors je ne sais pas ce qui s'est passé, mais je me suis

jeté sur elle et j'ai recommencé à frapper. Mon couteau se levait et s'abaissait et je voulais qu'elle ferme les yeux, qu'elle ne me regarde plus, qu'elle arrête de hurler, mais le poignard frappait toujours, et elle ne cherchait pas à se défendre, elle se contentait de hurler en me regardant, et je ne sais pas quand j'ai arrêté, je ne me souviens plus si, enfin, elle a fermé les yeux... parce que je me suis retrouvé dans la rue. La pluie tombait à torrents, j'ai couru comme un dératé et dans les ruisseaux coulaient des litres de sang.

Je me suis réveillé dans un chantier derrière une station-service d'où j'entendais les voitures s'arrêter et démarrer et une musique si forte que, même là où j'étais, elle m'assourdissait. J'étais couvert de sang, je ne comprenais pas d'où il venait et j'ai cru m'être blessé.

Et puis tout m'est revenu et j'ai été saisi d'une terreur effroyable. Je me suis extrait comme j'ai pu de la boue où j'étais enfoncé comme dans un tombeau. J'avais si soif que j'avalais la pluie qui me dégringolait dessus.

Il pleut autant aujourd'hui et j'enlève mes lunettes et mes gencives qui me gênent. Je suis transi et, bien que je sois à l'abri, j'ai l'impression de baigner dans l'eau. Je dois quitter ce trou. Ma place n'est pas ici.

Les trois braillards d'à côté sont partis tôt ce matin. Ils ont fait assez de chambard pour que je les entende. La fille doit être là, peut-être que sa caravane est mieux chauffée.

J'enfile mon blouson, ouvre ma porte et sors en courant. Le temps de frapper à la sienne et je suis trempé. Elle met du temps à ouvrir comme si elle venait de l'autre bout d'un grand appartement.

– Ouais ?

Elle est en robe de chambre, à peine coiffée, et me regarde avec indifférence.

– Salut, je suis votre voisin... Je me demandais si on pourrait pas boire un café ensemble...

Elle hoche la tête.

– Ben, j'en ai plus.

– Moi, si. Je vais en chercher ?
Elle hausse les épaules.
– Attendez, je reviens.
Je fais le chemin en sens inverse et dégotte un pot de café soluble dans le placard. Entre-temps elle a refermé sa porte et je dois frapper deux fois avant qu'elle m'ouvre.
Elle n'a pas changé de look, ne s'est pas coiffée, et son peignoir en satin rose s'entrouvre sans qu'elle cherche à le refermer.
– Voilà, ça va nous réchauffer.
Comme elle ne fait pas mine de bouger, je trouve une casserole dont l'état me tire une grimace et mets de l'eau à chauffer. Elle s'est rallongée sur la couchette dont les draps ne sont pas tirés.
– Vous vivez à quatre ici ? demandé-je, histoire de dire quelque chose.
– Ouais, mon copain et moi on dort ici, et mes frères à côté.
– Je les ai entendus partir ce matin et je me suis dit que vous aimeriez peut-être un peu de compagnie...
Elle hausse les épaules et allume une cigarette.
– C'est dangereux pour la santé de fumer, je lui dis en souriant. Ah, j'ai trouvé des tasses. Je lui en tends une. Vous voulez du sucre ?
– Y en a plus.
– Tant pis, on s'en passera.
Le café est infect et je vide ma tasse dans l'évier.
– C'est pas ce que je fais de mieux.
Elle continue de fumer en silence. Elle a relevé ses genoux vers son ventre et m'observe d'une drôle de façon.
– Qu'est-ce tu fais dans la vie ? demande-t-elle en écrasant sa cigarette dans sa tasse.
– Je me débrouille, comme tout le monde.
– T'es déjà venu ? Je connais ta tête.
– Oui...
Elle n'était pas là lors de mon premier passage. Si elle

me reconnaît, c'est qu'elle m'a vu dans les journaux. Elle me regarde comme quelqu'un qui cherche à se souvenir. Je me lève et jette un coup d'œil dehors.

– Ça ne va pas s'arranger, le temps, avec ce qui arrive là-bas...

Je me retourne en souriant. Elle me regarde toujours mais son expression a changé. Elle se redresse et arrange sa robe de chambre.

– Merci pour le café. Faut que j'm'habille, j'voudrais pas que mon copain me trouve dans cette tenue avec toi.

– Il revient quand ?

– Il est juste parti faire une course à la cafét avec mes frangins. Ils sont à côté.

Je comprends qu'elle m'a reconnu.

– Ah, alors effectivement, vaut mieux que tu t'habilles... il pourrait croire des choses...

Je lui tends ma main qu'elle prend en hésitant. Je la tire brutalement vers moi et, en même temps, je m'empare d'un couteau de cuisine qui traînait dans l'évier, et le lui plonge dans le ventre.

Elle ouvre la bouche dans un cri muet et s'agrippe à mes épaules des deux mains. J'appuie davantage en tournant pendant que ses yeux s'écarquillent démesurément. Je m'écarte pour éviter les éclaboussures et elle est déjà morte quand elle glisse sur le sol.

Je souffle comme un bœuf et la contemple d'un œil hébété. Je n'avais pas prévu ça. Je voulais juste prendre un café.

Affolé, j'ai la présence d'esprit d'essuyer tout ce que j'ai pu toucher. Je lave les tasses et reprends mon pot de café sans cesser de surveiller l'extérieur. Ça m'étonnerait que les types soient dans le coin, mais on ne sait jamais.

J'ouvre la porte et regarde dehors. La pluie qui tombe à seaux a enfermé tout le monde chez soi.

Je cours vers ma caravane en glissant dans la boue. Je me maudis de mon imprudence. Je n'éprouve pas de remords parce que, compte tenu de la vie que devait mener cette fille, sa mort est plutôt pour elle une délivrance. Comme l'overdose pour l'Aristo. Elle serait devenue une pute si elle ne l'était déjà. Exploitée par son mec et peut-être par ses frères. Amen.

J'emballe rapidement mes affaires, de toute manière je devais m'en aller. Je mets mes gencives et les lunettes. Il faudra que je m'y habitue, ma tête est trop connue, même dans le fin fond de cette cambrousse avec une population aussi paumée.

J'attrape mon sac et enfonce ma casquette sur la tête. J'ignore à quelle heure s'arrêtent les cars devant la cafétéria. Je n'ai pas envie de tomber sur le trio infernal. Mais pourquoi penseraient-ils que c'est moi qui ai zigouillé leur sœur et copine ?

Je réponds : Parce que j'aurai disparu. Décidément, ce monde m'emmerde. Mon destin n'est pas de fuir comme un lapin, mais de vivre à ma façon. Est-ce trop demander ? Pourquoi faut-il que les gens se collent dans mes pattes ?

– JE VOUDRAIS une chambre.

L'employé, assis derrière le comptoir en contrebas de presque un mètre, relève à peine la tête de son journal de cul.

– Trente dollars payés d'avance.

Je fais glisser les billets en dissimulant mon visage, mais le gars dont je n'aperçois que les cheveux filasse collés au crâne me tend la clé sans me regarder.

– La quatre, au premier, marmonne-t-il.

Je monte l'escalier étroit et manque tomber en me prenant le pied dans le tapis décloué. Le couloir sent le chou et autre chose qui provient des toilettes dont la porte est restée ouverte. Je trouve la quatre, et ouvre.

La chambre ne trahit pas l'hôtel minable que je me suis choisi. Elle est moitié moins grande que la caravane. Une ampoule nue pend du plafond. Une commode déglinguée, un lit étroit recouvert d'un couvre-lit taché, une chaise et un lavabo fêlé la meublent.

Je pose mon sac sur la commode et fronce le nez. Je n'ai jamais senti l'odeur des punaises mais je la reconnais. Sur le mur, au-dessus du lavabo, cavale un cafard long et gras comme la moitié d'un pouce. Surpris par la lumière, il s'enfonce derrière un tuyau.

Je grimace de dégoût mais, épuisé, je m'allonge tout habillé sur le lit en éteignant la lumière. De l'autre côté de la fenêtre, l'enseigne en néon rouge d'un bar ensanglante les rideaux.

J'ai tellement tourné, marché, changé de car, de direction, véhiculé par des conducteurs complaisants, que j'ai fini par atterrir dans ce trou inconnu et lamentablement sinistre après un dernier parcours que j'ai effectué assis entre cinq moutons qu'on menait à l'abattoir.

J'ai peur que ma bonne étoile m'abandonne, et je repasse dans ma tête l'histoire de la veille. Je cherche à me rappeler si j'ai bien effacé toutes les traces derrière moi. Je refais mes gestes. Pourquoi cette pauvre conne m'a-t-elle reconnu ? Machinalement, je pose la main sur mon poignard. Et un spasme de terreur me tord le ventre. Le couteau de cuisine ? Ai-je essuyé le couteau ? Je ne me rappelle pas. Et soudain je comprends que ce détail m'a échappé. La fille est tombée dessus en glissant sur le sol. Il est resté fiché dans son ventre.

Je me lève d'un bond et vais vomir dans le lavabo. Puis, en grelottant, je me recouche. Se pourrait-il que ma route s'arrête dans ce taudis ? Je mets du temps à me calmer. Au fond, quelle importance qu'on me reconnaisse coupable de ce dernier crime ? Je suis traqué par la police de plusieurs États. Ils ne me tueront qu'une fois.

Et puis j'ai lu que la plupart des criminels les plus recherchés du pays l'étaient depuis des années. Il faudrait de la chance aux flics pour les coincer. Ces types sont malins et le pays est grand. Mais je dois me montrer plus prudent.

Le problème, c'est qu'il ne me reste plus beaucoup d'argent, et je ne vois pas comment en trouver. Je gamberge à mort et, au bout d'un moment, j'arrive à la seule solution qui me paraît valable : je vais retourner chez moi, là où on me connaît, là ou l'on va m'aider. Vasquez sera sûrement flatté, cette fois, de travailler avec moi. Je suis réputé être dangereux. Un mec que rien n'arrête. Lui aussi a besoin de se refaire une santé.

L'hôtel doit être vide car je n'entends pas un bruit

malgré la minceur des murs. Seule la pluie qui s'obstine tambourine sans se lasser. Mon pantalon est mouillé mais je n'ai pas envie de me déshabiller dans ce cloaque. Je n'ai pas mangé depuis ce matin mais je n'ai pas faim.

Je me demande combien de temps vont mettre les flics à faire le lien entre moi et la fille. Au camping, je n'ai fréquenté ni parlé à personne. Pour faire mes courses à la cafét, j'attendais qu'il y ait du monde. Je suis juste resté le temps que Brockard me fasse mes papiers, et ce n'est pas lui qui parlera. Ni le gérant du camping qui a l'habitude de ne rien voir. Et la pluie qui s'abat sans discontinuer a enfermé les gens chez eux. Bonne chose.

Je tombe de fatigue mais le sommeil me fuit. Je vais rester quelque temps dans ce bouge où on ne me demande rien. Qui aura l'idée de me chercher dans ce cloaque pour paumés en phase terminale ?

– BEN, d'où sort ce chien ? s'exclame Sanström.

Stark relève la tête de son écran. Le chien, planté à deux mètres de son bureau, le fixe d'un œil mi-inquiet, mi-impatient.

Les flics du poste ont les yeux tournés vers lui, se demandant sans doute d'où sort ce clébard tranquille qui semble attendre qu'on s'intéresse à lui.

Gêné et surpris, Stark se lève et fait le tour de son bureau.

– Hé, patron, lance Sipovich, j'ai l'impression que ce chien veut te parler. Il vient peut-être déposer plainte !

Des rires fusent qui ne troublent pas l'immobilité du chien.

– Je le connais, dit Stark en pinçant les lèvres.

– Tu le connais d'où ? s'effare Sanström dont l'incident accentue l'air ahuri.

À présent, tout le poste attend la suite. Un chien égaré aurait été viré, mais ce chien-là est différent. Il n'est pas là par hasard, la preuve, le sergent le connaît. Celui-ci s'approche, hésitant devant ses hommes à s'adresser au chien, se surprenant à vouloir le faire, se demandant s'il ne perd pas la boule.

Sipovich, rigolard, s'accroupit, un bloc à la main. Les flics ne sont pas mécontents de cette interruption incongrue qui les distrait des heures passées à rechercher deux salopards dont personne ne retrouve la trace comme si la terre s'était ouverte pour les engloutir.

– Quels sont vos nom et prénom ? demande Sipo d'un air sérieux au chien.

– Laisse tomber, grogne Stark, gêné.

Il tapote la tête du chien et lance à la cantonade pour se donner une contenance :

– Il est six heures, on a encore deux heures de boulot avant la relève, allez !

Les flics protestent pour la forme et retournent à leurs activités. Belley, qui participe à un congrès, est absent pour deux jours. Stark assure le commandement pendant ce temps.

– Qu'est-ce qu'il veut ce chien ? reprend Sanström alors que Sipovich lui flatte la tête.

Mais le chien n'a d'yeux que pour Stark.

– Je ne sais pas, répond Stark, je ne sais même pas comment il est arrivé ici.

– Parce que ?

– Parce qu'on s'est rencontrés près de chez Pitt, et...

Sipo laisse fuser un rire.

– Vous vous êtes rencontrés près de chez Pitt et vous avez bu un coup ensemble ?

Stark se sent rougir.

– Bon, ça va. Et toi, dit-il en s'adressant au chien, qu'est-ce que tu fous là ?

Le chien fait le tour du bureau et se couche dessous, sa tête ornée de ses sourcils dorés posée sur ses pattes, les yeux levés sur Stark.

À ce moment, du fond de la salle, le détective Morgan, un Black de plus de cent vingt kilos, champion de l'absentéisme à cause de ses cinq gosses, agite la main en direction de Stark.

– Patron, patron, on a retrouvé Follinger !

– Follinger ! Où donc ? Vivant ?

– Vivant. Il a appelé Morrison du 14e, c'est lui qui est en ligne.

Stark se précipite.

– Allô, lieutenant ? Stark, à l'appareil. Vous avez retrouvé l'avocat ? Relâché sur la route ? Quand ? Aujourd'hui ? Il sait pourquoi Vasquez l'a enlevé ? Pour l'obliger à le défendre ? Non, mais il se fout de nous ! Comment ? Vasquez veut se rendre et discuter ? De quoi ? Du meurtre de la grand-mère de Carlson ? Nom de Dieu ! Le chien, surpris sans doute par la véhémence du ton, relève la tête. D'accord, lieutenant. Quand ? Demain ? À quelle heure ? Bon, ça fait un disparu de moins à chercher. À demain.

Il raccroche, et sa ligne se remet à sonner.

– Sergent Stark à l'appareil. Lieutenant Neal ? Salut, lieutenant. Il écoute. Merde, c'est pas vrai ! Où ? C'est où ? Quand ? Avant-hier ? C'est sûr que c'est lui ? Mais qu'est-ce qu'il foutait là-bas ? depuis quand ? On sait où il a filé ? Non, bien sûr ! Ah, merde, merde ! Les flics tournent la tête vers Stark. Vous y allez ? La police de Camden... Je ne sais pas où c'est. Écoutez, je dois finir un truc ici... Mais je reste sur le coup... Appelez-moi de là-bas si vous voulez... Le FBI... ? je suis en liaison directe avec le FBI ! On passe notre vie ensemble ! Merci de m'avoir prévenu. Salut, lieutenant.

Il se tourne vers les flics.

– Vanloo a été retrouvé. Plutôt une de ses victimes, la dernière en date. Une fille poignardée dans sa caravane. Il l'a tuée et a laissé ses empreintes sur le couteau. Pas le sien. Le couteau appartenait à la fille qui vivait là avec ses frères et son mec. Bref, il a filé. On ne sait pas où.

Les flics se tendirent. Depuis des jours ils étaient suspendus aux basques de ce tordu sans pouvoir prendre une minute de repos, cavalant sur des pistes qui se révélaient toutes foireuses. Est-ce qu'enfin on en voyait le bout ?

– Ça s'est passé dans un camping à Camden. Je ne sais pas où c'est. Dans le sud, d'après ce que m'a dit Neal. Ils ont interrogé les résidents du camping mais personne n'a pu en parler. Un fantôme, expliqua Stark.

– On sait pourquoi il l'a tuée ? demanda Henley, histoire de glisser son grain de sel.

Il supportait mal d'avoir été mis à l'écart depuis le retour du sergent. Après ce qui lui était arrivé, il avait espéré que Belley le collerait dans un placard. Depuis, il avait laissé échapper Vasquez, mais le capitaine lui avait quand même confié la responsabilité de la brigade.

– Il nous l'a pas dit, renvoya Stark. Ou elle a refusé ses avances ou je ne sais pas quoi. Toujours est-il qu'on va ratisser tout le comté.

– Où est Camden ? demanda encore Henley.

– J'en sais rien.

Stark se dirigea vers une carte détaillée de l'État. Sanström et Sipovich le suivirent. Le chien les regarda s'éloigner dans un soupir.

– Camden... Camden... c'est où, bordel ? s'énerva Stark en suivant les grandes routes du doigt. Ah, voilà. C'est gros comme une puce. Qu'est-ce qu'il est allé foutre là-bas ?

– Camper, il aime le grand air, gloussa Sipo.

– D'après ce que m'a dit Neal, il a loué une caravane à côté de celle de la fille. Ses empreintes étaient sur le couteau qui l'a tuée. On n'en a pas retrouvé ailleurs.

– Il est con ! dit Sanström.

– Con ou à bout, rétorqua Stark. Il se sent traqué et commet des imprudences, c'est ce que j'espérais.

– Ça ne nous dit pas où il a filé.

– Il n'appartient pas vraiment au Milieu. Même s'il n'a pas chômé, il n'a pas eu le temps de développer des réseaux. Les voyous sont méfiants. Il devra chercher de l'aide auprès de ceux qu'il connaît.

– On peut pas mettre tous les voyous du coin sous surveillance, objecta Sipo.

– On a déjà ceux de Vasquez, répondit Stark. On va étendre. Réactivez tous vos indics, lança-t-il aux flics. Mettez-leur la pression. Qu'ils vous signalent tout ce qui n'est pas casher. Des rencontres, des règlements de comptes inattendus. Il va revenir. Il est plus que jamais aux abois. À nous de ne pas le laisser respirer. On va faire le coup de la terre brûlée !

– C'est quoi ? s'inquiéta Sanström.

Les flics s'agitèrent.

– Des rafles ? demanda l'un d'eux.

– Ouais. Rafles, descentes, tout ce que vous trouverez. On ne les laisse pas respirer. Passez le mot : on veut Vanloo.

Il y eut un brouhaha qui enfla jusqu'à saturer l'espace. Les flics sentaient qu'on approchait enfin de quelque chose de concret. Toutes ces heures à répondre à des hurluberlus qui avaient cru voir le criminel dans des lieux différents et en même temps ; toutes ces heures et ces jours à vérifier et à revenir un peu plus découragés et crevés. Répondre à la presse sans savoir quoi dire ; subir la pression constante des édiles qui voyaient leur ville transformée en un Chicago des années trente, et enfin une lueur d'espoir, sinon une piste.

– O.K., allez roupiller ! On laisse la place à l'équipe de nuit. Demain, tout le monde sur le pont à huit heures.

Les flics applaudirent et s'ébrouèrent comme des écoliers en goguette. Des nuits qu'ils rentraient chez eux juste pour se doucher et se changer. Ça commençait à râler grave dans les chaumières.

Stark attendit l'équipe remplaçante. Le chien avait posé sa truffe sur sa chaussure. Stark se demandait comment il l'avait retrouvé. Le bar de chez Pitt, s'il était près de chez lui, était assez éloigné du poste. Un quart d'heure en bus, et le chien n'y était jamais venu.

Les flics de nuit arrivèrent, mais déjà tellement crevés qu'aucun n'eut l'envie ou la force de faire des commentaires sur la présence du chien. Stark les réunit pour leur apprendre les dernières nouvelles.

Une demi-heure plus tard le poste se vidait, et Stark se prépara à rentrer chez lui. Le chien se redressa et s'assit pour l'attendre. Stark se dit qu'il avait déjà pris des habitudes.

L'un des deux flics de faction haussa les sourcils quand il les vit partir l'un derrière l'autre. Le chien lui lança un coup d'œil et balança sa queue comme pour dire au revoir. Le deuxième flic se pencha par-dessus sa table. Les deux femmes de ménage le caressèrent en passant et il leur accorda une amicale attention. Stark agita la main et leur souhaita le bonsoir.

Ils se retrouvèrent sur le trottoir qui n'était plus glacé mais gorgé de neige fondue. Les ruisseaux dévalaient comme des rapides et il ne fallait pas marcher plus de vingt-cinq mètres pour avoir ses chaussures trempées. Stark sentit son genou tirer et se mit à boiter. Les autres soirs il rentrait en bus ou en taxi mais les chiens étaient interdits dans les bus et pas bienvenus dans les taxis.

Il vit de loin arriver son bus et lui fit signe. Il y grimpa, suivi du chien. Il était décidé à l'imposer. Le conducteur fit mine de ne pas le remarquer, et le chien se faufila entre les jambes de Stark comme s'il comprenait qu'il devait se faire discret.

Quand ils descendirent, le conducteur, regardant le chien, eut une mimique amusée.

– On va manger à la maison, ce soir, dit Stark.

Ils s'arrêtèrent chez l'Indien et Stark acheta le même repas pour eux deux : poulet tandoori et riz. Il prit un pack de bières pour lui.

Ils passèrent devant chez Pitt mais, pour la première fois depuis longtemps, Stark n'éprouva pas le besoin de s'y arrêter. Ils arrivèrent à la maison et il fit réchauffer leurs plats au micro-ondes. Il mit deux assiettes sur la table et approcha une chaise pour le chien qui le regardait faire. Il servit, et encouragea le chien à venir s'asseoir à côté de lui. Visiblement décontenancé, le chien hésita, puis se décida.

Stark gloussa de rire en dévorant sa cuisse de poulet parce que, en observant le chien, il ne voyait pas beaucoup de différence dans leur façon de manger.

Puis il débarrassa et ils s'installèrent dans le canapé. Stark alluma la télé, ce qu'il n'avait pratiquement pas fait depuis qu'il habitait là. Le chien s'enroula à côté de lui et posa sa tête sur sa cuisse où il s'endormit.

Ce fut quand Stark ne supporta plus l'ankylose de sa jambe qu'il se décida à bouger. Il n'avait cessé de penser à Vanloo. Mais il avait pris sa décision. Neal commencerait la chasse. Sanström rejoindrait Morrison pour recevoir Follinger et ses nouvelles propositions concernant Vasquez, et lui irait parler à Carlson.

Satisfait, il se leva, réveilla avec précaution le chien qui ouvrit un œil mais le laissa entrer dans la salle de bains sans bouger.

Quand Stark alla se coucher, le chien se redressa, s'étira de tout son long, bâilla et rejoignit Stark qui se poussa pour lui faire de la place. Le chien s'allongea le long de son dos et reprit son roupillon interrompu. Stark s'avisa que cela faisait presque une semaine qu'il n'avait pris ni Démerol ni somnifère.

STARK avait demandé une voiture et prévenu Sanström d'aller seul rejoindre Morrison au 14e district Sud. Il débarqua devant la boutique de Carlson, le chien sur les talons.

Le magasin n'ouvrait qu'à dix heures et ils se baladèrent dans le quartier. Stark, en regardant les vitrines de confection pour hommes, pensa qu'il était peut-être temps de remplacer quelques-uns de ses plus vieux vêtements. Les femmes aimaient les hommes élégants, ça les flattait. Il se dit qu'il allait se consacrer un peu de temps. Déjà pas très audacieux avec elles du temps où il était jeune et ingambe, sa boiterie avait accentué sa timidité. Ses réflexions le ramenèrent à Alice et au sentiment amoureux qu'il avait très vite éprouvé pour elle. Cependant, il avait compris que rien entre eux ne pourrait exister. Ils évoluaient à mille lieues l'un de l'autre. Il ne lui aurait apporté que des tonnes de problèmes. Elle avait simplement envie de vivre.

Il eut du mal à chasser ses idées noires. Ce n'était pourtant pas la première fois qu'il perdait quelqu'un qu'il aimait d'une façon aussi brutale. Avant d'être l'homme cassé qu'il était devenu, il avait eu une vie avec une femme et un enfant. La femme était partie et l'enfant lui était resté.

Un mignon petit garçon, puis un adolescent sympa.

Stark travaillait beaucoup. Il voulait tout pour son fils. Fringues à la mode, moto, école payante. Il prit des risques. Sa première blessure le promut lieutenant, sa deuxième le rétrograda. Moralement et physiquement. Il se mit à boire, son fils s'éloigna. Ils se perdirent trop longtemps de vue. Quand il le retrouva, ce fut dans une ruelle sordide comme celles où Vasquez tenait commerce. Mort, une seringue encore plantée dans le bras.

Il attendit dix heures et demie pour quitter le café où il poireautait et se diriger vers la boutique.

Il avait dans la poche un exemplaire de la photo du restaurant qu'il avait subtilisé sans que Morrison s'en aperçoive. C'était son seul atout pour le confondre. Un coup de bluff à la con. Mais penser que le véritable assassin de Mara Stipol risquait de s'en tirer lui soulevait le cœur.

Il savait que cette démarche idiote pouvait lui coûter la fin de sa carrière. Pas plus Morrison que Belley, le FBI, le chef de la police ou Dieu sait qui encore, ne lui pardonnerait d'avoir foutu leur arrangement en l'air. Mais il s'en foutait. Il y avait des choses qu'on devait faire, quel qu'en soit le prix. Il ne voulait pas que Vasquez s'en tire. C'était un type comme lui qui avait tué son fils.

Si Carlson reconnaissait avoir engagé Vasquez pour tuer sa grand-mère, le Colombien ne pourrait plus dealer avec le FBI. Tout le boulot de Stark était de convaincre Carlson de parler le premier.

Le magasin était ouvert et il vit Carlson s'entretenir avec un homme. Celui-ci sortit de sa serviette un papier qu'il lui tendit. Carlson le prit sans le lire, parut argumenter, puis l'inconnu le salua pour prendre congé. Une vendeuse, différente de celle qu'il connaissait mais attifée à l'identique, glandait entre les comptoirs. L'aspect du magasin avait changé d'une manière perceptible. Bien qu'il n'entende pas grand-chose au commerce, Stark pensa qu'il ne devait pas être florissant.

Il attendit sur le trottoir que l'homme sorte. Carlson,

en le raccompagnant, sursauta en découvrant Stark appuyé un peu plus loin contre un arbre. L'allure aimable et même obséquieuse qu'il avait eue en prenant congé de l'homme s'éteignit d'un coup. Son visage ingrat se transforma, crispé par la colère. Stark s'avança vers lui.

– On peut se parler ?

– Je regrette, je suis occupé ! cracha Carlson en tournant les talons.

Mais Stark lui emboîta le pas, suivi du chien. Carlson écarquilla les yeux.

– C'est à qui ce chien ?

– À moi. Stark repoussa la porte derrière lui. On monte ?

– Je n'accepte pas les chiens dans ma boutique !

– Pourquoi, vous faites des plats cuisinés ?

Carlson haussa rageusement les épaules et entreprit l'ascension de l'escalier, suivi du duo. La vendeuse les regarda monter avec une expression ahurie, Stark lui adressa un clin d'œil.

Carlson entra dans son bureau et s'assit sans regarder les intrus. Il farfouilla parmi des dossiers éparpillés comme un homme très occupé que l'on dérange. L'aspect de la pièce, comme celui de la boutique, indiquait une fatigue, un désintérêt, une négligence de fin de règne. Sans attendre qu'on l'y invite, Stark approcha une chaise. Carlson lui lança un regard haineux.

– Bon, alors, qu'est-ce que vous voulez ?

– Ça marche les affaires ? J'ai pas l'impression...

– Je vous ai demandé ce que vous vouliez. Vous n'avez toujours pas retrouvé l'assassin de ma grand-mère ou, au contraire, venez-vous m'annoncer que vous l'avez enfin pincé et que nous ne foutons pas l'argent de nos impôts par les fenêtres ?

Stark croisa les jambes et sortit la photo de sa poche en la tenant à l'envers.

– Bonne question. On l'a retrouvé. C'est curieux que ce soient toujours ceux qui coûtent le plus d'argent aux contribuables qui s'en inquiètent. Par exemple, Follinger, l'avocat de Vasquez.

Carlson fit mine d'éclater de rire.

– ... Encore une réussite à votre actif, sergent. C'est vous, d'après les journaux, qui avez laissé filer cet individu...

– ... Follinger, reprit Stark sans se démonter, lui aussi s'en inquiétait...

– J'espère qu'il ne pisse pas sur la moquette, votre clébard. C'est votre nouvel assistant ? Je comprends que les autres flics se dégonflent de travailler avec vous. Vous êtes du style porte-poisse !

Stark caressa la tête du chien qui tourna les yeux vers lui.

– T'entends, le chien ? Le monsieur craint que tu salisses sa belle moquette. Pourtant, t'aurais vu le parquet de sa pauvre grand-mère, maculé de sang et de cheveux... Parce que je t'ai pas dit, mais cette pauvre vieille on lui a éclaté le crâne pour lui piquer plus vite son assurance vie.

Il releva brusquement la tête vers Carlson.

Celui-ci s'était pétrifié, le visage vidé de son sang, les yeux étincelants de rage.

– Vous remettez ça, articula-t-il, les mâchoires serrées. Vous êtes un putain de connard et je vais vous faire casser !

– Va falloir vous grouiller, alors, sourit Stark en posant sur le bureau la photo du bon côté.

Carlson ne la regarda pas.

– Je t'en prie, jette un coup d'œil, encouragea Stark.

– Je vous emmerde !

Stark ramassa la photo et la lui colla devant la figure.

– Tu te reconnais ? Et tu reconnais celui qui t'accompagne ?

Carlson jeta un œil dégoûté sur le cliché.

– Je reconnais rien du tout. C'est quoi cette embrouille ?

– Vasquez. Alberto Vasquez et toi. Tu viens de lui

donner une photo de ta grand-mère pour qu'il la tue. Tu te souviens, ordure ? Ça fait un bout de temps.

– Je sais. Et j'ai espéré que vous attrapiez l'assassin. Et vous continuez de m'accuser ?

– Tu as payé Vasquez pour qu'il t'en débarrasse, cracha Stark entre ses dents.

– Vasquez ? Qui c'est, Vasquez ?

– Le gars à côté de toi sur la photo.

– Première nouvelle. Je demande pas les noms des types qui consomment dans le même bistrot que moi...

– Carlson, Vasquez est décidé à te balancer pour sauver sa peau. Le FBI a passé un marché avec lui. C'est pour ça qu'il a été arrêté.

– Passionnant. Vous devriez écrire des scénarios. J'invente, ou il s'est fait la malle, ce Vasquez ?

– On l'a retrouvé. Il a relâché son avocat et accepte de négocier.

– Je ne connais pas Vasquez. Il était peut-être assis à côté de moi, vous croyez que je m'en souviens ? Je ne sais même pas où c'est !

– Regarde derrière, c'est marqué. Le Tchao Praya. C'est un restaurant thaï. La serveuse vous a reconnus. Tu sais pourquoi ? Sa grand-mère et la tienne se ressemblaient... pas croyable ! Après qu'il l'a tuée tu lui as donné vingt gros billets quand tu as touché l'assurance. Tu te souviens, j'étais venu te voir pour ça ?

– La serveuse nous a reconnus ? ricana-t-il. Et j'ai donné tout cet argent à ce Vasquez que je ne connais pas ? Bien sûr, vous avez les preuves de votre délire ?

– Vasquez va tout te mettre sur le dos. Si tu avoues avant lui, c'est avec toi que le procureur passera un marché, et lui l'aura dans l'os. N'oublie pas, celui qui gagne, c'est celui qui deale avec le proc en premier.

– Et vous m'aimez tellement que vous êtes venu me prévenir ?

– Pas du tout. Mais je veux encore plus Vasquez. Écoute-moi, ducon. Les feds sont d'accord pour lui accorder l'impunité pour le meurtre de ta grand-mère s'il leur balance ses réseaux de drogue.

– C'est lui qui a tué ma grand-mère ?

– Tu piges rien ! Cette photo et le témoignage de la serveuse, plus les vingt mille dollars et Vasquez qui va t'accuser pour s'en tirer, t'es mort

– Je vous suis pas.

– Carlson..., fais-toi du bien, pour une fois, crois-moi. Avoue le meurtre avant qu'il t'accuse. Tu t'en tireras avec douze ans et tu en feras huit pour bonne conduite. Devant le tribunal tu plaideras coupable. Ton avocat inventera une histoire de dédoublement mental ou de ce que je sais ! Ils sont fortiches pour ça ! Je parlerai au procureur.

– Excusez-moi.

Il sortit un portable de sa poche et composa un numéro.

– Maître Grant ? C'est moi, Carlson. J'ai dans mon bureau un flic, Stark, je vous en ai déjà parlé... Il a une photo qui, paraît-il, me représente en compagnie de Vasquez, vous savez, le voyou qui vient de s'échapper d'un commissariat, tous les journaux en ont parlé... Un type que je n'ai jamais vu de ma vie... Ce flic est venu m'accuser d'avoir donné de l'argent à ce type pour tuer ma pauvre grand-mère... Je sais bien qu'on peut bidouiller n'importe quelle photo... D'accord, je ne dis plus rien et je vous attends.

Il coupa et rangea l'appareil.

– ... On va attendre ici Me Grant. Il arrive, son cabinet est à côté. Vous voulez boire quelque chose ? Peut-être que votre toutou a soif... Oh, regardez, il a l'air gêné pour vous.

– Fous-moi la paix, gronda Stark. Écoute, je vais te laisser parce qu'en plus d'être un assassin, t'es un crétin. Rapporte à ton avocat ce que je viens de te dire. Lui te convaincra peut-être où est ton intérêt. Vasquez est un vrai voyou. Tu crois qu'il va risquer sa peau pour toi ? Si tu l'accuses d'avoir tué ta grand-mère alors que toi tu voulais juste qu'il lui fasse peur, tu sauveras ta tête. Entre huit et quinze ans ou la piqûre, tu choisis quoi ? Sois malin, Carlson, tu croyais tout de même pas en passant un contrat sur ta grand-mère avec un cinglé comme Vasquez que t'allais t'en tirer ?... Demande à Grant, puisque t'as confiance. Tu verras ce qu'il va te dire... N'oublie pas qu'en face il y a Follinger, et c'est un ténor. Je connais pas ton Grant, mais je connais l'autre. Bon, je te laisse. Pense avec intelligence, pour une fois, ça te changera. T'en fais pas, je suis dans le coin.

Il regarda fixement Carlson qui soutint son regard. Il soupira, se leva et quitta la pièce. Le chien le suivit après avoir hésité.

Le quartier s'animait. Les embouteillages commençaient. Un soleil inespéré encourageait les buveurs de café à s'installer frileusement aux terrasses. Stark regarda l'heure. Il avait passé moins d'une demi-heure avec Carlson. Il avait fait ce qu'il pouvait. Pas sûr que son bluff ait pris. Même si ce tordu plaidait coupable il risquait de s'en prendre pour plus de trente ans ou même perpète. C'est ce qu'allait lui dire son avocat.

Il reprit la voiture. Le chien s'installa sur la banquette passager, tourna la tête pour regarder passer un congénère et reporta son regard sur la route. Stark démarra.

– Je crois que c'est un coup pour rien, qu'est-ce t'en penses ? Si j'avais pas eu ma patte folle je l'aurais traîné par la peau du cul jusqu'au poste où je lui aurais fait cracher ses dents jusqu'à ce qu'il avoue. Comme ça, le FBI n'aurait pas pu faire son deal avec Vasquez et il serait passé à la casserole. Enfin, ça, c'était avant. Tu sais quoi, le chien, faut que je passe la main. Je suis plus dans le coup. Qu'est-ce que tu dirais de finir tes jours dans une baraque avec un bout de pelouse devant, la mer derrière, et où tu pourrais te balader en courant après les lapins ? Tu sais quoi ? J'ai jamais pensé ça avant. Il le regarda. C'est marrant de faire des projets avec un clébard.

Le chien s'allongea sur la banquette et posa ses deux pattes sur la tête en se frottant les oreilles.

– Quoi ! T'en as marre d'entendre les humains dire des conneries ?

JE SURSAUTE et m'enfonce brutalement dans ma banquette. Une voiture de flics roule à la hauteur du car, et l'un d'eux se hisse par sa portière pour examiner l'intérieur. Par chance, le car est aux trois quarts plein et, placé comme je suis, il ne peut pas me repérer. Le conducteur a un geste interrogatif de la main, mais le flic lui fait signe de filer.

Mon voisin, un jeune avec la guitare et le poncho que portent les paumés de son genre, me regarde en rigolant.

– T'as des problèmes avec les poulets ?

– Oh, rien, une connerie familiale, je réponds en tâchant d'avoir l'air décontracté.

Mais j'ai le cœur au bord des lèvres.

Je m'aperçois que je me suis montré un peu trop confiant. J'ai pris le bus hier soir, n'en pouvant plus de ce patelin de merde où j'avais débarqué, et je roule vers ma ville.

Je ne savais pas où aller. Ici, j'ai mes repères, on me connaît et on me fait confiance. Je suis un dur, pas une mauviette. J'ai fait mes preuves. Et chacun sait qu'on est plus à l'abri dans l'œil du cyclone. J'admets qu'il faut un certain culot pour retourner là-bas. Et ça c'est ma chance. Les gens raisonnent comme des foireux parce que ce sont des foireux.

O. K., j'ai fait des erreurs, mais c'est pas ma faute. Si ma mère n'avait pas divorcé et connu ce Petrovic, je n'en serais pas là. C'est vrai qu'elle m'avait plutôt à la bonne. Ce qui m'énervait, c'était ma frangine. Un petit ange à les entendre, et moi j'étais le diable. Ce qu'elle me portait sur les nerfs ! Eh ben, maintenant elle peut entortiller son père ! Tiens, j'aimerais savoir ce qu'ils sont devenus tous les deux. Sûrement à pleurnicher ensemble et à penser que je suis un monstre.

Le car s'arrête et mon voisin se lève.

– Bon, je descends là. Salut, confrère, j'espère que tes histoires de famille vont s'arranger !

Je le salue de la tête et il se tire. Pauvre type, il doit croire que j'ai fait une fugue en piquant vingt dollars dans le porte-monnaie de ma mère !

Le bus repart et je m'aperçois qu'il suit le trajet de la ligne A qui passe à proximité de chez mon père. Il a tellement peu compté celui-là que j'ai presque oublié son existence. C'est penser à ma sœur qui me l'a remis en tête. Et si j'allais le voir... je pourrais peut-être le convaincre que les flics se sont trompés en m'accusant... que je ne suis pour rien dans la mort de ma mère. Ils n'ont aucune preuve contre moi, je pourrais inventer une histoire, je ne manque pas d'imagination quand je veux. Ça tiendrait ce que ça tiendrait. Il doit avoir des économies. Si je peux lui piquer quelques billets, ça me permettra de filer à l'autre bout du pays. Mes papiers sont béton, il me faut juste un peu de monnaie.

Je me détends. Je commence à reprendre confiance. Je suis quand même son fils. Le bus arrive à son terminus, je descends avec les autres et me dirige vers un pub. J'ai faim et froid et je commande un hot dog et du café chaud. Pendant que je mange, je m'entraîne pour la scène du II. « Salut, papa, c'est moi, ton fils ! Je suis innocent de ce dont on m'accuse ! etc. etc. »

Je jette un coup d'œil dehors. Je suis dans le centre commercial du quartier où habite mon père, faut pas que je traîne dans le coin, on pourrait me reconnaître malgré mon déguisement. Deux flics bavardent devant la banque, mais ils sont loin.

J'ai rabattu ma casquette sur les yeux mais la serveuse est repartie servir un client avec qui elle flirte vaguement. La neige s'est remise à tomber et je n'ai pas envie de me les geler. On est aujourd'hui samedi et mon père doit être chez lui, sinon je l'attendrai. Je compte davantage sur l'émotion que sur la raison pour l'attendrir. Un père ne peut pas refuser d'aider son fils. Et puis il y a Annie, la chère petite, la chouchoute à son papa.

Je me souviens de l'avoir entendu dire à ma mère, après le divorce, que c'était ma sœur qui lui manquerait le plus. Eh bien, il va être servi. J'ai un bon argument pour le persuader de m'aider.

Je règle, sors et me dirige vers la station de taxis. La neige tombe si drue qu'on ne voit rien à dix mètres. Ça m'arrange.

QUAND Stark se décide enfin à se rendre au 14e district Sud rejoindre Morrison, il est onze heures et demie, et depuis plus de deux heures Vasquez balance ses réseaux.

Sont là, outre Morrison, Sanström qui se fait tout petit, Wagner, le substitut de l'attorney, Flynn, l'agent spécial du FBI, Follinger, évidemment, et Hilton, le chef de la brigade des stups.

Sanström, en le voyant débarquer, s'empresse de le rejoindre.

– Bon sang, t'étais où ?

– Qu'est-ce qui s'est passé ? lui renvoie Stark brutalement.

Sanström baisse les yeux sur le chien debout à côté de lui.

– Il est toujours là, celui-là ? Ce qui s'est passé ? L'attorney a passé son deal avec Vasquez pour le meurtre de Mme Stipol. Affaire classée. En contrepartie, Vasquez a tout balancé. À la finale on ne retiendra contre lui que l'accusation de racket, proxénétisme aggravé, et homicide involontaire contre un de ses dealers retrouvé avec cinq balles dans la panse il y a quelque temps déjà. Huit à douze ans, et après, reconduite à la frontière.

– Bordel ! jure Stark en se laissant tomber sur la première chaise venue. Bordel ! Carlson va profiter de son meurtre et Vasquez s'en tire...

– Follinger a bien travaillé et, du coup, Vasquez, on pouvait plus l'arrêter. Il aurait livré sa mère avec un ruban autour si ça avait pu l'aider. Il savait risquer la piqûre pour le meurtre de la grand-mère de Carlson. Hilton est aux anges. Sa brigade et lui vont se faire des couilles en or et le FBI retrouve sa virginité. Sanström regarda son chef de côté. Fais pas la gueule, c'est pas ta faute si Carlson s'en tire, ce sera pas le premier.

– J'en ai marre des compromissions, tu piges pas ? J'ai envie de dégueuler quand je vois un pourri comme Vasquez marchander sa vie contre celle de tous ces pauvres bougres qui sont morts par sa faute !

– Je te comprends, mais on a réussi un beau coup avec Vasquez. J'sais pas pourquoi tu t'es tellement investi dans cette histoire... Tu sais pourquoi, toi ? ricane Sanström, pas trop à l'aise malgré tout, en regardant le chien. C'est quoi comme race ?

– Laisse tomber, grogne Stark en se levant. Bon, j'me casse, on n'a pas besoin de moi.

– Arrête, Stark, j't'ai jamais vu comme ça. Si tu peux plus supporter la saloperie de ce monde, t'as intérêt à te mettre à la philatélie !

Stark. écœuré au-delà de la nausée, ne répond rien. Ce monde n'est plus pour lui. Ou plutôt, il n'a plus rien à faire dans ce monde.

Il siffle le chien et sort, suivi des yeux par son adjoint. Dans le bureau de Morrison, Follinger signe avec le substitut le protocole d'accord qui engage l'administration judiciaire à abandonner contre Alberto Vasquez y Reseda l'inculpation de meurtre avec préméditation dans l'assassinat de Mara Stipol.

Ce ne sera ni le premier ni le dernier meurtre impuni. L'agent spécial Flynn, rayonnant, prend précipitamment congé en compagnie d'Hilton, tous deux s'apprêtant à arrêter tous ceux dont les noms figurent sur la liste de

Vasquez qui a accepté de témoigner contre eux à leur procès.

Sanström a menti à Stark. Vasquez, contre son témoignage devant le tribunal, a obtenu le statut de témoin protégé par le FBI. On lui fournira une fausse identité et une certaine somme pour qu'il aille se faire pendre ailleurs. Il ne fera pas un seul jour de prison. Mais sûrement que Stark le sait.

JE FAIS ARRÊTER le taxi au début de la rue où habite mon père, et attends qu'il redémarre pour me diriger vers la maison. Je me suis flanqué un coup de panique à l'idée que les flics pourraient m'y tendre un piège après l'histoire de la fille du camping. Mais il n'y a pas de raison. Pourquoi ces abrutis imagineraient-ils que je suis assez gonflé pour revenir ?

Ce qui tombe est glacial, et c'est pas le blouson que je porte qui me protège. Mes lunettes sont couvertes de buée. Je les enlève ainsi que mes fausses gencives. Il n'y a personne en vue et il fait si sombre que personne ne peut me reconnaître. Enfin, j'espère.

J'ai toujours trouvé ce quartier mortel. Quand je venais, il fallait que je me farcisse vingt minutes à pied avant de prendre le bus qui m'amenait au lycée. Je fais attention à ne pas me ramasser une gamelle. Pas le moment de me flanquer une entorse.

La maison paternelle se trouve sur le trottoir d'en face, et elle me paraît plus minable que dans mon souvenir. Elle ressemble à ses voisines, avec son étage unique, sa pelouse miteuse où achève de crever un cerisier que mon père s'est obstiné à planter, et l'allée en béton qui descend au garage où j'aperçois sa bagnole. L'architecte qui a construit le lotissement ne s'est pas cassé la tête pour faire original. Seule varie la couleur des volets qui est marron pour cette baraque.

Les pièces du rez-de-chaussée sont allumées et j'imagine la salle à manger bien chaude avec un repas substantiel à la clé. Va falloir être habile, mais pour inventer des craques, je ne crains personne.

Une voiture débouche au coin de la rue, tous phares allumés, je recule précipitamment derrière un arbre. Elle s'arrête plus loin, et une bonne femme et son gosse se précipitent dans la voiture qui repart.

Faut que je fasse gaffe et que je prépare bien mon histoire si je veux que ça marche.

Je me souviens d'avoir lu que ma frangine avait été soignée et suivie un bon moment par des psychiatres après la mort de notre mère, et ce, gratuitement, vu le retentissement de l'affaire. Faut reconnaître que ça a fait baver les gens, cette histoire. Pourtant, d'après les statistiques qu'ont publiées les journaux, ce n'était pas une première.

Les flics se sont pas trop cassé la tête à faire une enquête ; dès le début, ils m'ont fait porter le chapeau. Mais, je suis sûr de ne pas avoir laissé d'indices. N'importe qui aurait pu entrer dans la maison et les assassiner. On voit ça tous les jours. D'accord, sur ce coup ils n'avaient pas tort, mais c'est pas une raison. J'avais peut-être des circonstances atténuantes. S'ils m'avaient attrapé et jugé, j'aurais plaidé le désordre mental. En plus, c'est vrai. J'ai jamais supporté qu'on m'emmerde. On peut prendre ça pour un désordre mental.

J'ai quand même trouvé que les journaleux tiraient un peu trop sur la ficelle avec leurs articles sur la « maison de l'horreur ». C'est rien à côté des attentats en Irak. Mais ça fait vendre.

Je me décide brusquement et traverse. Encore une trentaine de mètres avant de sonner chez mon père. Je regarde autour de moi. Tout est calme. La neige tombe plus légèrement et le ciel s'éclaircit mais j'ai toujours aussi froid. Il est temps de se mettre à l'abri. J'entre dans le jardin, sonne.

YOCHIMO TAGUSHI était un petit monsieur mince au point d'en être frêle. Il habitait ce quartier depuis vingt-deux ans dont vingt avec son épouse décédée deux ans plus tôt. Employé aux écritures dans une fabrique de vêtements pour enfants, il avait pris sa retraite depuis moins d'un an.

Fils unique d'un couple de Japonais vivant à Seattle, internés pendant la Seconde Guerre mondiale par les autorités du pays après l'entrée en guerre du Japon contre les États-Unis, il avait vécu leur humiliation durant toute son enfance et son adolescence. Ce qui l'avait rendu timoré et effacé.

Sa retraite, qui avait presque coïncidé avec la mort de son épouse, aussi discrète que lui, l'avait laissé au bord d'un vide incommensurable. Mais lors d'une journée organisée par la mairie pour les nouveaux retraités, il s'était découvert, au hasard d'une randonnée, une passion pour la photographie.

Et il s'était offert pour la première fois de sa vie ce qui se faisait de plus cher comme appareil photo, s'effarant, avec son sourire désarmant, de toutes les possibilités proposées qu'il avait étudiées avec l'application qu'il mettait à toutes choses.

Cet après-midi-là, il était posté comme presque chaque jour à sa fenêtre, guettant les oiseaux et même des petits lapins qu'il avait vus gambader sur la pelouse de son voisin d'en face. Sa villa aux volets jaunes était placée par rapport à celle de Robert Vanloo, sur l'autre trottoir, deux maisons plus à gauche. Il connaissait peu ce voisin qui avait été un temps au centre d'un drame horrible, et que les journalistes étaient venus assiéger jusqu'à ce qu'ils se lassent. Yochimo Tagushi avait été trop impressionné par ce fait divers pour seulement oser lui adresser la parole.

Ciblant une corneille qui cherchait pitance sur les pelouses, il vit s'approcher de la maison de Robert Vanloo un jeune homme avec un sac à dos qui paraissait chercher une adresse.

Il releva son appareil quand il le vit s'arrêter, après un moment d'hésitation, devant le 1321, où vivaient Vanloo et sa malheureuse fillette.

Il prit le cliché, la corneille étant presque aux pieds du jeune homme, et en reprit un autre quand celui-ci pencha la tête de trois quarts vers lui. Yochimo Tagushi, craignant d'être indiscret, recula précipitamment, mais le jeune homme se détourna et sonna au 1321.

Tagushi, légèrement secoué par sa propre indiscrétion, regarda les photos qu'il venait de prendre. Il zooma le visage du jeune homme et pensa qu'il l'avait déjà vu. Un familier sans doute de la maison d'en face, et qu'il avait dû croiser.

Troublé, il l'examina plus attentivement, s'en voulant de sa curiosité qu'il estimait déplacée. Où avait-il déjà vu cette tête ? La casquette que portait le jeune homme ne le gênait pas dans la mesure où, dans son souvenir, le jeune homme était coiffé d'un bonnet.

Il ferma l'appareil et alla se préparer un thé. Il sortit du four des cookies qu'il avait achetés au supermarché, et attendit que l'eau soit au degré exact d'ébullition pour la verser sur la passoire contenant les feuilles vertes.

Tagushi avait su garder de ses origines les gestes rituels qui l'apaisaient. C'était son jardin secret. La cérémonie du thé, pour être incomplète, avait néanmoins représenté pour lui et son épouse ce moment privilégié qui les soustrayait provisoirement à cette vie américaine qu'ils n'aimaient pas.

Mais les gestes rituels ne l'empêchaient pas de songer. Et soudain, il s'arrêta, la gorge nouée.

Ce jeune homme, il le reconnaissait. Une peur ravageuse le saisit. Tremblant, vidé de ses forces, il se laissa tomber dans son fauteuil. Les paroles de ses parents qui l'avaient guidé toute sa vie lui revinrent en mémoire : « Ne t'occupe jamais, Yochimo, des problèmes qui concernent les Blancs. Vis comme eux, mange comme eux, ris quand ils rient, mais reste à ta place. »

Et ce ne serait sûrement pas aujourd'hui que Yochimo oublierait ces paroles empreintes de sagesse.

STARK revint au bureau bien après l'heure du déjeuner. Il n'avait pas mangé, seulement marché autant que le lui permettait son genou. Il s'était juste assis dans un square pour que le chien avale la boîte de pâté qu'il lui avait achetée

Ils avaient été presque tout le temps seuls, la température n'incitant pas à la promenade. À un moment, un SDF était venu s'asseoir sur un banc en face d'eux et avait déballé son repas. Il avait appelé le chien pour lui donner un bout de saucisse, mais le chien n'avait pas bougé.

Le pauvre type ne devait pas avoir trop chaud dans ses vêtements à courants d'air. Et son casse-croûte ne lui aurait pas cassé le pied s'il lui était tombé dessus. Et pourtant il en avait proposé un bout au chien. Stark alla chercher deux gobelets de café chaud bien sucré et revint s'asseoir auprès du gars à qui il tendit un gobelet.

L'homme le prit en hochant la tête.

– Où tu dors ? demanda Stark.

Il fit un geste évasif derrière lui.

– Un refuge, par là.

Stark l'entendait mal, sûrement que parler de façon audible le fatiguait ou l'embêtait. L'homme regardait le chien assis à côté de Stark comme une sentinelle. Il le montra du menton.

– Plus gentil que les humains, grommela-t-il.
Il rangea un bout de sandwich qui lui restait.
– T'as plus faim ? s'étonna Stark.
– Pour tout à l'heure.
Stark sortit un billet de sa poche.
– Tu t'en achèteras un autre. Mange.
L'autre ne le remercia pas. Il prit simplement le billet et ressortit son sandwich qu'il termina. Il ne quittait pas le chien des yeux. Il avança une main rouge et gercée vers sa tête et le caressa.
– Pourquoi t'as pas de chien ? demanda Stark. Tu sembles les aimer.
– On nous laisse pas entrer avec dans les refuges. Et puis, faut le nourrir, le soigner.
Stark s'adossa au banc. Il sentit contre sa colonne le froid et la dureté du métal. Il insista. Le square, à part eux, était désert. Des piafs cherchaient leur nourriture dans la neige et leurs pattes s'imprimaient dessus comme des étoiles. Les bruits de la rue arrivaient en chuintements. Au-delà d'une cinquantaine de mètres on ne percevait plus rien. Le brouillard blanc était un grand mangeur.
– Il y a longtemps que t'es dans la rue ? demanda Stark.
Le clochard ne répondit pas. Il rangea son fourbi et releva les yeux vers les squelettes noirs des arbres comme s'il les découvrait. Stark répéta sa question. L'autre tourna la tête vers lui et le fixa un moment. Ses yeux, rougis par le froid, semblaient la seule chose vivante dans son visage. Sa bouche disparaissait dans les poils hirsutes de sa barbe.
– Et toi, y a longtemps que t'es seul ?
Ils se regardèrent sans se répondre. Le chien avança la tête sous la main de Stark qui l'y laissa. Le clochard baissa les yeux vers le chien qui remua la queue en clignant un œil.
Il se releva, arrangea ses sacs, en hissa deux sur ses

épaules. Il se retourna une dernière fois vers eux et entra dans le brouillard.

Stark et le chien le suivirent des yeux jusqu'à ce qu'il ait disparu.

Puis Stark, transi, était reparti. Il avait erré sans but, avant d'acheter un autre café brûlant qu'il avait bu en marchant. C'est la pluie glacée qui s'était remise à tomber qui l'avait fait rebrousser chemin vers le commissariat.

Quand il arriva, Sanström lui lança un regard gêné. S'il comprenait la rage de son chef, sa nature passive l'inclinait quant à lui à suivre le courant plutôt qu'à le remonter. Les grands pourris s'en étaient toujours mieux tirés que les petits voyous qui n'avaient rien à échanger. C'était une loi immuable. Pendant le déjeuner, il avait lu dans un journal qu'au Cambodge les génocidaires de la dictature de Pol Pot étaient de nouveau aux affaires et n'étaient sûrement pas près d'être jugés. C'était comme ça.

Stark descendit à la cafétéria sans décrocher une parole, et Sanström ne lui dit pas que Sipo et Henley étaient partis sur un cambriolage qui avait mal tourné, qu'on courait toujours après Joseph Vanloo, et que Neal lui avait laissé un message disant avoir perdu la piste du tueur qui pouvait être à l'heure actuelle n'importe où.

Stark donnait l'impression d'avoir lâché la rampe, de se désintéresser de ce qui pourrait dorénavant se passer. Aussi, quand il remonta, il lui dit avec précaution :

– Il n'avait pas l'air jouasse, Neal, au téléphone. J'sais pas si on va lui mettre la main dessus un jour, à ce salaud !

– De quoi tu parles ?

Sanström lui fit part du message de Neal, et Stark hocha la tête sans répondre en ouvrant une revue qui traînait. Le chien se coucha à ses pieds, et Stark posa distraitement sur son flanc sa jambe blessée.

– T'as trouvé ton bâton de vieillesse, ricana Sanström, désireux de raccrocher avec son chef. Quel nom tu vas lui donner à ton chien ? demanda-t-il.

– Quel nom je dois lui donner ?

– Ben, on donne toujours un nom aux clébards ! Comment tu veux qu'il comprenne que tu t'adresses à lui ! Toi, t'as un nom. Tout le monde a un nom !

– Il s'appelle le chien. Je vais mettre une majuscule à Le. Ce sera Le chien.

– Et il fera la différence ?

– Sanström, lâche-moi, tu veux ? J'ai d'autres soucis que de lui donner un nom. Il pige plus vite que les humains !

– Sergent, sergent ! Bon Dieu, sois cool ! Tu veux changer ce putain de monde ? Tu sais quoi ? Ma femme va mieux. Elle est en période de rémission et les toubibs disent que ça peut durer un bon moment ! Alors moi, entre sa santé et l'arrestation de ces tordus, je choisis pas ! Tu te souviens, quand t'étais « en repos », je t'ai dit qu'on serait tous les deux à manger les pissenlits par la racine pendant que cette saloperie de monde continuerait de tourner sans nous. À ta première pisse du matin, t'as un nouveau voyou qui rentre dans la danse. Et c'est tous les jours pareil. Alors, cool, sergent !

Stark lui fit des doigts le geste de la fermer. Sanström se rangeait toujours du côté du manche. Rien ne le troublait vraiment à part ne pas recevoir ses primes de fin d'année. Il avait dit ne jamais avoir besoin de somnifères pour dormir, et Stark le croyait. En fin de compte, c'était sûrement lui qui avait raison.

Histoire de s'occuper, Stark se leva et alla chercher le dossier de Joseph Vanloo. Ils avaient peut-être laissé passer quelque chose. Ce n'était pas possible qu'un morveux de cet âge les baise tous. Il y avait obligatoirement un détail qui pouvait les remettre sur sa piste.

– Tu l'apprends par cœur ? lui demanda Sanström quand il revint avec le dossier épais comme deux annuaires. À ta santé.

Stark ne répondit pas et commença à lire par le tout début. Historique, dates, amis, goûts, hobby, sport. La personnalité du tueur se caractérisait par son vide. Ni amis, ni sports, ni intérêt pour quoi que ce soit. Il n'avait appartenu à aucune équipe sportive de son lycée. Ne s'était pas intéressé au club de cinéma, n'avait jamais rien écrit dans le journal de son école, n'avait participé à aucune manifestation. Ne buvait pas, ne se droguait pas. Les seuls faits saillants de sa scolarité et de son adolescence étaient sa brutalité, son manque d'empathie, et son mépris caractérisé pour tout ce qui était officiel et pour toute forme d'autorité.

Plusieurs fois renvoyé de son école pour agression envers ses camarades, et une fois trente jours pour incendie volontaire, sa mère était à chaque fois intervenue et avait payé les pots cassés. Stark chercha mention de son père dont le dossier ne disait pas grand-chose, un peu comme s'il n'avait pas existé.

Il trouva une déclaration où celui-ci avait confié aux enquêteurs venus le voir après le meurtre de sa femme qu'il n'avait jamais pu établir un vrai rapport avec son fils pendant son enfance, pas plus, quand, après le divorce, ils passaient une semaine sur deux ensemble. Joseph lui avait bien dit préférer être là que chez sa mère parce qu'il était plus libre et mangeait ce qu'il voulait.

Il disait lui donner de l'argent pour ses sorties mais ne savait pas ce qu'il en faisait. Il avait ajouté que Joseph aimait utiliser le chantage pour obtenir ce qu'il voulait, mais qu'à son sens son fils était innocent de ce meurtre horrible dont on l'accusait.

Il avait parfois constaté, après son départ, que de l'argent disparaissait même si, averti, il changeait de cachette. Mais quel gosse n'a jamais volé quelques sous à ses parents ? Il reconnaissait qu'une montre et des boutons de manchettes en or avaient disparu. Mais de là à tuer sa mère, non. Il l'aimait beaucoup. Trop, à son sens. Et sa mère aussi. Elle lui passait tout ou presque. Alors lui ne pouvait pas faire grand-chose pour établir son autorité quand il rentrait après son travail. Son fils n'avait pas pu faire ça. Il y avait une autre explication que les enquêteurs, dans leur souci d'attraper rapidement un coupable, avaient négligée, d'autant que les preuves de sa culpabilité manquaient sérieusement.

Au psychologue qui avait suivi Robert Vanloo après l'assassinat de sa femme et qui évoquait le comportement de son fils devenu chef de bande, il objecta que le caractère renfermé de Joseph ne le prédisposait pas à devenir un leader comme on l'accusait.

Stark parcourut encore une dizaine de rapports. Ils s'entrecoupaient mais ne lui apprirent rien de nouveau. Vers sept heures, Sanström s'en alla ainsi que la plupart des flics de l'équipe de jour.

Sipo et Henley prévinrent qu'ils étaient sur les traces de leur cambrioleur assassin, et Ho annonça qu'il rentrait chez lui parce que c'était l'anniversaire de sa fille et qu'il n'était pas question qu'il le loupe. D'autant, ajouta-t-il, qu'on ne savait toujours pas où se terrait ce fumier de Vanloo qui leur occasionnait des heures supplémentaires qui, sûrement, ne leur seraient même pas payées.

Stark accueillit les flics de l'équipe de nuit qui se mirent aussitôt au travail. Depuis la dernière chasse à l'homme, ils n'osaient plus s'accorder les moments de détente qui les aidaient à supporter leur stress. Ils avaient la tête dans le guidon et les pieds gelés à force de patauger dans la neige. Ils se tenaient sur le pont de l'aube au crépuscule, mais Moby Dick restait introuvable.

Le chien lui posa la patte sur la cuisse et Stark regarda l'heure. Huit heures et quart.

– T'en as marre, Le chien ? Moi aussi.

Il se renversa sur sa chaise, les yeux au plafond, les mains derrière la tête, et essaya de se mettre à la place du fugitif. Pourchassé par toutes les polices, où pouvait-il se réfugier ? Pas chez ses anciens comparses parmi lesquels il n'avait plus d'amis. Sur qui ce genre de tueur pouvait-il éventuellement compter ?

– Tu irais te cacher où, Le chien, si t'avais une meute

de pitt-bulls aux trousses ? dit Stark. Le chien releva la tête et, dressant une oreille, sembla l'écouter avec attention. Chez ta mère ? T'en as plus. Chez ton père ? T'en as... Chez ton père... T'irais chez ton père où il y a ta sœur aussi, hein ? Les seuls qui te restent. Le chien se mit à gémir et baissa la tête, l'air pensif. Tu irais là où on ne te fermerait pas la porte au nez. Tu retournerais vers ta meute. Mais toi t'es un bon chien, tu demanderais gentiment. Mais si t'étais un doberman tueur, tu exigerais, sinon t'égorgerais. C'est bien ça ? Même ta famille. Parce qu'un doberman entraîné à tuer ne reconnaît pas les siens. (Stark fixa Le chien qui soutint son regard de ses yeux sombres.) Un doberman tueur, exactement ce qu'est Vanloo. Et un chien, doberman ou pas, essaye toujours de retrouver son foyer, hein, Le chien, c'est ça ?

Il considéra le chien d'un air pensif. C'était rare qu'il parle autant à quelqu'un. Quelqu'un, un chien ? Il se dit que le clochard avait raison. Il y avait trop longtemps qu'il était seul. Il se pencha vers lui et, comme le chien le regardait, Stark ne fut pas persuadé que la raison était de son côté.

– Tu as entendu parler des travaux de Frederick et Kolhberg ? reprit-il. Ils ont défini pour le genre humain six stades de développement moral. Je t'explique.

Niveau un : les barrières morales ne sont mises en place que pour éviter la souffrance. On est au niveau de la moralité du ver de terre.

Le deuxième est une forme rudimentaire de jugement moral destiné à simplement satisfaire ses désirs.

Le troisième, appelé aussi celui du « bien pensant », obéit au besoin de ne pas se faire rejeter ni désapprouver par la majorité.

Au quatrième niveau, l'individu fera tout pour ne pas se mettre en infraction avec les autorités du moment. Ces deux derniers niveaux sont en général ceux de la majorité des populations.

Le cinquième recoupe le précédent dans le sens où la

loi devient la pierre de touche, l'impératif moral absolu, que, bien que ça lui coûte, l'individu n'enfreindra pas.

Enfin, le sixième niveau est celui des individus qui s'efforcent en leur âme et conscience d'être en résonance avec les valeurs éthiques universelles, même si ça les met en conflit avec la loi existante. Le rêve de Kolhberg, trouver un niveau sept. Style Grand Initié.

Tu admettras comme moi que nombre d'individus en sont restés au niveau zéro, et je pense que Joseph Vanloo en est un bon exemple. On les appelle des sociopathes, moi, je dirai plus simplement : des monstres.

Le chien se leva et s'étira.

– Tu n'es pas d'accord ?

Le chien soupira avec un peu d'impatience selon son habitude, et détourna le regard vers la fenêtre où la neige se collait au carreau. Il s'assit et se gratta vigoureusement derrière l'oreille.

– Tu... tu me situerais à quel niveau ?

Le chien parut réfléchir, et trottina vers la porte.

Stark plissa les lèvres, et ouvrit le tiroir de son bureau fermé à clé où il prit l'étui qui contenait son Sig Hauser 9 mm. Treize balles dans le chargeur plus une dans la chambre. Il le vérifia et accrocha son holster à la ceinture.

Le chien se retourna et le regarda d'un air réprobateur.

– T'aimes pas ça ? Moi non plus. C'est pas ce qu'on a inventé de mieux, nous les hommes. Malheureusement, ça peut être utile, dit-il un peu fort.

Effrayé, il balaya la salle du regard. Mais apparemment personne n'avait prêté attention à ce qui se passait entre le sergent et le chien.

Seules les lampes des bureaux des flics en service étaient allumées. Le commissariat baignait dans une douce clarté qui n'avait rien à voir avec ce qui s'y vivait. Les trois inspecteurs de service discutaient à voix basse, assis au même bureau. Sur les quatre officiers de police en uniforme, deux cassaient la croûte en prévision des heures où le poste serait envahi par les oiseaux de nuit ramenés dans les filets.

– On y va, Le chien, dit Stark.

Le chien lui jeta un regard de côté.

– Pourquoi tu me regardes comme ça ? Si j'ai tort, ça nous fera une balade en voiture. Si j'ai raison... Si j'ai raison... J'espère qu'il a perdu l'habitude de décapiter les chiens.

Je sonne deux fois avant d'entendre mon père arriver en criant :

– On sonne, Annie, je vais ouvrir. Tu attends quelqu'un ?

Il ouvre la porte et ne me reconnais pas. Bonjour, la voix du sang.

– Oui ?

Et en même temps, fidèle à son instinct de foireux, il veut repousser la porte.

– Papa...

Il écarquille les yeux comme des soucoupes et se rapproche pour mieux me voir.

– Joseph ?

– Joseph, oui, papa, je réponds en ôtant ma casquette. Tu me remets maintenant ?

Il semble pris dans les glaces. Parole, il aurait fait un sacré comique ! Prudent, je coince mon pied dans la porte.

– Je peux ?

S'il est figé, moi je gèle.

– Qu'est-ce que tu fais là ? réussit-il à bégayer.

– C'est une très longue histoire, je soupire. Un cauchemar. Je devais vous voir, toi et ma sœur. Je ne pensais plus qu'à ça. On a dit tellement de mensonges sur mon compte. J'accentue mon air affligé. Tiens, Annie, bonsoir ! je m'exclame joyeusement quand ma sœur surgit derrière son père.

– Joseph..., souffle-t-elle, Joseph !

Et son air effaré vaut le détour.

– Mais oui, petite sœur ! Que je suis heureux d'être enfin là ! Je n'y croyais plus.

En même temps, je repousse la porte que mon père, qui n'a pas quitté son air débranché, retient mollement.

– Eh ben, papa ! m'exclamé-je en faisant mine de ne pas remarquer son expression imbécile.

Il est vieux et décrépit, aussi chiffonné que le pantalon et la chemise qu'il porte. On voit que sa femme n'est plus là. Ses cheveux, ou ce qu'il en reste, laissent apparaître un crâne fripé. Son regard est vide. Il est planté dans l'entrée comme une souche. Je le repousse, entre et ferme la porte derrière moi.

– Oh, ça n'a pas changé, ici ! Qu'est-ce que j'avais envie de vous revoir ! Tu te souviens, Annie chérie, comme on était bien chez papa avant ce drame horrible ? Tu sais, je dis à mon père en me tournant brusquement vers lui, je n'y suis pour rien dans toute cette horreur ! Tu le sais, j'espère ? Toi aussi ? dis-je à ma sœur. Mon Dieu, de quoi m'ont-ils accusé ! Sans preuves ! Simplement parce que j'avais disparu.

» Et pourquoi j'ai disparu ? je reprends d'un air furieux comme si je répondais à une question. Je vais pouvoir enfin dire pourquoi j'ai disparu, et vous en aurez la primeur, toi et Annie, parce que je n'ai jamais pu encore m'expliquer et il n'y a que votre sentiment qui compte pour moi ! Je les regarde alternativement. Que c'est bon d'être ici avec vous, soupiré-je en hochant la tête, et en souriant devant leur allure pétrifiée.

J'avance dans la pièce, caressant au passage le canapé, la table. Je tourne soudain vers eux un regard chargé de terreur et de chagrin.

– Figurez-vous que cette nuit-là, cette épouvantable nuit, commencé-je dans un murmure, je dormais chez maman et j'ai entendu l'assassin. Oui ! je l'ai entendu !

Je me suis levé mais tout était déjà fini ! Vous ne pouvez pas imaginer ce que c'était, crié-je. Ce sang partout ! ces corps déchiquetés ! ma mère, maman ! Je suis devenu fou. Qui ne le serait pas devenu ? Pouvez-vous réaliser ce que j'ai vécu ! J'ai perdu la tête, j'ai fui, je ne sais pas comment je me suis retrouvé dehors. J'ai couru pendant des kilomètres ! (J'éclate en sanglots, je tombe à genoux, relève la tête vers eux.) Ensuite... ensuite, j'ai été frappé d'amnésie. On m'a, paraît-il, retrouvé dans un champ au bord de la route, je ne savais pas qui j'étais. On m'a emmené et soigné dans une espèce d'asile, d'hôpital, dont je ne garde pas beaucoup de souvenirs, et ceux qui me restent ne sont pas bons. Et puis, un jour, ma mémoire est revenue. Et le cauchemar a commencé. On m'accusait d'avoir tué ma mère !

Je me tais et me courbe vers le sol, le cœur brisé d'émotion. S'ils résistent à cette séance, je me fais moine...

– Il y a un peu plus d'une semaine, je reprends d'une voix hachée (étonné tout de même de leur silence qui n'en finit pas), j'ai pu m'échapper de cet endroit horrible où j'étais prisonnier. J'ai compris qu'ils attendaient que je retrouve la mémoire pour me coller en prison. C'était ma dernière chance. Je me suis enfui en profitant d'un moment où leur attention s'était relâchée. J'ai marché la nuit, me cachant le jour. Mendiant, chapardant dans les fermes. Soutenu par l'idée de vous revoir et de m'expliquer. Car imaginer que vous puissiez croire... Non, je savais que vous saviez... Mais il fallait que je vous retrouve, que vous m'aidiez à m'innocenter. À démentir cette démoniaque accusation. Je redresse brusquement la tête. C'est parce que j'étais un coupable idéal qu'ils n'ont pas cherché ailleurs ! Je donnerais ma vie pour que rien de tout ça n'ait existé ! Je pleure, renifle, tends mes mains vers eux. Ma vie...

Des larmes coulent sur mes joues. Ma sœur tourne vers son père un visage ravagé. C'est gagné.

– Ce n'est pas toi, alors ? murmure-t-elle en me saisissant les mains. Je le savais... je le savais !

– Pas moi ? Mais Annie, je suis ton frère. Ton frère ! Je me relève, la prends dans mes bras, la serre, mêlant mes larmes aux siennes. Annie, Annie, tu sais combien j'aimais maman, même si nous n'étions pas toujours d'accord. C'est vrai, j'étais un garçon un peu dur, mais pas plus que les autres ! Je l'embrasse sur les joues, respire ses cheveux. Je ne suis pas un monstre. Je suis revenu pour me disculper. Ça ne sera pas facile car ils vont être obligés de retrouver le vrai coupable, mais je veux y croire ! Parce que vous m'aiderez.

Inquiet de ne pas entendre mon père, je me tourne vers lui.

– Tu ne dis rien ? C'est vrai, je débarque là comme un fantôme... J'imagine ce que vous avez souffert ! Mais moi aussi j'ai vécu l'enfer. Vous réalisez, perdre sa mère de cette façon et en être accusé ! J'avais tellement besoin de vous retrouver... Je n'ai même pas pensé à vous prévenir...

Enfin il remue, bat des paupières, s'ébroue comme s'il sortait du sommeil.

– On m'a dit..., commence-t-il.

Puis il se tait et me fixe comme si j'étais un inconnu brusquement introduit chez lui.

– Oublie tout ce qu'on t'a dit, papa ! crié-je. Je suis là, nous sommes de nouveau réunis, rien que ça devrait te convaincre que je dis la vérité. J'ai besoin de toi, de vous. Nous restons une famille ! Tu vas m'aider à faire éclater mon innocence !

Je parcours le salon avec l'air joyeux d'un évadé ou d'un démobilisé qui a retrouvé les siens. Je me tourne vers eux. Ils ont repris leur immobilité et me regardent comme un Martien. J'en remets une couche :

– Tu sais quoi ? Demain on ira trouver les autorités et je les obligerai à me croire. Ils n'ont rien contre moi, ils ont tout inventé ! Je les forcerai à le reconnaître. J'alerterai les médias. C'est la plus grande erreur judiciaire du siècle ! Mon Dieu, que c'est bon de se retrouver chez soi, de vous retrouver. Je n'y croyais plus ! Je reviens vers eux. Vous m'avez tellement manqué, papa, si tu savais ! Je refoule un sanglot. J'aimais tellement maman ! (En revanche, je n'aime pas l'expression de mon père. Une sonnette d'alarme résonne dans ma tête.) Ils m'ont fait tellement de mal, je murmure, tellement...

Je me laisse tomber sur le canapé, mais en les surveillant du coin de l'œil.

– Joseph ! crie ma sœur en se précipitant vers moi. Je te crois ! Ça a été si horrible ! Dieu me garde, je voulais mourir !

– Et moi, crois-tu que je ne le voulais pas ? Perdre sa mère de cette manière horrible et être soupçonné... oh !

Du coin de l'œil, je vois mon père s'animer à la façon d'un automate, se pencher vers moi le regard vitreux, et articuler d'une voix croassante :

– La police a constaté les mêmes écrasements osseux à la taille de la ligne de coupe sur le doigt d'Ottis Mathew que sur les blessures infligées à ta mère et à son ami. Blessures faites avec un couteau de chasse qu'ils n'ont pas retrouvé, mais que tu as acheté il y a trois ans au nom d'un de tes camarades de classe. Tes empreintes ont été relevées chez ces garçons que tu as tués. Sur le corps martyrisé de ta pauvre mère et de son ami, on a retrouvé tes cheveux et ta salive. Je sais que tu es coupable, que tu es un immonde criminel, et pourtant il est si difficile pour un père d'admettre que son fils est un monstre !

Il a débité son laïus comme s'il récitait une recette de cuisine. C'est à mon tour de rester sans voix.

– Papa ! crie ma sœur.

– Je ne t'en ai jamais parlé, ma chérie, mais les enquêteurs m'ont averti de tout. Je t'ai menti quand je te disais le croire innocent. Tu avais assez souffert à cause de lui. Ton frère est un monstre, un barbare !

Il est secoué de sanglots. C'est la grande scène du III.

Elle se tourne vers moi, et je la sens encore prête à me

défendre, à refuser ce qu'elle vient d'entendre. Quelle gourde ! O.K., fini la comédie ! Je passe au plan B.

– Alors tu ne me crois pas ? je lance, goguenard, à mon père. Ben, t'as raison, t'es moins gland que je le pensais.

– Joseph, crie ma frangine, Joseph, non !

– Joseph, je singe, mon petit Joseph... je m'esclaffe. Il est mort, Joseph, mignonne ! Il n'a jamais existé que dans ton imagination. C'est vrai tout ce qu'a dit ton vieux. Mais à mon sens je ne suis pas un monstre, juste un mec qui veut pas se laisser emmerder.

Et puis je l'attrape parce que maintenant j'ai la rage. Je la fais tourner et la balance sur le canapé. En même temps je prends dans le sac mon poignard que je lui appuie sur la gorge à faire perler le sang.

– Tiens, le voilà, le poignard qu'ils n'ont pas retrouvé !

– Joseph, non ! hurle mon père comme un dingue. Non, Joseph, pas elle !

– Pas elle ! je singe encore. Pauvre type ! J'éclate de rire. Eh ben, si tu veux pas que ta chère petite fille se vide sur le tapis, tu vas m'aider, connard. Tu vas m'aider à fuir, tu entends, espèce de cocu !

STARK débarque dans la rue où habite Robert Vanloo après s'être empoigné avec la moitié des chauffeurs englués dans les embouteillages. La pluie verglacée récemment tombée a transformé la cité en une immense patinoire et plusieurs véhicules se sont retrouvés dans le décor.

– Putain, faut se garer, dans ce coin ! (Bien que chaque maison ait un garage, aucune place libre n'apparaît le long des trottoirs.) T'as vu, Le chien, maugrée Stark en cherchant le numéro de la maison de Vanloo, on dirait un village de Schtroumphs. Elles sont toutes pareilles, les baraques. T'aimerais habiter là, toi ? Moi, pas. Y a que leurs volets de différents. Bordel, l'archi a pas chopé une méningite sur ce coup ! Tiens, celui-là, il vote républicain, remarque Stark en désignant une pancarte plantée dans la pelouse d'une des maisons et qui porte le nom du candidat à la mairie. Mais pas celui-là. J'sais même pas qui c'est ce nom. Faut être débile pour faire de la pub à un politicien.

Ses phares découpent des pans de rue déserts où s'alignent des maisons aux fenêtres bleutées derrière lesquelles il aperçoit des écrans télé. De vagues silhouettes s'agitent derrière certaines. Une porte s'ouvre devant un chien qui court pisser sur la pelouse, vite rappelé par son maître frigorifié.

– Le chien, t'as devant toi l'exemple type de la petite-bourgeoisie américaine de banlieue. Oh, te fais pas d'idées, c'est pareil partout ! Qu'on mange du riz ou du porridge, du couscous ou des frites, c'est les mêmes têtes formatées. Comment des cinglés et des génies, des savants et des connards, des types super-chouettes et des Joseph Vanloo, peuvent-ils émerger de ces populations photocopiées ? Et d'abord, d'où tu viens avec ton regard qui pose toujours des questions du genre : tu vas me garder ? est-ce que je peux t'aimer ? est-ce que je peux te faire confiance ? Tu crois que t'as été viré par un tocard et recueilli par un gars bien ? Mais non, ce serait trop simple. Avant toi, les chiens, j'avais jamais fait gaffe. Je les trouvais sympas, sans plus. Tu veux que je te raconte une histoire de chien ?

Le chien s'allongea sur la banquette avec un soupir qui en disait long.

– J'ai lu ça dans un livre. Ça se passe dans un camp nazi. Le chef de ce camp possède un chien superbe et gentil qu'il a transformé en tueur. C'est pareil pour les humains. Suffit d'être bien conditionné. Ce chien, il bouffe les gens sur un simple geste de son maître que les déportés ont surnommé la Poupée parce qu'il ressemble à une poupée. Première leçon : Ne jamais se fier aux apparences. Un jour, la Poupée ordonne à son chien de bouffer une jeune déportée pour une raison x ou y. Il n'avait pas besoin de raison pour faire boulotter les déportés par les chiens. Mais le chien n'a pas pu. La jeune fille était belle, douce, jouait si bien du violon qu'au lieu de la mordre il s'est allongé près d'elle et lui a léché les mains qu'elle avait glacées. Que crois-tu qu'il se soit passé ? La Poupée a tué son chien qu'il adorait parce qu'il lui avait désobéi. Parfois, un tueur peut être touché par la grâce, et une autre fois c'est un type bien qui devient un salaud. Ce qui est fatigant, c'est de ne jamais savoir qui deviendra quoi. Elle t'a plu, mon histoire ? C'est parce que c'est pas seulement une histoire de chien.

Le chien se redresse et ouvre la gueule comme s'il souriait. Mais c'est une illusion, un chien ne sourit pas. Et l'histoire de Stark ne s'y prête pas.

– Tiens, ben le voilà, le 1321, Elmore Lane, tu vois, faut pas désespérer, dit-il en lui tapotant la tête.

Stark ralentit et regarde la maison dont le rez-de-chaussée est éclairé. Il jure sourdement à cause des rideaux tirés qui cachent l'intérieur.

– Bon, ils sont là. Tout au moins le père. M'a l'air tout calme. Ne m'en veux pas de m'être planté, Le chien. Les trois quarts du boulot de flic, pour pas dire davantage, consistent à faire chou blanc. On va se garer deux minutes, histoire de fumer une sèche, et on se rentrera. Au fond, qu'est-ce que j'espérais ? Un western ? L'autre fumier doit même pas se rappeler qu'il a un père, vu ce que j'ai lu. Ça valait quand même le coup d'essayer. Tiens, un mec qui s'en va, ça tombe bien.

Il se gare mais laisse le moteur tourner à cause du froid. Il observe dans son rétroviseur la maison de Vanloo qui ne se distingue en rien des autres. Tournant le regard vers une maison sur le trottoir opposé dont une seule fenêtre laisse filtrer une vague lumière, il aperçoit derrière un rideau une silhouette qui semble surveiller la rue.

– Tiens, encore un qu'a raté sa vocation de concierge ! Qu'est-ce qui peut bien l'intéresser dans cette rue vide ? C'est un mec ou une gonzesse ? Sûrement une nana, vu la taille. Une autre Adèle Ruffol qui s'ennuie toute seule chez elle et qui regarde ce qu'il y a dans l'assiette du voisin. Ou dans le plumard. Plutôt le plumard, d'ailleurs. T'as pas froid, Le chien ? Allez, on va se rentrer, j'en ai marre. Encore une de mes idées à la con. Tu me diras que puisqu'on est là on pourrait aller saluer le père du gentil Joseph. Il doit pas connaître les derniers exploits de son fils. Bof, il l'apprendra bien assez tôt. Tu te rends compte, Le chien, avoir un fils qu'a tué sa mère ? Putain, la galère ! Ta vie, elle ressemble à quoi ? À une réplique de Guernica ? à un charnier ?

Il s'arrête soudain de parler parce que le rideau de la fenêtre où se cache l'Adèle Ruffol du coin vient d'être tiré, et qu'il aperçoit un canon noir tenu devant le visage du guetteur et dirigé sur lui.

– Merde, c'est quoi ça ? s'exclame-t-il, sentant ses cheveux se dresser sur sa nuque. Un flingue ! Il plonge sur la banquette, poussant en même temps le chien dans l'espace sous le tableau de bord. Bouge pas !

Au bout d'un moment, il relève précautionneusement la tête vers la maison en plissant les yeux. Une silhouette apparaît derrière la vitre, et dans la pâle clarté qui diffuse de l'arrière de la pièce il reconnaît un homme, ou un jeune homme, qui prend des photos.

– C'est quoi cette connerie ? grommelle-t-il. Il prend quoi comme photos, ce taré ? Il suit des yeux la direction de l'appareil et s'aperçoit qu'il est plus ou moins braqué sur la maison de Robert Vanloo. Il reste un moment pensif, cherchant la raison. Tu peux remonter, Le chien, dit-il en se redressant. C'est qu'un amateur de photos. Le chien se réinstalle sur la banquette avec un soupir soulagé. À part que je vois pas ce qu'il peut prendre à cette heure et avec cette lumière. Y a pas un chat dans la rue et il fait noir comme dans un four... Alors, qu'est-ce qu'il surveille ? Il suit de nouveau des yeux la direction de l'appareil qui semble ne pas avoir dévié. Bon, tu sais quoi ? On va aller le lui demander, à l'amateur de photos, et s'il se fait un album porno, il va entendre parler du pays. Reste là, je reviens.

Il sort de la voiture en s'emmitouflant dans son manteau. Après la pluie, un vent glacial fait frissonner la neige qui s'ébouriffe en poudre. Il court jusqu'à la maison du photographe et cogne vigoureusement à la porte.

– Eh, ouvrez, crie-t-il. Nom de Dieu, il fait froid !

Il entend à l'intérieur un piétinement de souris et la porte s'ouvre sur dix centimètres, retenue par sa chaîne de sûreté.

– Oui ? bégaye une voix plaintive.

Stark lui colle sa plaque sous le nez.

– Sergent-chef Stark, de la brigade des homicides. Je dois vous parler.

– Pourquoi ? bégaye de nouveau l'homme. Je vous ouvre, sergent-chef.

Stark se retrouve devant un petit homme d'une soixantaine d'années au visage jaune ridé, aux gestes menus, qui, en multipliant les signes d'amabilité, le prie d'entrer.

Ils restent sans parler l'un en face de l'autre. Stark, parce qu'il se demande ce qu'il fait là, et l'autre, parce qu'il se demande ce qu'il a fait.

– Heu... excusez-moi de vous déranger, commence Stark, puis, avisant l'appareil photo posé sur un bras du canapé : J'étais... j'étais en faction devant chez vous, enfin un peu plus loin, et je vous ai vu avec votre appareil et j'ai cru... Peut-il avouer à ce petit homme d'apparence si inoffensive qu'il a craint être mis en joue ? Heu... vous prenez des photos en pleine nuit ?

Le petit homme baisse la tête d'un air confus.

– C'est-à-dire... j'ignorais que c'était interdit.

– Ça ne l'est pas ! Je me demandais seulement... ce que vous photographiez.

Il garde la tête baissée.

– Vous êtes vraiment de la brigade des homicides ? demande-t-il timidement.

– Mais... oui.

– Vous êtes... armé ?

Stark se raidit.

– Ouais, et je sais m'en servir.

Sait-on toujours à qui on a à faire ? Ce petit homme frêle est-il ce qu'il semble être ?

– Alors, dit l'homme en relevant brusquement la tête, il faut que je vous dise, sergent-chef. Il s'arrête, et son visage parcheminé se tend et se détend dans une série de grimaces caoutchoutées. Il faut que je vous dise que je crois... je crois que mon charmant voisin, M. Robert

Vanloo, dont la maison est presque en face de la mienne, au 1321, alors que j'habite au 1328, M. Robert Vanloo, qui a connu bien des malheurs, a reçu aujourd'hui une visite. Stark attend, ne voyant pas où le petit homme veut en venir. Une visite de quelqu'un de sa famille... Enfin, je crois.

– Ce serait qui ? demande Stark dont le pouls se précipite.

Vanloo senior n'a jamais évoqué une quelconque famille.

– Peut-être... peut-être... son fils, lâche l'homme comme s'il crachait de l'acide.

Stark sent son estomac se creuser.

– Vous voulez dire... son fils Joseph ?

L'homme acquiesce vigoureusement de la tête.

– Je l'ai pris en photo, je peux vous montrer ? Sans attendre de réponse il va chercher son appareil, trouve le cliché, zoome, et le tend à Stark. Voilà, sergent-chef.

Stark regarde sans y croire le visage de Joseph Vanloo s'inscrire dans le petit écran.

– C'est lui, croyez-vous ? croasse le petit homme.

– C'est lui, souffle Stark en apnée. Il a... grossi... mais je crois bien que c'est lui.

Et dans le même temps il compose sur son portable le numéro de Neal. Il tombe sur la messagerie, jure et laisse un message. Il fait celui de son commissariat.

– Ici, Stark, je veux que vous fassiez rappliquer toutes les patrouilles dans Elmore Lane, au sud de Park Central. Je suis sur place. Joseph Vanloo est chez son père. Belley est là ? Tant pis. Sonnez le tocsin chez les gars. Attention, tout le monde arrive en douce. Laissez les voitures au début de Fennimore et continuez à pied jusqu'à Elmore. Il risque de se servir de sa famille comme otages. Grouillez ! Il coupe et se tourne vers le photographe en souriant de toutes ses dents. Pourquoi n'avoir pas appelé la police, monsieur...

– Tagushi. Yochimo Tagushi. Je suis citoyen américain, je suis né ici.

– Ce n'est pas ce que je vous demande, monsieur... Pourquoi n'avez-vous pas prévenu la police ?

Tagushi secoue la tête d'un air navré, les yeux si plissés que Stark craint qu'il se mette à pleurer.

– Bon, c'est pas grave, vous avez pris une photo, c'est formidable. Maintenant, monsieur... Yachimi, vous avez une cave ? Bien, alors allez vous y installer et n'en ressortez que quand tout sera fini, O. K. ?

– Il va y avoir du danger, sergent-chef ?

– Non, pas du tout. Faites juste ce que je vous dis.

Stark lui serre la main et sort en coup de vent. Il court vers sa voiture et s'y engouffre. Il rappelle son commissariat.

– Vous avez prévenu les équipes ?

– Oui, sergent, tout le monde. Mais faut un peu de temps, d'autant que c'est très casse-gueule sur les routes et qu'il y a déjà deux voitures de patrouille qui sont dans le décor.

– Et merde ! Et le lieutenant Neal, vous l'avez eu ?

– Non. Son portable ne répond pas et à son bureau on ne sait pas où il est.

– Vous avez contacté les gars de ma brigade ?

– Affirmatif. Ho rapplique, et j'ai laissé un message à Sipo et Henley. Sanström est à l'hôpital parce que sa femme a eu un malaise. Il a dit qu'il viendrait dès qu'elle aura repris connaissance.

Stark se retient de jurer.

– O. K. Ça ne me dit pas dans combien de temps j'au rai des renforts.

– J'peux pas dire, sergent, ça patine grave et presque tous les gars sont à droite et à gauche, alors faut les réunir. J'ai prévenu aussi les Swat. Le capitaine était chez lui.

– Merci.

Stark coupe. Il garde les yeux fixés sur la maison de Vanloo. Savoir ce qui se passe dans cette baraque. Ce cinglé de Joseph bouffe-t-il tranquillement sa soupe avec son géniteur ou l'a-t-il déjà égorgé parce qu'elle était froide ? Il pose sa main sur le flanc du chien.

– Putain, t'as chaud, toi, dit-il sans le regarder. Tu ferais quoi si t'étais moi ? T'irais tout seul ? Normalement, ce barge n'a qu'un couteau. Mais il a pu aussi se constituer un arsenal ! Il fourrage machinalement dans le poil dru du chien. Si j'essaye de me faire ouvrir... Sous quel prétexte avec ce temps de merde quelqu'un de sensé m'ouvrirait-il sa porte ? On n'est pas assez loin de la ville pour faire le coup de la panne d'essence... ou de la panne tout court. Et pourquoi juste cette baraque ? Parce qu'elle a des volets marron et que je trouve ça joli ? Ouais, mais si j'attends que la cavalerie rapplique en faisant le boucan habituel, parce qu'il y a pas plus con qu'un flic stressé, est-ce que l'autre taré va pas s'énerver et massacrer tout le monde juste pour se réchauffer ? Merde, Le chien, donne-moi ton avis !

Le chien lui lance un regard vexé, n'appréciant visiblement pas le ton. Il se redresse, bâille, regarde à l'extérieur et gratte la portière.

– Quoi, tu veux descendre ? Qu'est-ce t'irais faire dehors ? T'as pissé y a pas une heure ! Tu vas te casser la gueule, mon pote, c'est une patinoire dehors, et si y a une voiture qui rapplique et qui peut pas freiner, t'es bon pour...

Il se tait. Regarde le chien. Pince les lèvres. Relève la tête vers la maison de Vanloo.

– Rapplique, dit-il brusquement au chien en ouvrant sa porte.

Le chien saute sur la chaussée, glisse, se rattrape, colore rapidement d'un jet jaune la neige coincée au pied d'un arbre.

– Amène-toi, dit Stark en le tirant par le cou. Laisse-toi faire, mon pote. Je te donne le rôle de ta vie !

Il le traîne jusqu'à la maison des Vanloo, le barbouille de neige, le prend dans ses bras en ahanant, lutte contre le chien qui se débat.

– Putain, mon pote, t'as le poids d'un âne mort ! Reste tranquille.

Mais le chien ne comprend pas pourquoi son nouveau copain veut l'empêcher de rigoler en se roulant dans la neige.

Stark court cogner à la porte, serrant contre lui de toutes ses forces le chien qui, croyant à un nouveau jeu, cesse de se tortiller et le regarde, la gueule joyeuse. Ne recevant aucune réponse, Stark frappe plus fort et crie :

– Je vous en prie, il y a un chien blessé ! Ouvrez-moi ! Putain, ils vont ouvrir ? Un chien, il a besoin de soins...

Il entend des pas, et la voix probable de Robert Vanloo au travers de la porte :

– Il n'est pas à nous, nous n'avons pas de chien, allez chez les voisins !

– Y a personne. Il est pas blessé, juste un malaise. J'ai besoin d'eau. Monsieur, soyez humain !

Il recommence à tambouriner contre la porte, espérant que le tintamarre leur fera peur. La porte s'entrouvre et la tête de Robert Vanloo apparaît. Il n'est pas besoin d'être devin pour comprendre que l'homme est terrorisé.

– Monsieur, recommence Stark, laissez-moi entrer sinon mon chien va mourir.

– Je croyais que vous l'aviez trouvé sur la pelouse, riposte Vanloo. Je ne peux pas vous laisser entrer.

– Pourquoi, monsieur ? J'en ai pas pour longtemps.

Et en même temps il colle son pied dans l'ouverture.

Vanloo le remarque et regarde Stark d'un air furieux. Stark se fouille et exhibe sa plaque.

– Monsieur, deux minutes, je vous demande pas plus, mon chien est cardiaque, je dois lui faire une piqûre. S'il vous plaît. Il lâche le chien et agite sa plaque. Stark, des homicides, je sais que votre fils est ici, chuchote-t-il. Laissez-moi entrer.

Vanloo secoue la tête.

– Non.

– Je ne lui ferai pas de mal. Je vais juste l'arrêter, il est dangereux !

Vanloo secoue plus vigoureusement la tête.

– Non. Puis si bas que Stark l'entend à peine : Il tient ma fille en otage et s'est emparé de mon pistolet. Allez-vous-en.

Il tente de repousser le pied de Stark.

– Je vais faire le tour, murmure Stark, faites diversion.

– C'est quoi ?

Stark reconnaît la voix de Joseph.

– Un... un voisin... qui a son chien malade...

– On n'est pas vétérinaire, répond Joseph.

– Monsieur, je n'ai pas de téléphone chez moi, et je n'ai plus de batterie sur mon portable, laissez-moi passer un coup de fil ! crie Stark, ignorant le regard affolé de Robert Vanloo.

Il entend un éclat de rire.

– Vous êtes rudement mal tombé, je déteste les clébards !

Vanloo essaie une nouvelle fois de repousser Stark.

– Je passe par-derrière, chuchote celui-ci avant de consentir à retirer son pied.

Vanloo claque la porte et Stark entend qu'il tire le verrou.

Stark regarde sa montre. Vingt minutes qu'il a appelé, la cavalerie ne va pas tarder. Se glissant le long du mur pour faire le tour par le garage, il trébuche sur son chien.

– Putain, t'as pas été bon sur ce coup, grogne-t-il.

Le chien le regarde d'un air offusqué. Stark a peur et s'en veut. Il souffre de son genou au point de ne pas pouvoir avancer la jambe.

– Je vais me glisser par-derrière, lui murmure-t-il. Il doit bien y avoir une ouverture. Si tu me comprenais, tu aboierais pour le distraire, cet ennemi des chiens. Tu lui boufferais la rate !

Pourquoi il n'attend pas les autres ? Ils vont s'amener à cinquante, avec des Remington 566 capables de toucher leurs cibles à six cents mètres, des gaz lacrymogènes, des pistolets paralysants.

Les encagoulés du Swat seront armés de fusils grands comme des arbres. Ils enfonceront la porte à coups de bélier, investiront la maison, s'engouffreront telle une charge de buffles en furie. Grimperont sur le toit, hurleront des ordres, des contrordres. Brailleront des mots convenus. C'EST CLAIR ! LA PORTE ! À L'ÉTAGE ! VITE, VITE, VITE ! Trembleront de trouille malgré leurs casques et leurs gilets pare-balles. La rue sera transformée en fête foraine mais on n'y trouvera que des trains fantômes et des baraques de tir.

Et à l'intérieur, l'autre fou aura déjà égorgé sa sœur ou son père, ou les deux. Et peut-être qu'après il se rendra, cet enflé, parce que les tueurs ne sont pas des héros... Et les flics essayeront de le prendre vivant pour que les ligues de ceci ou de cela ne viennent pas pleurnicher qu'il a été assassiné, et que se comporter comme les criminels revient à être un criminel, et que cet homme a droit comme tout le monde à un procès, et patati et patata...

Et en admettant que ses avocats n'arrivent pas à convaincre les jurés qu'il est dingue et qu'il soit condamné à mort, avec les procédures en appel, les manifs des anti-peine de mort, les comités de soutien, les interviews où il déclarera avec des sanglots dans la voix qu'il regrette ce qu'il a fait et a rencontré Dieu, ce salopard qui a massacré de sang-froid son adorable mère pourra se goberger le restant de sa vie en prison où des amateurs de sensations viendront le visiter au parloir, où des éditeurs lui proposeront un million de dollars pour écrire ses mémoires et des filles de l'épouser.

Stark s'appuie au mur en tremblant autant de rage que de trouille. Le souvenir d'Alice lui perce le cœur. Il regarde le chien qui se tient devant lui, la tête penchée à tenter de comprendre ce qui se passe dans le cœur de cet humain qu'il aime mais qui le déroute.

Stark sort son Sig de l'étui, vérifie le chargeur. Respire profondément plusieurs fois pour calmer son cœur qui cogne à lui casser les côtes, détendre son genou qui flambe comme un tison, sécher ses mains moites au point de ne pas pouvoir tenir la crosse de l'arme, affermir ses jambes molles et desserrer la douleur qui lui cercle le crâne.

– À tout à l'heure, Le chien. Fais gaffe à toi.

MON PÈRE qui souffle comme un asthmatique a déjà le teint du cadavre qu'il sera bientôt. Je suis installé à table, à dévorer un énorme steak que ma sœur a préparé.

– Vous n'avez pas faim ? je leur propose, moqueur. Ce serait plus sympa de manger ensemble.

Ils ne pipent pas. Annie, réfugiée dans un fauteuil, me fixe avec haine. J'ai sur la table à côté de moi le pistolet 22 de mon père qu'il gardait dans un tiroir de son bureau, et qu'en menaçant d'égorger ma frangine, je l'ai obligé à me donner.

– C'était qui cet emmerdeur ? je demande en avalant une énorme bouchée de purée.

– Un... un voisin, répond mon père.

– Qu'est-ce qu'il avait son clebs ? Tu t'es bien débrouillé. Il n'avait pas intérêt à entrer...

Mon père ne répond pas, mais le regard qu'il me lance me fait comprendre que je n'ai rien à attendre de lui. Il m'a jamais aimé. Il ne s'intéressait qu'à son boulot et à ses foutues voitures, c'est pour ça que ma mère en a eu marre. Il ne s'est jamais occupé de moi. Je suis sûr qu'il ignorait même en quelle classe j'étais et ce que j'y faisais. Il n'y avait que ma mère pour s'en inquiéter, mais elle c'était trop.

– Qu'est-ce que tu fais ?

Mon père, qui s'est levé pour se rapprocher de ma sœur, s'immobilise.

– Tu vas me tirer dessus ? crache-t-il. T'en es bien capable ! Tu veux alerter tout le quartier ?

– Tout le quartier ? je ricane. Tout le monde roupille, qui je vais réveiller ?

Maintenant que j'ai compris qu'il ne m'aiderait pas, je n'ai plus de raison de raconter des salades. Je les regarde en me demandant pourquoi les gens font tellement d'histoires avec leur famille. Pourquoi on devrait spécialement aimer ses parents ? À les écouter, tu croirais qu'ils t'ont tout sacrifié. Tu parles !

– Je ne peux pas croire que tu n'as que ça comme argent, je dis à mon père en me levant et en tirant de ma poche la mince liasse de billets que j'ai trouvée.

– Je ne suis pas une banque !

Il est hors de lui, mais il a peur pour sa fille.

– Non, mais tu vas y aller, à la banque. Bon payeur comme t'es, je suis sûr que tu peux tirer encore quelques billets. Où veux-tu que j'aille avec deux cents dollars ?

– Au diable ! me hurle-t-il. Va au diable ! Je t'ai dit que je n'ai plus de crédit. Tu crois qu'on fait confiance à quelqu'un qui a un fils comme toi ? J'ai perdu mon emploi, je n'ai plus personne !

Je suis sûr qu'il ment, mais ça m'est égal. Je veux juste plus d'argent.

– Les bijoux de ma mère, où ils sont ?

– Salaud !

Ma sœur en profite pour éclater en sanglots et mon père la prend dans ses bras. J'ai soif et je vais me chercher un verre d'eau. Je les observe, pelotonnés l'un contre l'autre, et les trouve pitoyables.

– J'aimerais bien un verre de vin, dis-je à ma sœur. Va en chercher.

– Fous-lui la paix !

Je pouffe.

– Ça a toujours été ta petite chouchoute, hein, celle à qui on passait tout… J'espère que c'est pas incestueux…

Mon père se redresse d'un bond, le bras levé.

– Pourriture !

J'éclate de rire.

– Bon, ben c'est pas le tout, j'ai sommeil. Je vais vous enfermer dans la buanderie et me coucher, je me souviens que la porte a une clé. Comme ça, vous me dérangerez pas. Demain, on avisera. J'espère que ta voiture roule bien, pa-pa, dis-je en détachant les syllabes. Pa-pa, ah, on peut pas dire que tu te sois jamais conduit comme un papa. Ma-man… ah, ça sonne bien aussi… ma-man.

– Tu es un monstre ! rugit mon père en marchant sur moi.

– BOUGE PAS !

– Tu ne me fais pas peur !

– Ça m'étonnerait, t'as toujours été un foireux. C'est pour ça que ta femme a pris un autre mec !

Soudain, je me tais. J'ai entendu quelque chose à l'extérieur. Je vais à la fenêtre et écarte les lames du store. Je ne vois rien mais la nuit est noire. Je reste un moment à examiner le jardin et la rue tout en surveillant mes otages. Otages. Effectivement. Je peux parfaitement m'en servir comme otages si on veut me bloquer. Ce sera pas facile de surveiller les deux en même temps. Bon, c'est à voir. En attendant, que se passe-t-il dehors ?

– Qu'est-ce que t'as ? demande mon père.

– T'as rien entendu ? Qu'est-ce qu'il a dit l'homme au chien ?

– L'homme au chien ? Rien, il est parti.

Je trouve son ton bizarre.

– T'es sûr ? Je braque mon pistolet sur ma sœur. Tu chercherais pas à m'avoir, hein ?

– Mais comment, hurle mon père comme un hystérique, je ne le connais même pas ce type !

Je le regarde de travers. Il est bien capable de me jouer un sale tour.

– J'ai pas confiance.

– Pourquoi ? Personne sait que tu es ici, dit brusquement ma sœur. Je la regarde, étonné de son ton glacial. Je croyais que tu étais brave, reprend-elle, brave pour tuer ta mère dans son sommeil... ou couper le doigt d'un gosse deux fois plus petit que toi.

Qu'est-ce qui lui prend ? Elle se révolte enfin ? Elle choisit mal son moment.

– Maman ne dormait pas. Elle se faisait sauter par son amant. C'est pour ça que je l'ai tuée. J'étais juste venu pour descendre Petrovic.

Elle porte les mains à sa bouche et pousse un cri horrifié.

– Je voudrais que tu meures, dit soudain mon père, et ses paroles qui tombent dans le silence me font frissonner. Je voudrais que tu meures, là maintenant.

On se fixe, et je vais pour répondre quand j'entends un bruit qui vient de la cuisine.

– Il y a quelqu'un ici ! je hurle.

À ce moment, retentissent dans le lointain, mais se rapprochant rapidement, des sirènes de police.

– T'as prévenu les flics ! Je pointe mon flingue sur mon père. Je vais t'abattre comme un chien et après ce sera le tour de ta fille !

– Lâche ton arme !

Je me retourne d'un bloc. Éberlué, je reconnais le flic boiteux dont je m'étais méfié à notre première rencontre. Il me vise avec un pistolet bien plus gros que le mien. Je suis pris de tremblements et assure mon arme avec l'autre main.

– Si vous me tirez dessus, je les abats !

Ça n'a pas l'air de l'impressionner. Il me fixe avec haine, et je ne sais plus quoi faire. Je dois gagner du temps, le distraire.

Je sais, pour l'avoir vu dans des films un nombre incalculable de fois, que les flics ne tirent jamais les premiers, tout au moins ce genre de flics. Ils font des sommations, et c'est à ce moment-là qu'on peut les avoir. Mais la cavalerie n'est pas loin. Les sirènes se sont tues, et je sais ce que ça veut dire. Bon, faut que je me grouille ou c'est ici que je m'arrête.

– T'es pas capable de tirer, flicard. Si tu le fais quand même, j'aurai le temps de les descendre !

J'ai agi comme un con en venant ici. J'essaye de les tenir tous les trois dans ma ligne de mire. J'ai peur. Je voudrais me rendre. Mieux vaut quelques années de prison que la terre du cimetière. Je sens mes intestins se relâcher.

– Tuez-le, dit mon père.

Le flic le regarde, aussi surpris que moi. Je me sens malade à crever.

– Descendez-le maintenant, sergent.

J'en reviens pas d'entendre mon père demander ma mort. Le salaud ! Mon propre père !

– Lâche ton arme, répète le flic.

Je vois son doigt se crisper sur la détente. Dehors, des portières claquent et un lourd piétinement ébranle le sol. Ils sont là et nous regardent. Leurs armes sont braquées sur moi. Des armes énormes capables de déchiqueter un éléphant. Je voudrais parler mais j'ai la langue collée au palais. Je voudrais leur dire que je me rends. Je ne veux pas qu'ils tirent. Ça fera trop mal. Ne tirez pas !

– Lâche ton arme, tu n'as aucune chance.

J'entends sa voix à des kilomètres. Des chocs ébranlent la maison. Mon père et ma sœur se fondent dans une espèce de gelée. Maman, je veux vivre ! Je me tourne vers le flic.

C'ÉTAIT BLANC et brillant. Et froid. Il ne s'en aperçut qu'au bout d'une dizaine de jours.

Durant cette période, il zigzagua dans une sorte de couloir du *in* au *out*. Parfois il se rapprochait du bord *in*, et aussitôt s'installait une sensation imprécise mais déplaisante, et il se pressait de rejoindre l'autre côté où c'était plus agréable.

Les mots « agréable » ou « déplaisant » n'avaient pas grand sens, d'ailleurs ils restaient informulés, s'épanouissant dans son esprit comme des fleurs sombres sans qu'il sache non plus ce qu'étaient ces fleurs sombres.

Par la suite, quand il y repensa, il se vit comme un poisson hésitant à se rapprocher de la surface de l'eau. Rien ne le poussait ou ne le retenait dans le mouvement. Il n'avait qu'à se laisser porter.

C'est au bout de ces dix jours d'errement qu'il écarta les paupières et vit tout ce blanc. Pas seulement. Il y avait, au milieu de ce blanc, une grosse tête noire qui se penchait sur lui, toutes dents dehors. Il tenta de reculer, effrayé.

– Ah mais le revoilà ! tonitrua la bouche joviale. Quand même ! Monsieur daigne répondre à nos appels...

Il voulut repartir dans le *out* mais s'aperçut que ce n'était plus possible parce que d'autres têtes se remplaçaient au-dessus de lui et qu'il ne retrouvait plus le chemin.

LA MER était tout près. Il suffisait de descendre une falaise en pente douce qui sentait aussi bon qu'une jeune fille à son premier bal, et de traverser un grand champ où un écolo du coin cultivait des plantes médicinales odorantes pour les laboratoires homéopathiques.

Allongé dans son transat, il ferma les yeux devant l'immense plaque bleue, mouvante à cause des éclats de lumière claqués par le soleil.

La ville était loin, mais pas ce qui s'y était passé.

Ils étaient tous venus. Les gentils, d'abord. Avec des bouquins et des boîtes de chocolats. Il y avait eu aussi des fleurs. Ensuite deux autres, avec des mines de croque-mort, qui avaient voulu savoir pourquoi il n'avait pas attendu les renforts et pourquoi il avait tiré au lieu de tenter de désarmer le forcené.

Il avait menacé de repartir dans le *out* et ils avaient laissé tomber. Il y avait une question qui lui brûlait les lèvres mais qu'il n'osait pas poser.

Belley lui raconta comment les flics avaient débarqué au moment du tir croisé. Mais comme son chef avait enchaîné sur la suite de l'histoire avec Robert Vanloo blessé à la tête et son fils tué à la tête, il n'avait rien osé demander.

Quand on lui avait enfin ôté tous les bouts de plastique qui le perçaient, Belley était venu le chercher en voiture pour le ramener chez lui.

Il se sentait à l'ouest, marchait avec une canne, titubait, souriait bêtement et remerciait sans arrêt les bouilles blanches et noires qui l'accompagnèrent vers la sortie qu'il dut gagner, malgré ses protestations hypocrites, en fauteuil roulant.

Mais Belley, qui sur le chemin n'arrêta pas de parler, ne le reconduisit pas directement chez lui. Il se gara devant chez Pitt et le laissa dans la voiture pour entrer dans le bar sans daigner s'expliquer.

Il ressortit un moment après avec Pitt... et Le chien. Et Stark se sentit comme un con et se mordit les lèvres quand son cœur devint tout chaud et ses mirettes embuées.

– Alors, tête de nœud ! aboya joyeusement l'Irlandais. Ça t'a pas étonné que je t'aie parlé de rien, hein ? Tu croyais que j'étais rien qu'un putain d'Irlandais qui pensait qu'à son tiroir-caisse ! Et qui c'est qui lui donnait à bouffer et le faisait pisser, ton clébard ? Jésus-Christ ! J'savais qu'tu finirais par ramener ta carcasse ! Lui aussi y savait ! Il a passé son temps à t'attendre !

Ils étaient rentrés chez eux, Le chien comme si c'était normal de se retrouver tous les deux.

Et plus tard, quand les cérémonies à la con, genre « pot du départ » avec la montre et le stylo, et le vin blanc un peu chaud et le rouge un peu acide, et les éternelles plaisanteries resservies dans ces occasions-là, et les tapes dans le dos et les promesses bidon de ne pas se perdre de vue, quand tout ça fut fini, un flic du commissariat voisin, d'origine grecque, se fit bêtement descendre, et quand sa veuve, qui n'était pas grecque et n'avait pas envie de finir ses jours dans l'île à pétaouchnok où son défunt époux avait fait bâtir une baraque toute blanche avec des volets tout bleus, « juste en face, tu te rends compte, de la plus belle mer du monde ! », la lui avait proposée pour un prix dérisoire afin de s'en débarrasser, il avait répondu : Pourquoi pas ?

Il tourna la tête en entendant arriver Le chien qui passa à côté de lui et courut vider sa gamelle d'eau sous la terrasse.

Puis, dressé sur ses pattes de vagabond en chaussettes, il regarda son copain de ses yeux chocolat et sa gueule aux moustaches mouillées s'ouvrit dans un grand rire silencieux.

Au-dessus d'eux, sur le flanc de la colline, le village blanc et ocre s'éveillait de la sieste. Les cris joyeux des femmes firent tressaillir les oliviers et chanter les oiseaux. Stark essaya de reconnaître la voix de Melina.

REMERCIEMENTS

Une coutume qui se généralise veut que nos amis écrivains de polars, anglais et américains principalement, remercient à la fin de leur livre ceux qui les ont aidés durant leur écriture.

En ce qui me concerne, j'ai moi-même recherché la documentation ; je n'ai pas rencontré d'expert ou de spécialiste, et je n'ai donné à lire mon livre qu'une fois terminé à mon éditrice Claire Delannoy que je remercie pour ses remarques constructives et sa patience.

À présent qu'il est achevé, je vais également remercier les différents collaborateurs de chez Albin Michel qui vont le promouvoir avec le professionnalisme et l'opiniâtreté qu'on leur connaît, les journalistes qui en parleront peut-être, les libraires qui le recommanderont, et bien sûr les lecteurs qui l'achèteront, et sans qui tous ceux qui précèdent seraient inoccupés.

En effet, si écrire un livre s'apparente à une course en solitaire, nombreux sont ceux qui participent à son arrivée.

DU MÊME AUTEUR

Aux Éditions Albin Michel

BROUILLARD D'ÉCOSSE, Jeunesse
LE CINQUIÈME JOUR
MAUVAIS FRÈRE
DOUZE HEURES POUR MOURIR
J'AI REGARDÉ LE DIABLE EN FACE

Chez d'autres éditeurs

LA VIE À FLEUR DE TERRE, Denoël
UN ÉTÉ POURRI, Viviane Hamy
LA MORT QUELQUE PART, Viviane Hamy
LE FESTIN DE L'ARAIGNÉE, Viviane Hamy
FIN DE PARCOURS, Viviane Hamy
L'ÉTOILE DU TEMPLE, Viviane Hamy
GÉMEAUX, Viviane Hamy
LES CERCLES DE L'ENFER, Flammarion
LÂCHEZ LES CHIENS, Flammarion
GROUPE TEL-AVIV, BD policière, Le Masque
L'EMPREINTE DU NAIN, Flammarion
LA MÉMOIRE DU BOURREAU, Le Masque
LE SANG DE VENISE, Flammarion
LE TANGO DES ASSASSINS, Le Masque
TRAFICS, Bayard, "Je bouquine"
LA HONTE LEUR APPARTIENT, Le Masque
NEW YORK BALAFRE, illustré par Jeanne Socquet, Philippe Rey

« *SPÉCIAL SUSPENSE* »

MATT ALEXANDER
Requiem pour les artistes

STEPHEN AMIDON
Sortie de route

RICHARD BACHMAN
La Peau sur les os
Chantier
Rage
Marche ou crève

CLIVE BARKER
Le Jeu de la damnation

INGRID BLACK
Sept jours pour mourir

GILES BLUNT
Le Témoin privilégié

GERALD A. BROWNE
19 Purchase Street
Stone 588
Adieu Sibérie

ROBERT BUCHARD
Parole d'homme
Meurtres à Missoula

JOHN CAMP
Trajectoire de fou

CAROLINE CARVER
Carrefour sanglant

JOHN CASE
Genesis

PATRICK CAUVIN
Le Sang des roses
Jardin fatal

JEAN-FRANÇOIS COATMEUR
La Nuit rouge
Yesterday
Narcose
La Danse des masques
Des feux sous la cendre
La Porte de l'enfer
Tous nos soleils sont morts
La Fille de Baal

CAROLINE B. COONEY
Une femme traquée

HUBERT CORBIN
Week-end sauvage
Nécropsie
Droit de traque

PHILIPPE COUSIN
Le Pacte Pretorius

DEBORAH CROMBIE
Le passé ne meurt jamais
Une affaire très personnelle

VINCENT CROUZET
Rouge intense

JAMES CRUMLEY
La Danse de l'ours

JACK CURTIS
Le Parlement des corbeaux

ROBERT DALEY
La nuit tombe sur Manhattan

GARY DEVON
Désirs inavouables
Nuit de noces

WILLIAM DICKINSON
Des diamants pour Mrs Clark
Mrs Clark et les enfants du diable
De l'autre côté de la nuit

MARJORIE DORNER
Plan fixe

FRÉDÉRIC H. FAJARDIE
Le Loup d'écume

FROMENTAL/LANDON
Le Système de l'homme-mort

STEPHEN GALLAGHER
Mort sur catalogue

CHRISTIAN GERNIGON
La Queue du Scorpion
(Grand Prix de littérature policière 1985)
Le Sommeil de l'ours
Berlinstrasse
Les Yeux du soupçon

MICHÈLE GIUTTARI
Souviens-toi que tu dois mourir

JOHN GILSTRAP
Nathan

JEAN-CHRISTOPHE GRANGÉ
Le Vol des cigognes
Les Rivières pourpres
(Prix RTL-LIRE 1998)
Le Concile de pierre

SYLVIE GRANOTIER
Double Je
Le passé n'oublie jamais
Cette fille est dangereuse

AMY GUTMAN
Anniversaire fatal

JAMES W. HALL
En plein jour
Bleu Floride
Marée rouge
Court-circuit

JEAN-CLAUDE HÉBERLÉ
La Deuxième Vie de Ray Sullivan

CARL HIAASEN
Cousu main

JACK HIGGINS
Confessionnal

MARY HIGGINS CLARK
La Nuit du Renard
(Grand Prix de littérature policière 1980)
La Clinique du Docteur H.
Un cri dans la nuit
La Maison du guet
Le Démon du passé
Ne pleure pas, ma belle
Dors ma jolie
Le Fantôme de Lady Margaret
Recherche jeune femme aimant danser
Nous n'irons plus au bois
Un jour tu verras...
Souviens-toi
Ce que vivent les roses
La Maison du clair de lune
Ni vue ni connue
Tu m'appartiens
Et nous nous reverrons...
Avant de te dire adieu
Dans la rue où vit celle que j'aime
Toi que j'aimais tant
Le Billet gagnant
Une seconde chance
La nuit est mon royaume
Rien ne vaut la douceur du foyer
Deux petites filles en bleu

CHUCK HOGAN
Face à face

KAY HOOPER
Ombres volées

PHILIPPE HUET
La Nuit des docks

GWEN HUNTER
La Malédiction des bayous

PETER JAMES
Vérité

TOM KAKONIS
Chicane au Michigan
Double Mise

MICHAEL KIMBALL
Un cercueil pour les Caïmans

LAURIE R. KING
Un talent mortel

STEPHEN KING
Cujo
Charlie

JOSEPH KLEMPNER
Le Grand Chelem
Un hiver à Flat Lake
Mon nom est Jillian Gray
Préjudice irréparable

DEAN R. KOONTZ
Chasse à mort
Les Étrangers

NOËLLE LORIOT
Le tueur est parmi nous
Le Domaine du Prince
L'Inculpé
Prière d'insérer
Meurtrière bourgeoisie

ANDREW LYONS
La Tentation des ténèbres

PATRICIA MACDONALD
Un étranger dans la maison
Petite Sœur
Sans retour
La Double Mort de Linda
Une femme sous surveillance
Expiation
Personnes disparues

Dernier refuge
Un coupable trop parfait
Origine suspecte
La Fille sans visage
J'ai épousé un inconnu

JULIETTE MANET
Le disciple du Mal

PHILLIP M. MARGOLIN
La Rose noire
Les Heures noires
Le Dernier Homme innocent
Justice barbare
L'Avocat de Portland
Un lien très compromettant
Sleeping Beauty

DAVID MARTIN
Un si beau mensonge

LISA MISCIONE
L'Ange de feu

MIKAËL OLLIVIER
Trois souris aveugles
L'inhumaine nuit des nuits
Noces de glace

ALAIN PARIS
Impact
Opération Gomorrhe

DAVID PASCOE
Fugitive

RICHARD NORTH PATTERSON
Projection privée

THOMAS PERRY
Une fille de rêve
Chien qui dort

STEPHEN PETERS
Central Park

JOHN PHILPIN/PATRICIA SIERRA
Plumes de sang
Tunnel de nuit

NICHOLAS PROFFITT
L'Exécuteur du Mékong

PETER ROBINSON
Qui sème la violence...
Saison sèche
Froid comme la tombe
Beau monstre
L'été qui ne s'achève jamais
Ne jouez pas avec le feu
Étrange affaire

FRANCIS RYCK
Le Nuage et la Foudre
Le Piège

RYCK EDO
Mauvais sort

LEONARD SANDERS
Dans la vallée des ombres

TOM SAVAGE
Le Meurtre de la Saint-Valentin

JOYCE ANNE SCHNEIDER
Baignade interdite

THIERRY SERFATY
Le Gène de la révolte

JENNY SILER
Argent facile

BROOKS STANWOOD
Jogging

WHITLEY STRIEBER
Billy
Feu d'enfer

MAUD TABACHNIK
Le Cinquième Jour
Mauvais Frère
Douze heures pour mourir
J'ai regardé le diable en face

THE ADAMS ROUND TABLE PRÉSENTE
Meurtres en cavale
Meurtres entre amis
Meurtres en famille

Composition Nord Compo
Impression Bussière, en janvier 2007
Editions Albin Michel
22, rue Huyghens, 75014 Paris
www.albin-michel.fr

ISBN 978-2-226-17676-9
ISSN 0290-3326
N° d'édition : 24881. – N° d'impression : 070015/4.
Dépôt légal : février 2007.
Imprimé en France.